WARRIORS

貓戰士

星預兆

四部曲之I

第四見習生

The Fourth Apprentice

艾琳・杭特(Erin Hunter) 著
高子梅 譯

晨星出版

特別感謝基立・鮑德卓

獅焰：琥珀色眼睛，金色公虎斑貓。

狐躍：紅色公虎斑貓。

冰雲：白色母貓。

蟾蜍步：毛色黑白相間的貓。

玫瑰瓣：深奶油色母貓。

蜜妮：藍色眼睛，嬌小的銀灰色母虎斑貓，原為寵物貓。

見習生　（六個月大以上的貓，正在接受戰士訓練）

薔掌：黑棕色母貓。導師：刺爪。

花掌：玳瑁色與白色相間的母貓。導師：榛尾。

蜂掌：帶有灰色條紋的淺灰色公貓。導師：鼠鬚。

貓后　（正在懷孕或照顧幼貓的母貓）

蕨雲：綠色眼睛，淺灰色母貓，帶有暗色斑點。

黛西：來自馬場的乳白色長毛母貓。

白翅：綠色眼睛，白色母貓，和樺落生下小鴿（灰色母貓）和小藤（白色母虎斑貓）。

罌粟霜：玳瑁色母貓，正懷著莓鼻的孩子。

長老　（退休的戰士和退位的貓后）

長尾：有暗黑色條紋的淺色公虎斑貓，因失明而提前退休。

鼠毛：嬌小的黑棕色母貓。

波弟：肥胖的虎斑貓，口鼻灰色，以前是獨行貓。

本集各族成員

雷族 *Thunderclan*

族長　**火星**：英俊的薑黃色公貓。

副手　**棘爪**：琥珀色眼睛、暗棕色的公虎斑貓。

巫醫　**松鴉羽**：灰色公虎斑貓。

戰士　（公貓，以及沒有年幼子女的母貓）

灰紋：長毛灰色公貓。

塵皮：黑棕色的公虎斑貓。

沙暴：淡薑黃色的母貓。

蕨毛：金棕色的公虎斑貓。

栗尾：琥珀色眼睛，雜黃褐色的母貓。

雲尾：白色的長毛公貓。

亮心：白色帶薑黃色斑點的母貓。

刺爪：金棕色的公虎斑貓。見習生：薔掌。

松鼠飛：綠色眼睛，暗薑黃色的母貓。

葉池：琥珀色眼睛，淺棕色的母虎斑貓，以前是巫醫。

蛛足：琥珀色眼睛，四肢修長，下腹部棕色的黑色公貓。

樺落：淺棕色公虎斑貓。

莓鼻：乳白色公貓。

榛尾：灰白相間的嬌小母貓。見習生：花掌。

鼠鬚：灰白相間的公貓。見習生：蜂掌。

煤心：灰色母虎斑貓。

見習生　（六個月大以上的貓，正在接受戰士訓練）

焰尾：薑黃色公貓，巫醫見習生。導師：小雲。

歐掠掌：薑黃色公貓。導師：褐皮。

雪貂掌：乳白和灰色相間的公貓。導師：橡毛。

松掌：黑色母貓。導師：鼠疤。

貓后　（正在懷孕或照顧幼貓的母貓）

扭毛：毛髮賁張的長毛母虎斑貓。

藤尾：黑白褐三色母貓。

長老　（退休的戰士和退位的貓后）

杉心：暗灰色公貓。

高罌粟：有雙長腿、淡褐色的母虎斑貓。

蛇尾：有一根虎斑條紋尾巴的暗棕色公貓。

白水：長毛白色母貓，有一隻眼是瞎的。

影族 *Shadowclan*

族長　**黑星**：白色大公貓，腳爪巨大黑亮。

副手　**枯毛**：暗薑黃色的母貓。

巫醫　**小雲**：非常嬌小的公虎斑貓。見習生：焰掌。

戰士　（公貓，以及沒有年幼子女的母貓）

橡毛：矮小的公虎斑貓。見習生：雪貂掌。

花楸爪：薑黃色公貓。

煙足：黑色公貓。

蟾蜍足：暗棕色公貓。

蘋果毛：雜棕色母貓。

鴉霜：黑白相間的公貓。

鼠疤：棕色公貓，背上有長條疤紋。見習生：松掌。

雪鳥：純白色母貓。

褐皮：綠色眼睛，玳瑁色母貓。見習生：歐掠掌。

橄欖鼻：玳瑁色母貓。

鴞爪：淺棕色公虎斑貓。

鼩鼱足：有四隻黑足的灰色母貓。

焦毛：暗灰色公貓。

紅柳：棕色和薑黃色相間的雜色公貓。

虎心：暗棕色公虎斑貓。

曦皮：奶油色母貓

見習生　（六個月大以上的貓，正在接受戰士訓練）

柳光：灰色的母虎斑貓，巫醫見習生。導師：蛾翅。

穴掌：暗棕色公虎斑貓。導師：蘆葦鬚。

鱒魚掌：淺灰色母虎斑貓。導師：灰霧。

苔掌：毛色棕白相間的母貓。導師：鯉尾。

急掌：淺棕色公虎斑貓。導師：卵石足。

噴嚏掌：見習生。導師：獺心。

貓后　（正在懷孕或照顧幼貓的母貓）

塵毛：棕色母虎斑貓。

苔皮：藍色眼珠，玳瑁色母貓。

長老　（退休的戰士和退位的貓后）

黑爪：煙灰黑色公貓。

鼠牙：體型嬌小的棕色公虎斑貓。

曙花：淺灰色母貓。

斑鼻：雜灰色母貓。

撲尾：薑黃色和白色相間的公貓。

河族 *Riverclan*

族長　**豹星**：帶有少見斑點的金色母虎斑貓。

副手　**霧足**：藍眼睛的暗灰色母貓。

巫醫　**蛾翅**：琥珀色眼睛、漂亮的金色母虎斑貓。見習生：柳光。

戰士　（公貓，以及沒有年幼子女的母貓）

蘆葦鬚：黑色公貓。見習生：穴掌。

漣尾：暗灰色公虎斑貓。

灰霧：淺灰色母虎斑貓。見習生：鱒魚掌。

獺心：母貓。見習生：噴嚏掌。

雨暴：藍灰色的雜色公貓。

薄荷毛：淺灰色公虎斑貓。

冰翅：藍色眼珠的白色母貓。

鯉尾：暗灰色母貓。見習生：苔掌。

卵石足：雜灰色的公貓。見習生：急掌。

錦葵鼻：淺棕色公虎斑貓。

知更翅：玳瑁色和白色相間的公貓。

甲蟲鬚：毛色棕白相間的公虎斑貓。

花瓣毛：毛色灰白相間的母貓。

草皮：淺棕色公貓。

長老　（退休的戰士和退位的貓后）

網足：暗灰色公虎斑貓。

裂耳：公虎斑貓。

族外的貓 *cats outside clans*

雪花蓮：白色母貓，寵物貓。

塞維爾：橘色公貓，寵物貓。

七巧板：黑棕相間的公虎斑貓，寵物貓。

伍迪：棕色長腳公貓，無賴貓。

其他動物 *other animals*

午夜：一隻懂占卜的母獾，住在海邊。

風族 *Windclan*

族長　一星：棕色的公虎斑貓。

副手　灰足：灰色母貓。

巫醫　隼翔：雜色的灰色公貓。

戰士　（公貓，以及沒有年幼子女的母貓）

- 鴉羽：暗灰色公貓。
- 鴞鬚：淺棕色公虎斑貓。見習生：鬚掌（淺棕色公貓）。
- 白尾：嬌小的白色母貓。
- 夜雲：黑色母貓。
- 鼬毛：腳爪白色的薑黃色公貓。
- 兔躍：棕白相間的公貓。
- 葉尾：琥珀色眼珠的暗色公虎斑貓，。
- 蟻皮：棕色公貓，有一個耳朵是黑的。
- 炭足：灰色公貓，有兩隻暗色腳爪。
- 石楠尾：淺棕色母虎斑貓，藍色眼珠。見習生：荊豆掌。
- 風皮：黑色公貓，琥珀色眼珠。見習生：礫掌。
- 莎草鬚：淺棕色母虎斑貓。
- 燕尾：暗灰色母貓。
- 陽擊：玳瑁色母貓，前額有一大塊白色印記。

見習生　（六個月大以上的貓，正在接受戰士訓練）

- 鬚掌：淺棕色公貓。導師：鴞鬚。
- 荊豆掌：毛色灰白相間的母貓。導師：石楠尾。
- 礫掌：體型龐大的淺灰色公貓。導師：風皮。

被遺棄的兩腳獸窩
月池
舊雷族小徑
雷族營地
天空橡樹
風族營地
斷半橋
兩腳獸地盤
馬兒地盤
轟雷路
雷族
河族
影族
風族
星族

綠葉
兩腳獸地盤
兩腳獸窩
兩腳獸小徑
空地
兩腳獸小徑
影族營地
半橋
小轟雷路
綠葉
兩腳獸地盤
湖
半橋
小河
小島
河族營地

被遺棄的
瓦人小屋
採石路
礦場
水晶池
兔丘林
兔丘
聖域湖
兔丘馬廄場
兔丘路
樹叢
落葉林區
松樹林
沼澤
湖
小路
北

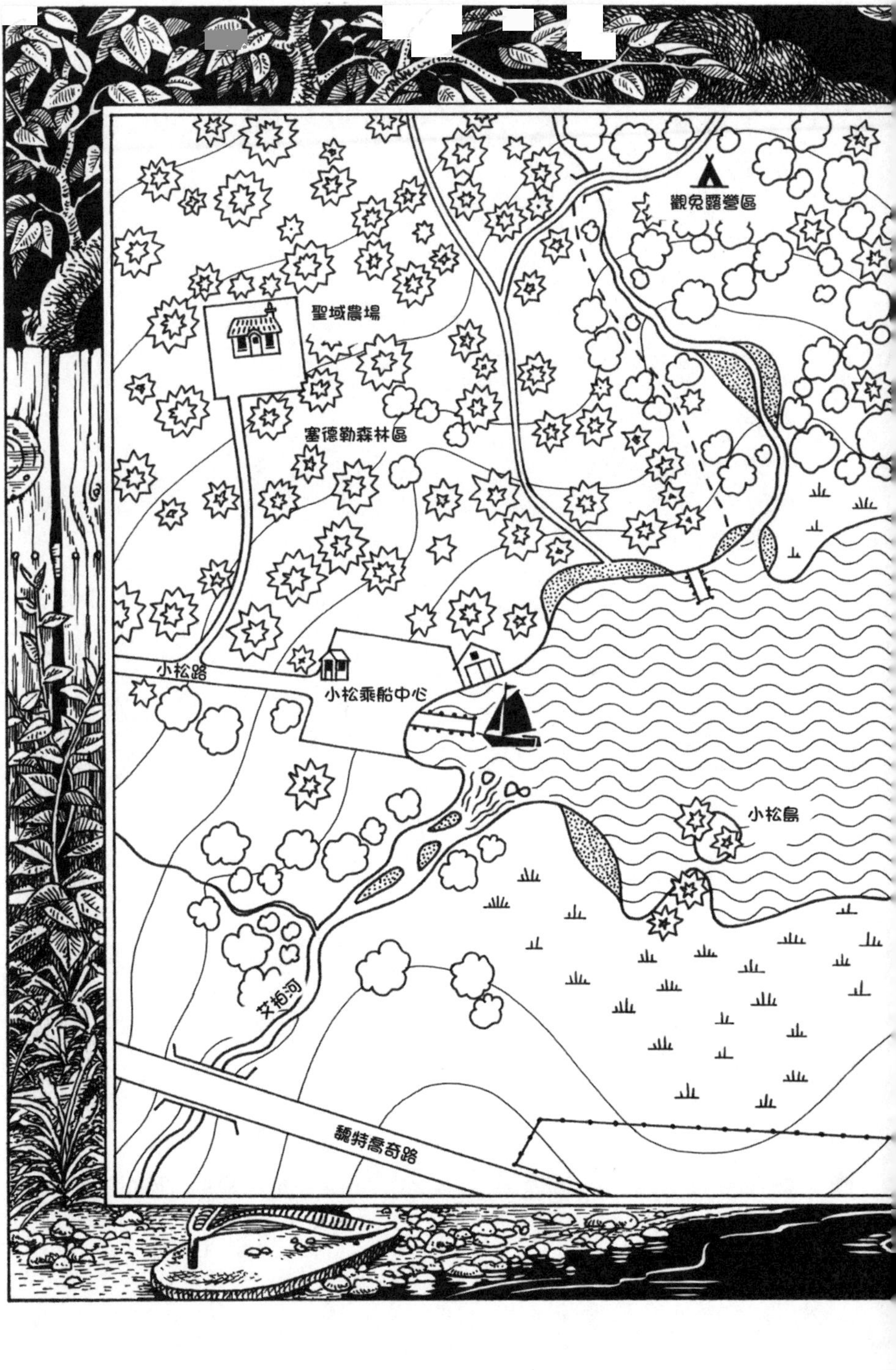
觀兔露營區
聖域農場
塞德勒森林區
小松路
小松乘船中心
小松島
艾柏河
飄特高奇路

序章

水聲如雷，漫過岩石，洩進峽谷劃出一道優美弧線，直落深潭，翻起白浪。夕陽餘暉灑在水霧飛沫間，折射出美麗彩虹。

三隻貓兒坐在瀑布上游的河岸邊，看著另一隻貓昂首闊步、姿態優雅地穿過覆滿青苔的河岸，朝他們走來。她足下星光閃爍，灰藍色毛髮如雲似霧。

新來的貓兒停下腳步，冰藍色的眼睛輕掃三隻等待中的貓兒。「看在貓族的份上，你們為什麼選在這種地方見面？」她質問道，並不悅地甩甩其中一隻前腳，「這裡太溼了，連自己的心語都聽不到。」

其中一隻毛髮凌亂的灰色母貓站起來對她說：「別再抱怨了，藍星，我之所以挑這地方，就是看上這裡的潮溼與吵雜，因為有些話我不想讓別的貓偷聽到。」

另一隻金色公虎斑貓搖尾示意。「來我這邊坐吧，這兒有塊地方是乾的。」

藍星朝他走過去，坐下來，嘴裡哼了一聲。「獅心，如果這就叫做乾，那我肯定是隻老鼠。」接著轉頭追問灰色母貓：「到底是什麼事？」

「先前那個預言並沒有實現，」黃牙喵聲道。「不過現在三力量已經可以合而為一了，只是原來的那兩隻貓並不知道第三隻貓是誰。」

「妳確定我們這次真的找對了三力量？」藍星厲聲質問。

「妳應該很清楚我們這次沒有找錯。」開口說話的是一隻玳瑁色的漂亮母貓，她向她的前族長頷首致意。「第三隻貓出生的那天晚上，我們三個不都做了同樣的夢嗎？」

藍星彈彈尾尖。「斑葉，妳說得或許沒錯，只不過先前鑄成的大錯，讓我現在不太敢再相信任何事了。」

「斑葉說得當然沒錯。」黃牙抽動耳朵。「可是如果讓松鴉羽和獅焰找不到第三隻貓兒，問題恐怕更嚴重，所以我想給他們一個提示。」

「什麼？」藍星站起來，威風凜凜地揮著尾巴，彷彿仍是這隻老巫醫的族長。「黃牙，妳難道忘了這預言根本不是我們給的？干涉這件事恐怕會有危險。我覺得我們不應該再介入。」

斑葉眨眨眼睛，一臉疑惑。「危險？」

「你們覺得讓貓族擁有比星族更強大的力量，是件好事嗎？」藍星掃視他們，這樣質問道。「他們的力量會大過於我們……大過於他們的戰士祖靈？」她尾巴一掃，意指那群隱形的的星族貓，他們都藏在那座獵物豐富的美麗森林裡。「萬一成真，雷族會變成什麼樣子？」

「藍星，妳要對他們有信心。」獅心小心地打斷她。「他們都很善良而且忠心耿耿。」

「我們當初也以為冬青葉是這樣啊！」藍星反駁道。「這次不會再犯錯了。」黃牙喵聲說。「不管預言來自何處，我們都必須相信它，也相信湖邊的貓族。」

斑葉正要開口，卻突然轉頭，因為她聽見上游處有另一隻貓兒正穿過矮樹叢。一隻銀色母貓衝進空地，朝他們跑來，足下星光閃耀。

「羽尾！」藍星大聲喊道。「妳來這裡做什麼？妳在暗中監視我們嗎？」

「我們現在都在同一族了，」這位前河族戰士提醒她。「我知道你們為什麼要在這裡碰面，而且……」

「這是雷族的家務事，羽尾。」黃牙指正道，並刻意齜牙咧嘴，露出一點黃色尖牙。

「不，不是。」羽尾立刻反駁她。「松鴉羽和獅焰有一半風族的血統……他們是鴉羽的孩子。」她的藍色眼睛充滿哀傷。「我關心他們的遭遇，也必須保護他們。對於冬青葉的事，我跟你們一樣難過。」

斑葉伸長尾巴，輕碰銀色母貓的肩膀。「她說得沒錯，讓她留在這裡吧。」

黃牙聳聳肩。「羽尾，他們畢竟不是妳的小貓。」她提醒道，語調出奇地溫柔。「我們可以警告他們，但到頭來，還是得靠他們自己來決定未來的路。」

「小貓們不都是這樣嗎，黃牙？」藍星註解道。

有那麼一瞬間，黃牙臉色一黯，琥珀色的眼睛望向遠方天際，彷彿想起生前種種的痛苦回憶。太陽正滑落地平線，紅霞不再，天色漸暗，瀑布下方潭面的水沫白浪在黑暗中閃著幽光。

「所以我們現在該怎麼辦？」獅心追問道。「黃牙，妳剛說要提醒他們？」

「我還是認為我們不應該介入，」藍星搶在黃牙回答之前主張道。「第三隻貓本來就很聰明，即便我們不知道她的特異能力究竟是什麼。但如果真的是她，難道她不會自己發現這一切嗎？」

「我們不能坐視不管。」羽尾反駁道，爪子戳進潮溼的地面。「這些年輕的貓需要我們幫忙。」

「我也這麼認為。」獅心點頭附和。「如果我們當初多管一點閒事，」他瞥了藍星一眼，「也許冬青葉就不會迷失自我了。」

藍星豎起頸毛。「那是冬青葉自作自受，他們要對自己的行為負責，誰也幫不了。」

「話不能這麼說，至少我們可以引導他們。」斑葉喵聲道。「我同意黃牙的說法，我認為我們應該提醒他們。」

「我想你們已經決定好了。」藍星嘆口氣，頸毛恢復平順。「你們愛怎麼樣，就怎麼樣吧。」

「我會提醒他們。」黃牙鞠躬致意，那一瞬間，貓兒們眼裡看到的不再是黃牙那身糾結成團的凌亂毛髮和魯莽的態度，而是一位睿智的巫醫。「我會給他們一個來自星族的預兆。」

「這預兆要給誰？」藍星問道。「獅焰還是松鴉羽？」

黃牙轉頭望著以前的老族長，琥珀色眼睛在夕陽餘光下熠熠生輝。「不是給他們，」她喵聲道。「是給第三隻貓。」

第一章

一輪圓月浮掛在無雲的夜空裡，整座島籠罩在厚重的夜色中。巨橡樹的葉子在熱風吹拂下沙沙作響。蹲在栗尾和灰紋中間的獅焰，總覺得空氣很稀薄。

「你們覺得晚上會涼快一點嗎？」他咕噥問道。

「我知道你很熱，」灰紋嘆口氣道，身子在乾燥的沙土上不安地蠕動。「不過這季節只會愈來愈熱。我都快想不起來上次下雨是什麼時候的事了。」

獅焰伸長脖子，目光越過眾貓兒的頭頂，望向弟弟松鴉羽，後者正坐在巫醫群裡。一星才剛宣布吠臉的死訊，風族裡唯一的巫醫隼翔第一次代表風族單獨出席，看上去很緊張。

「松鴉羽說星族並沒告訴他會有大旱。」獅焰對灰紋說道。「我在想是不是有其他巫醫……」

他的話被雷族族長火星打斷，火星本來坐

在樹枝上等候發言，這時站了起來。蹲在下方樹枝上的河族族長豹星抬眼看看他。風族族長一星坐在一根岔枝上，離他們約有幾條尾巴的高度。至於影族族長黑星則坐在比一星還要高的茂密葉叢裡，只能看見他眼裡偶爾閃現的幽光。

「雷族也像其他部族一樣，飽受酷熱之苦。」火星開口道。「但我們還撐得下去。目前已經有兩位見習生升格，獲得戰士名，分別是蟾蜍步和玫瑰瓣。」

獅焰跳了起來。「蟾蜍步！玫瑰瓣！」他大聲呼喊。其他雷族族貓跟著加入，除此之外，還有幾隻風族和影族貓兒跟著歡呼，不過獅焰注意到河族戰士全都悶不吭聲，眼裡充滿敵意。

誰惹到他們啦？他不免納悶。在大集會上，如果整個部族都拒絕向新戰士道賀，這是很沒禮貌的事。他抽動耳朵。君子報仇，三年不晚，下次豹星宣布有新的河族戰士時，他也要如法炮製。

兩位新的雷族戰士不好意思地垂下頭，但貓族的歡呼聲還是令他們興奮到兩眼發亮。曾擔任蟾蜍步導師的雲尾，與有榮焉地挺起胸膛，至於曾擔任玫瑰瓣導師的松鼠飛，也目光炯炯地看著年輕的戰士。

「我還是很訝異火星怎麼會指定松鼠飛擔任導師，」獅焰兀自咕噥。「畢竟她以前撒過謊，騙說我們是她的小貓。」

「火星知道自己在做什麼。」灰紋回答道。獅焰發現灰色戰士竟然聽得到他的自言自語，尷尬的臉部肌肉抽搐了一下。「他相信松鼠飛，他想向大家證明她是個好戰士，也是雷族裡重要的一分子。」

「我想你說得沒錯。」獅焰不太高興地眨眨眼睛。以前他以為松鼠飛是他的親生母親，非常敬愛她，但如今看見她，卻只剩冷漠。她背叛了他，也背叛了他的姊姊和弟弟，畢竟她傷他們太深，深到無法原諒。難道不是嗎？

「如果你說完了……」豹星沒等到歡呼聲結束，便站起來打斷。她怒目瞪視火星。「河族有話要告訴大家。」

火星很有禮貌地向河族族長垂頭致意，退後一步，坐回原來位置，尾巴圈在腳邊。「請說，豹星。」

河族族長是大集會上最後發言的族長。獅焰早就注意到別族族長報告時，她一直甩動尾巴，很不耐煩。此刻她正用厲色掃視空地上的貓群，憤怒地豎直頸毛。

「小偷！」她嘶聲罵道。

「什麼？」獅焰跳了起來，但他的聲音瞬間被其他三族貓兒的驚訝聲給淹沒，他們也都跳起來抗議。

豹星俯看他們，齜牙咧嘴，根本沒打算安撫。獅焰直覺抬眼去望夜空，發現並無烏雲蔽月。顯然星族對這項指控毫不在意。**活像我們真的很想偷那噁爛的魚似的！**

這是他第一次注意到河族族長變得好瘦，花色毛皮掩飾不了她的骨瘦如柴。其他河族戰士也一樣。獅焰環顧四周，這才發現他們比雷族貓瘦，也比影族戰士瘦，甚至比體型向來較小的風族貓兒還瘦。

「他們在挨餓。」他低聲道。

「我們全都在挨餓。」灰紋反駁著。

獅焰嘆口氣。灰色戰士說得沒錯。以雷族來說，為了避開白天炙熱的暑氣，他們改成黎明和黃昏時狩獵。一到正午，便躲到岩壁旁的陰涼角落休息。貓族終於可以和平共處。不過獅焰懷疑……原因無他，大家只是因為虛弱到根本無力爭鬥，也沒有獵物好搶。

火星又站了起來，抬起尾巴，示意大家安靜。喧鬧聲逐漸消去，貓兒們又坐了下來，怒目瞪視河族族長。

「我相信妳會這樣指控，一定有妳的理由。」火星等到大家安靜了，才開口問道。「要不要解釋一下？」

豹星甩著尾巴，「你們全都在偷抓湖裡的魚，」她吼道。「那些魚是屬於河族的。」

「妳錯了。」黑星從葉叢裡探出頭來駁斥道。「所有貓族的領地都與那座湖接壤，所以我們也像你們一樣有權抓魚。」

「尤其是現在，」一星補充道。「旱災害得大家都在挨餓，領地裡的獵物根本不夠，不吃魚，就會餓死。」

獅焰驚駭地瞪看那兩位族長，難道影族和風族已經餓到必須靠抓魚來維生？看來情況真的很糟。

「可是這對我們來說等於是雪上加霜。」豹星堅持道。「河族從來不吃其他獵物，所以湖裡的魚應該全屬於我們。」

「這太鼠腦袋了吧！」松鼠飛跳起來，甩開蓬鬆的尾巴。「妳說河族不吃其他獵物，所以妳是承認你們的戰士連隻老鼠都不會抓囉？」

「松鼠飛！」雷族副族長棘爪從副族長們所在的橡樹底下威風凜凜地霍然起身，態度客氣卻冷漠。「這裡沒有妳說話的份，不過，」他補充道，同時抬頭看著豹星。「她說得不是沒有道理。」

獅焰聽見棘爪這麼說，臉部微微抽搐，心裡不免同情剛坐下來的松鼠飛。她垂著頭，像個被導師公開訓斥的見習生。即便已經過了六個月，整整兩季了，棘爪還是無法原諒他的伴侶。他無法原諒她的欺騙，她騙他葉池的小貓是她生的……換言之也是他的小貓。每當獅焰思及棘爪和松鼠飛不是自己的親生父母，就會覺得有點茫然和無所適從。他和弟弟松鴉羽是前雷族巫醫葉池和風族戰士鴉羽暗結珠胎所生下的。自從真相揭發後，棘爪和松鼠飛幾乎不再交談。儘管棘爪從未公報私仇，故意派松鼠飛去做最麻煩的工作或最危險的巡邏任務，但還是刻意避開在公事上與她有任何交集。

現在他們兄弟倆不得不接受他們只有一半雷族血統的事實，而他們的親生父親鴉羽也不願與他們有任何關係。更慘的是，到現在他們的族貓都還會用一種異樣的眼光看他們兩兄弟，這令獅焰常常為之氣結。

好像我們的父親是風族戰士，忠誠度一定會立刻打折似的！誰會想和那群只啃兔子的瘦皮貓為伍啊？

獅焰看看松鴉羽，好奇他是不是也和他有一樣想法。卻見弟弟的藍色盲眼轉向棘爪，雙耳豎得筆直，完全看不出來心裡在想什麼。所幸大夥兒的注意力似乎都還擺在豹星的那番話，沒留意到棘爪和松鼠飛之間的裂痕。

「湖裡的魚全屬於河族的，」豹星繼續說，聲音如秋風掃過蘆葦般地高亢尖銳。「誰要是敢抓魚，就得先嚐嚐我們爪子的厲害。從現在起，我會要求我們的邊界巡邏隊將巡邏範圍擴及到整座湖。」

「妳不能這麼做！」黑星推開樹葉叢，跳到下方樹枝，厲色狠瞪豹星。「那座湖從來不算在邊界裡。」

獅焰不禁回想起那座湖原先的樣子。湖浪輕拍草岸，岸邊零星點綴狹長的沙洲與礫石。但如今湖水不斷往湖中央縮，裸露出大片泥灘，在綠葉季的烈日燒烤下，逐漸乾涸龜裂。想也知道，豹星絕不會想要那些貧瘠的土地。

「要是有河族巡邏隊敢把腳伸進我們領地，」一星齜牙咧嘴地咆哮道。「我保證讓他們終生後悔。」

「豹星，妳給我聽好，」獅焰看得出來儘管火星的頸毛和肩毛已經聳起，還是力持鎮定。「如果妳一意孤行，只會引發貓族大戰。最後勢必有貓兒受傷。我們目前的處境已經夠艱難了，何苦再自找麻煩？」

「火星說得對。」栗尾在獅焰耳畔低聲說道。「我們應該互相幫忙，而不是互相開戰。」

豹星蹲下身子，彷彿隨時會撲向其他族長，她的嘴裡發出無聲怒吼，爪子出鞘。

現在是休戰時刻！獅焰心想，緊張地瞪大雙眼。**一族之長竟然敢在大集會上攻擊其他貓？不可能吧！**

火星也繃緊神經，準備接招，就怕豹星隨時撲上來。但她沒有，反而跳到地面，嘴裡發出憤怒嘶吼，甩甩尾巴，示意戰士們過來集合。

「你們休想碰我們的魚！」她啐口道，然後帶頭穿過空地邊緣的矮樹叢，往進出小島的那座樹橋走去。河族貓緊跟在後。當他們從其他部族面前走過時，都用敵意的目光瞪看別族貓兒。等到河族前腳一走，大夥兒立時議論紛紛，這時火星威嚴的聲音蓋過了他們。

「大集會結束！我們必須回各自領地了，等下次月圓時再相聚。願星族照亮我們的前路！」

⚡⚡⚡

雷族貓兒繞行湖邊，緩步走回自己的領地。獅焰走在族長後面。湖的面積小到幾乎看不見，只剩遠方些許波光。蒼白月光反照在乾裂的泥灘上。獅焰聞到魚屍的腐臭味，不禁皺鼻。**如果河族的獵物是這種味道，那就請他們自己享用吧！**

前方的棘爪正步履艱難地走在火星旁邊，另一邊是塵皮和蕨雲。

「我們現在要怎麼辦？」副族長問道。「豹星一定會派出巡邏隊，萬一我們在領地裡發現他們，該怎麼做？」

火星抽動耳朵。「一定要小心處理，」他喵聲道。「湖床算是我們的領地嗎？如果湖水是滿的，我們根本不會要它。」

塵皮哼了一聲：「如果有乾掉的湖床與我們的領地銜接，當然是我們的。河族沒有權利來那裡狩獵和巡邏。」

「可是他們好像正在挨餓。」蕨雲輕聲說道。「更何況雷族從來不到湖裡抓魚，我們為什麼不乾脆給他們算了。」

塵皮用鼻子輕碰一下他伴侶的耳朵。「我們的獵物也很少。」他提醒她。

「千萬不要主動攻擊河族戰士，」火星做下決定。「除非他們把腳伸進我們氣味記號區以內的地方，換言之，就是離岸三條尾巴之距的地方，這是我們當初定居這裡時所作的約定。棘爪，明天帶隊出去的時候，一定要讓每位隊員都清楚這一點。」

「遵命，火星。」副族長答道，尾巴搖了一下。

獅焰頓時覺得身上像被針扎了一樣。雖然獅焰也尊重火星的決定，畢竟火星是雷族族長，但他還是懷疑這次的決定究竟對不對。**河族會不會因為我們同意他們在湖床上活動，就把我們看扁了？**

突然有條尾巴輕輕拍他後腿，害他嚇了一跳，他轉頭看，原來是松鴉羽趕上他。

「豹星的腦袋壞了，」他的弟弟大聲地說。「這次她過不了這關的，一定會有貓兒受傷。」

「我知道，」獅焰好奇地說道，「我聽到一些影族貓兒在大集會上說，豹星最近又丟了兩條命。是真的嗎？」

松鴉羽點點頭。「沒錯。」

「她從來沒對外說過。」獅焰說道。

松鴉羽停下腳步，看了獅焰一眼，目光之銳利連獅焰都難以相信他的眼睛其實看不見。

「別傻了，獅焰，有哪位族長會到處嚷嚷自己丟掉一條命？這只會削弱他們的氣勢，所以大家不見得會知道自己的族長究竟還剩幾條命。」

「我想也是。」獅焰認同道，繼續往前走。

「豹星曾被荊棘傷到，受到感染，喪失過一條命，」松鴉羽繼續說。「後來又得了某種病，變得又渴又虛弱，根本無力走到河邊喝水。」

「蛾翅和柳光告訴你的？」獅焰問道，他知道巫醫不像戰士那樣忌諱部族間的競爭關係，所以常會彼此告知消息。

「我怎麼知道的並不重要。」松鴉羽反駁道。「反正我知道就對了。」

獅焰強迫自己不要發抖，雖然他早已見識過松鴉羽的預言能力，但有一個力量如此強大的巫醫弟弟，還是令他有點害怕。松鴉羽對事情的分析能力厲害到根本不必靠星族幫忙。他可以輕易進入其他貓的夢裡，知悉對方心中最深層的祕密。

「我猜這也是為什麼豹星對這件事會這麼強硬，」獅焰刻意拋開不安的感覺，低聲說道。「她想向她的族貓證明，她還是很強悍。」

「她會敗得很慘。」松鴉羽語調平板。「她應該知道其他部族不可能遵守她的命令，最後河族的下場一定慘不忍睹，還不如像我們這樣設法自保，度過大旱。」

他們正要接近風族和雷族之間邊界的那條小溪。新葉季的時候，這裡的溪水通常會湍急地直奔湖裡，但現在卻成了泥濘的溝渠，很輕鬆就能跳過去。獅焰跳進前方的矮樹叢裡，再次踏上熟悉的領地，令他寬心不少。

「也許她氣消就會作罷。」他語帶期盼地說。「等豹星想清楚大集會上其他族長說的話，也許就會恢復冷靜。」

松鴉羽不屑地哼了一聲。「要豹星打退堂鼓，那恐怕連刺蝟都會長翅膀了。不可能的，獅焰，要解決這問題，唯一方法就是讓湖水再度滿起來。」

⚡⚡⚡

獅焰正緩步走過茂密的綠草地，每踏出一步，便感覺得到腳陷進水裡。涼風襲來，拂亂他的毛髮。只要他願意，隨時都能低頭喝水喝到飽。這時一隻田鼠突然從蘆葦叢裡竄出，他還沒來得及撲上去，腰腹便不知道被什麼硬物給戳到。他倏地醒來，發現自己躺在戰士窩的臥鋪裡，雲尾站在上方俯視他。他只覺得全身黏答答的，空氣裡瀰漫著塵土飛揚的味道。

「起床了。」白色戰士喵聲道，同時又戳了他一下。「你是怎麼回事？變成老鼠啦？」

「你一定得現在叫我起床嗎？」獅焰抱怨道。「我正在做好夢欸……」

「因為你現在要出一趟很偉大的任務：取水。」雲尾的語調很不客氣。自從湖邊的小溪乾涸之後，唯一的水源就剩下湖中央的湖水了。巡邏隊現在除了平常的狩獵和巡邏之外，每天都得出去取好幾趟水回來。綠葉季的夜晚似乎變得前所未有的短，每隻貓兒都被這些額外的工作給累垮。

獅焰張大嘴巴，打個呵欠。「好啦，我來了。」

他跟著雲尾走出戰士窩，甩掉身上的青苔屑。天空才剛露出魚肚白，太陽還沒升起，空氣已經又悶又熱。獅焰一想到又得度過火烤般的一天，便暗自叫苦。

榛尾和她的見習生花掌以及莓鼻、冰雲都坐在戰士窩前，一看見雲尾帶著獅焰出來，立刻起身。他們前一天晚上都沒參加大集會，不過從他們臉上的緊繃表情看得出來，他們已經聽聞了豹星的那番威脅。

「我們走吧。」雲尾用尾巴指指荊棘隧道。

獅焰跟在白色戰士後面，緩步穿過林子。這時他聽見莓鼻正向冰雲誇耀：「河族最好別到湖邊來惹我們，否則我就要給他們好看。」

冰雲低聲回應莓鼻，獅焰聽不清楚，他心想，**莓鼻一向自以為厲害，可是我們根本沒體力作戰，這樣主動挑釁，實在是鼠腦袋的行為。**

幸好雲尾是帶他們前往大橡樹底下採集可供汲水的青苔。這下莓鼻的嘴裡叼滿青苔，再也不能向冰雲吹噓自己有多厲害了。

等到抵達湖邊時，雲尾暫時停下腳步，遠眺湖水。堤岸附近塵土飛揚，地面乾涸龜裂，只能依稀看見遠處曙光下的熒熒水光。正當獅焰想看清楚究竟哪裡才是湖水與泥灘的交界處時，竟意外瞄見泥灘盡頭有四隻貓兒的小小身影。他放下嘴裡的青苔，嗅聞空氣，隱約聞到飄送而來的河族氣味，其中還夾雜死魚的臭味。

「聽好，」雲尾放下嘴裡的青苔，開口道。「河族不會反對我們取水，火星已經說過他不想和他們起爭執，你聽懂了嗎？莓鼻？」他狠狠瞪了那位年輕戰士一眼。

莓鼻心不甘情不願地點點頭。「好啦。」他嘴裡含著青苔咕噥說道。

「千萬別忘了。」雲尾又瞪了他一眼，才帶著巡邏隊越過泥灘，往遠方的湖水走去。

泥灘表面一開始很堅硬，但愈接近湖中央，踩在地上的腳竟開始下陷。「真噁心。」嘴裡含著青苔的獅焰，只能咕噥說道，同時試圖甩掉腳下那些黏稠的泥巴。「這怎麼洗得乾淨啊？」

等他們來到水邊時，河族貓兒已經一擁而上，想要堵住去路。其中包括蘆葦鬚、灰霧以及獺心和她的見習生噴嚏掌。他們看上去很瘦弱疲憊，眼裡充滿敵意，毛髮豎得筆直，彷彿隨時想撲上來打架。

蘆葦鬚上前一步。「難道你們忘了豹星昨晚在大集會上說過的話？」他質問道。「湖裡的魚屬於河族。」

「我們不是來抓魚的。」雲尾冷靜答道，同時放下嘴裡的青苔。「我們只是來取水，你們不能拒絕。」

「你們的領地裡沒有小溪嗎？」灰霧質問道。

「小溪都乾了，你們應該很清楚。」獅焰看見雲尾回答時，尾巴一直不耐地抽動，可以想見這位白色戰士只是耐住性子。「我們需要用湖裡的水。」

「管你們高不高興，反正這裡的水，我們是用定了。」莓鼻多加了兩句，他丟下嘴裡的青苔，一臉兇惡地上前一步。

四名河族戰士立刻伸爪以待。「這座湖是我們的。」獺心嘶聲道。

花掌緊張地瞪大眼睛，榛尾則趕緊上前一步，將她的見習生推到後面。獅焰做好迎戰準備，爪子出鞘，隨時打算撲上去。

雲尾卻霍地轉身，面對自己的隊員。「閉上你的嘴巴！」他命令莓鼻。

「你就這樣眼睜睜看著他們對著我們大呼小叫嗎？」莓鼻回嗆道。「你怕他們，我可不怕他們。」

雲尾上前兩步，眼對眼、鼻對鼻地瞪著那位年輕戰士，目光像冰霜一樣冷冽。「你再敢多說一句話，我就叫你下個月每天都去幫長老抓蝨子，聽見了沒？」

獅焰被他的話嚇到。雲尾平常說話雖然也是尖酸刻薄，但從來沒見過他對同族的夥伴這麼生氣過。彷彿取水對雲尾來說是這世界上最重要的事。也許這是真的，因為雷族正飽受水荒之苦，體力漸失。獅焰不免納悶，要是河族真的成功阻止了其他三族接近水源，是不是就會滅族？

雲尾沒等莓鼻回答，又立刻轉身對河族貓說：「我代表我的戰士向你們道歉，」他喵聲道，聲音繃得很緊，獅焰聽得出來他刻意保持禮貌。「我想他大概是被太陽曬昏了。如果能讓我們取點水，我們會很感激的。」

蘆葦鬚停頓了一下。獅焰真的很想上前戰鬥。但雲尾警告過他們，大家的體力都不好，不適合作戰，但他不知道獅焰是三力量之一，即便是最可怕的戰爭，他也能全身而退，毫髮無傷。**但我們的問題已經夠多了，沒必要再自找麻煩。**

最後蘆葦鬚退後一步，用尾巴示意其他隊員照做。「去取水吧，但不准抓魚。」他吼道。

我們又不是來抓魚的。到底要講幾遍你才聽得懂啊？獅焰心裡想道。

「謝謝你。」雲尾垂頭致意，走向水邊。獅焰跟在後面，但仍感受得到背後河族貓射來的敵視目光，顯然正在監看他的每個動作。他很憤怒。**這太愚蠢了！難道他們以為我們會把魚藏在身上嗎？**

他看得出來他的夥伴們也都很氣。雲尾的尾尖不斷抽動，莓鼻雖然閉上了嘴巴，但眼裡怒火難掩。母貓們也氣得毛髮倒豎，她們走過來的時候，還不時回頭瞪視河族貓兒。

獅焰把青苔放進湖裡浸溼，自己也順道舔了幾口，水是溫的，帶點土味和青草味，根本難以解渴。他強迫自己將混濁的水吞進肚裡，臉部肌肉忍不住抽搐。太陽已經升起，炙熱的陽光狠狠灑在林子上方，天空萬里無雲。

這種日子到底還要過多久？

第二章

松鴉羽在巫醫窩後方的儲藏穴裡逐一檢查藥草。葉子和莖柄摸起來都很乾燥，只是有點破損，帶點霉味。他心想，**我應該早點為落葉季備妥藥草，可是根本沒有新鮮藥草可以摘啊？**

身為雷族裡唯一的巫醫，他的壓力大到就像肩上壓了塊石頭一樣沉重。他還記得自己以前老愛抱怨葉池總指使他做這做那的，但現在卻好希望她當初沒辭掉巫醫工作，搬去戰士窩。**就算她生過小孩，又怎樣？她還是有豐富的藥草知識和高明的醫術啊。**

他一思及前幾天發生的事，毛髮便不禁倒豎，那天薔掌衝進營裡，在巫醫窩前緊急剎住腳步。

「松鴉羽！」她氣喘吁吁。「快點來！火星受傷了！」

「什麼？在哪裡？」

「他被狐狸弄傷了！」年輕見習生害怕到

聲音不停發抖。「就在影族邊界，枯樹的附近。」

「好，我就來。」但其實松鴉羽的心裡也很害怕，卻只能強迫自己力持鎮定。「妳去找葉池，告訴她這件事。」

薔掌氣喘吁吁，表情驚訝，但松鴉羽沒時間問她為什麼，趕緊抓了一把木賊莖，就衝了出去，穿過荊棘隧道，直奔影族邊界。後來在路上，他才想到葉池已經不是巫醫了。

他還沒到枯樹那裡，就已經聞到血腥味，於是循著氣味找到他的族長。火星側躺在蕨叢裡，呼吸急促。沙暴和灰紋都蹲在他旁邊，刺爪則站在樹墩上保持警戒。

「感謝星族！」沙暴看見松鴉羽來了，大聲喊道。「火星，松鴉羽來了，你可要撐住哦。」

「怎麼回事？」松鴉羽問道，腳掌輕輕撫過火星腰腹，結果發現那裡有一道很長的傷口，流血不止，他摸到的時候，胃不禁抽了一下。

「我們在巡邏時，一隻狐狸突然跳出來，」灰紋解釋道。「我們把牠趕走了，可是……」他突然哽咽，說不下去。

「去找些蜘蛛絲來。」松鴉羽下令，同時用嘴巴將木賊莖嚼成泥。**葉池在哪裡？**他苦惱地反問自己。**我真的不知道我的治療方法對不對。**

他把部分葉泥敷在族長的傷口上，再用灰紋找來的蜘蛛絲包起來，但還沒處理完便聽見火星的呼吸聲愈來愈微弱，最後竟然停了。

「他失去一條命了。」沙暴低語道。

松鴉羽只能力持鎮定地繼續處理傷口，免得火星失血過多。但時間竟像靜止了一樣沒有盡頭。松鴉羽開始發慌，心裡盤算著火星究竟還剩幾條命。

這不會是他的最後一條命吧？不可能！

就在他快放棄時，火星突然用力咳了一聲，又開始呼吸，最後抬起頭來。「謝謝你，松鴉羽。」他虛弱地說。「別擔心，我很快就會好起來。」

後來火星靠在灰紋的肩膀上，自己慢慢走回營地，沙暴一臉焦急地隨侍在旁，刺爪則在身後幫忙扶他。松鴉羽總覺得自己做得不夠好。**我需要葉池的時候，她卻不在。**等到他們快走到山谷那裡，他的前任導師才出現。原來她去風族邊界附近狩獵，薔掌花了好一番功夫才找到她。

「你已經盡力了，」當他告訴她事情經過時，她這樣安慰他。「有時候只能量力而為。」但松鴉羽不這麼想。他知道如果葉池在場，一定不會讓火星失去一條命。

我的族長因為我而失去一條命，他懊惱地告訴自己。**我還算是好巫醫嗎？**

他終於分好藥草，於是叼起一坨狗舌草，往長老窩走去。他低頭鑽進榛木叢，擠進窩裡，發現鼠毛正蜷伏在樹幹旁睡覺，鼾聲微響，長尾和那隻老獨行貓波弟則坐在岩壁旁。

「所以這隻獾，你看，根本是來找麻煩的嘛，所以我就跟蹤牠啊……」波弟看見松鴉羽進來，立即住嘴。「嗨，小夥子！需要幫忙嗎？」

「把這些藥草吃掉。」松鴉羽放下藥草，小心地分成三份。「這是狗舌草，可以幫忙維持你們的體力。」

他聽見波弟起身走過來時，喘得很厲害。老獨行貓用一隻腳戳戳那堆藥草。「這玩意兒啊？看起來怪怪的。」

「別管它看起來怎麼樣，」松鴉羽齜牙斷聲說道。「吃下去就對了，你也要吃，長尾。」

「好吧。」盲眼的長老走了過來，舔掉藥草。「快呀，波弟。」他滿嘴藥草地說道。「你也知道這東西有益無害。」但他的聲音粗啞，步履不穩，松鴉羽有點擔心他。族裡每隻貓都在挨餓，又饑又渴，尤其長尾受害最深。松鴉羽懷疑他把水和食物都讓給了鼠毛。

如果我能說服波弟別再賴在這裡，我會做的。

波弟一臉懷疑地嘀咕著，不過松鴉羽還是聽見他嚼狗舌草的聲音。「好臭哦。」老獨行貓抱怨道。

松鴉羽拾起剩下的藥草，走到鼠毛那裡。那位長老已經被他們的聲響吵醒。「你要幹什麼？」她質問道。「就不能讓我好好睡個覺嗎？」

她的聲音聽起來像平常一樣暴躁，這讓松鴉羽放心多了，至少這表示她還應付得了這暑熱。**要是鼠毛的語氣突然變得溫柔，我才真的得擔心呢。**

「狗舌草，」他喵聲道。「妳得吃了它。」

鼠毛嘆口氣。「我想要是我不吃的話，你一定會嘮叨個沒完。好吧，我吃，但你得告訴我，昨晚大集會上發生了什麼事。」

松鴉羽一直等到老貓開始吃藥草了，才娓娓道來昨晚的事。

「什麼？」當松鴉羽說到豹星宣布整座湖和湖裡的魚都屬於河族時，鼠毛差點嗆到。「她不能這麼做。」

松鴉羽聳聳肩。「她做了。她說河族有權捕食所有的魚，因為他們不吃其他獵物。」

「星族也允許她這麼做嗎？」鼠毛嘶聲問道。「烏雲沒有遮月嗎？」

「要是有的話，大集會早就散場了。」

「我們的戰士祖靈究竟在想什麼？」鼠毛咆哮道。「祂們怎麼可以坐視不管，任憑那隻臭母貓自行決定湖是他們的？」

松鴉羽無法回答。他最近沒有收到星族的任何預兆，自大旱以來，就再也沒收到了。他心想，**如果是葉池，現在早就收到星族預兆了，祂們一定會告訴她怎麼協助部族。**

鼠毛吃下最後一口藥草，嘴裡還在嘀咕，松鴉羽沒理她，逕自鑽出長老窩，往空地走去。他經過見習生窩，聞到奇怪的味道。「現在是怎樣？」他不悅地嘀咕。

然後走過去，把頭探進入口處的蕨葉叢裡，隱約聽見裡頭的低語聲和臥鋪上的窸窣聲。

「小鴿！小藤！」他吼道。「妳們給我出來，妳們又不是見習生。」

兩隻小貓爬出見習生窩，一路笑鬧地在松鴉羽旁邊停下腳步，抖抖身上的青苔屑。

「我們只是四處看看啊！」小鴿抗議道。「而且我們馬上就要當見習生了，所以要先找好地方做臥鋪啊。」

「我們以後要睡在一起，」小藤補充道。「訓練也都要在一起。」

「沒錯，」小鴿喵聲道。「而且我們要一起去巡邏。」

松鴉羽冷哼一聲，不知道究竟該笑還是該哭。「妳們是在做白日夢吧！到時別的見習生會告訴妳們睡在哪裡，妳們的導師也會告訴妳們什麼時候巡邏，還有跟誰一起去。」

兩隻小貓安靜了一會兒，又突然嚷了起來：「我們才不管呢！走吧，小藤，我們去跟白翅說，我們已經參觀過見習生窩了。」

松鴉羽獨自站在那裡看著兩隻小貓莽莽撞撞衝回育兒室，心中不免感慨，記得自己小時候也以為有媽媽可以靠，現在卻只有葉池。

他的思緒似乎傳到了他的親生母親那裡，因為他突然聞到她的味道，她正和其他狩獵隊隊員從荊棘隧道裡走出來。松鴉羽聞聞空氣，知道隊員包括塵皮、蕨雲，而且連見習生蜂掌都帶了生鮮獵物回來，葉池卻空手而歸。

松鴉羽冷笑一聲。**她只能抓蝨子！她是巫醫，根本不是戰士！她應該來幫忙我，而不是從真相大白的那一天起，就抹煞她過去的一切。**

他聽見葉池腳步聲朝他走近，但他不想跟她說話，於是將頭扭到一邊，但仍感覺得到她從他身邊經過時心裡的悲傷。她沒有找他說話，可是他能感應得到她的孤單與挫折，而且強烈到彷彿那是他自己的情緒。她的鬥志好像全無了。

松鴉羽感覺得到其他隊員的尷尬，他們不知道怎麼對待葉池。長久以來，她一直是他們最信賴的巫醫，所以就算她曾經愛上風族貓，也不忍苛責她，不過現在他們也很無所適從，不知道該不該視她為忠貞不二的雷族貓。

狩獵隊將獵物放進獵物堆裡，這時亮心也跟在他們後面，穿過荊棘隧道走了進來，松鴉羽聞到蓍草的氣味。

「太好了，亮心，」他喊道。「我本來還在擔心妳能不能找到蓍草，因為都用完了。」

「在兩腳獸的舊巢穴那裡，還有一些新鮮蓍草。」亮心嘴裡含著蓍草，咕噥說道，同時往巫醫窩走去。

早在好幾個季節之前，亮心就從以前的老巫醫煤皮那裡學到一些基本的藥草知識和簡單的治療方法。而自從松鴉羽成了雷族唯一的巫醫之後，亮心便常過來幫忙他採集藥草，處理簡單的傷勢。他知道她不可能當他的見習生，因為她年紀比他大很多，而且早就以戰士作為一生職志，但他還是很感激她的幫忙。

再說，我現在也還不到挑見習生的時候。那是老巫醫才需要做的事，他只覺得眼前的路還很漫長，就像月池邊的古老足印一樣沒有盡頭，而且在他回歸星族前，還有一個預言得實現——將有三隻貓兒……星權在握。

日正當中，陽光直射而下，松鴉羽覺得自己熱到像火燒一樣。**我都可以聞到煙味了。**

他的鼻子動了動，原來那真的是煙味，他嚇得毛髮悚然，趕緊仔細嗅聞空氣，想確定真假，這才發現煙味來自山谷邊緣，靠近長老窩的地方。

「失火了！」他大喊道，同時往煙味的來處衝過去。卻幾乎撞上正從他身邊經過，要衝到空地中央的小鴿。

「失火了！」她尖聲大叫。「雷族失火了！」

松鴉羽很訝異她竟然能提早警覺到。**我還以為我是族裡鼻子最靈的貓呢！**但沒時間多想這件事了，他必須找到起火點，趕在它蔓延開來之前熄滅它。

松鴉羽跑向榛木叢，這時身後傳來更多尖叫聲。他察覺到蕨毛跑在他身邊，於是厲聲對他說道：「快把長老帶出長老窩。」

薑黃色戰士即刻轉身衝向長老窩的入口，松鴉羽則循著煙味繼續往前跑，一直跑到快到岩壁，才聽見火焰的霹啪爆裂聲。一股熱浪瞬間撲來，他只好停下腳步，但什麼也看不見，他覺得好挫折，這種感覺就如眼前火焰一樣又猛又烈。**我根本不知道怎麼滅火！**

這時另一隻貓從他身邊擠了過來，松鴉羽聞出灰紋的味道，火星和松鼠飛緊跟在後。

「我們需要水來滅火！」雷族族長明快地說。「松鴉羽，快叫他們去湖裡取水！」

「遠水救不了近火的，」灰紋喊道。「踢些土進去，可以滅火！」

松鴉羽聽見此起彼落的踢土聲，但煙霧和火焰並沒有熄滅，正當他準備轉身，打算遵照火星的命令行事時，突然聽見眾多貓兒朝這兒跑來的聲音。

「雲尾！獅焰！」火星大聲喊道。「感謝星族！」

松鴉羽覺察到是他的哥哥和別的貓兒帶著沾水的青苔跑了過來，接著便出現嘶嘶聲響，然後是嗆鼻的煙味。結果他一不小心吸進喉嚨裡，倒退幾步，大力咳嗽。

過了一會兒，獅焰才走過來。「好險！」他氣喘吁吁地說道。「如果沒有我們及時趕到，後果不堪設想。」

「你確定火已經完全熄了？」松鴉羽問道，眼睛被煙燻得一直眨呀眨的，幾乎睜不開。

「火星正在檢查。」獅焰長嘆一聲。「好吧，所以我想這表示我們得再去取一次水，只希望河族貓到時已經走了。」

「河族？」松鴉羽突然覺得自己的頸毛又豎了起來。

「我們到的時候，那裡剛好有支巡邏隊。」獅焰解釋道。「結果差點為了喝幾口水而跟他們打起來。所以如果河族貓還在那裡，肯定不歡迎我們回去。」他的聲音充滿憤怒。「他們的樣子看起來好像在計算你究竟拿走了幾滴水！」

松鴉羽垂著尾巴站在哥哥旁邊，四周盡是焦黑的灰燼，身邊貓兒開始清理地上的殘屑，嗆鼻的味道害他又咳了起來。

貓族的最後下場也會這樣嗎？他不免納悶。**像湖水面積一樣逐漸縮小？沒有明天，過程緩慢又痛苦？**

獅焰用鼻子碰碰松鴉羽的肩膀，安慰他。「別忘了，我們會再一次三力量合一的，」他低聲道。「白翅的小貓也是火星的至親。」

松鴉羽聳聳肩。「我們怎麼知道？為什麼星族到現在都不再給我們任何啟示？」

「我們也不確定一開始的預言是祂們給的。」他的哥哥指正道。

「可是祂們……」

松鴉羽正要開口說，卻被空地另一頭傳來的呼喊聲給打斷。「嘿，松鴉羽！」

松鴉羽的鬍鬚抽了抽，因為他聽出那是族裡最討厭的貓在說話。「什麼事，莓鼻？」他嘆口氣，轉頭過去。

莓鼻緩步走了過來。松鴉掌聞到他後面跟著罌粟霜。

「罌粟霜懷小貓了，」年輕戰士慎重其事地大聲說道。「我的小貓。」

「恭喜你！」松鴉羽低聲說道。

「我希望由你來親自告訴她，要她多休息，好好照顧身體，」莓鼻繼續說道。「因為懷孕也很危險，不是嗎？」

「呃……有時候是很危險。」松鴉羽承認道。

「對啊，我聽說過有可能早產，或是生出來的小貓體質太弱，或者……」

「莓鼻，」罌粟霜打斷他。松鴉羽聽得出來她覺得很煩，那語氣就像在向全族鄭重宣布似的。「我確定我身體很好。」

「還有也可能難產生不出來。」莓鼻自顧自地繼續說完，彷彿他的伴侶剛剛沒說過話。

「是可能會有問題，不過……」松鴉羽走上前去，仔細嗅聞罌粟霜。「她是隻健康的母貓，」他繼續說道。「沒有理由不讓她像平常一樣出去做事。」

「什麼？」莓鼻聽起來很不高興。「這樣不行！罌粟霜妳現在就給我去育兒室，讓蕨雲和黛西照顧妳。」

「沒有必要，真的……」罌粟霜才剛要開口，莓鼻已經推著她往育兒室走去。

松鴉羽站在原地不動，一直等到他們的腳步聲走遠。**真是鼠腦袋，你又不聽巫醫的勸，幹嘛還來找我？**

松鴉羽突然有很深的無力感。如果連自己的族貓都不肯聽他的話，星權在握又有何用？

「我不知道我們辦不辦得到，」他對自己說。「不管是我們兩個還是三力量合一……」

第三章

小鴿開心地蠕動身子，白翅正舔著她耳朵四周和脖子下面的毛。

「不要動！」她的母親斥責道。「妳身上的毛亂得像剛從荊棘隧道被拖出來一樣，這樣子怎麼參加見習生儀式啊！」

小藤站在育兒室入口，回頭掃了一眼。「大家已經在集合了，」她回報道，帶著抖音，充滿期待。「我猜全族的貓兒都會出來看我們升格為見習生！」

小鴿扭動身子，躲開她母親的舌功，踩著育兒室地上的青苔，跑去找妹妹。「我們走吧！」她催促道。

「時間還沒到。」她的母親告訴她。「我們必須等火星召集大家，再出去。」

「不會等很久的。」這個溫柔的聲音是黛西，她來自馬場。小鴿知道黛西永遠不可能成為戰士，她和蕨雲總是待在育兒室裡幫忙貓后照顧小貓。

此刻的黛西正蜷伏在罌粟霜身邊。罌粟霜兩天前才搬進育兒室，腹部已經微微隆起，肚裡懷著莓鼻的小貓，所以也算是黛西的孫子。

「妳會來看我們升格為見習生嗎？」她問那隻母貓。

「當然。」罌粟霜費力地站起來，很快梳理了一下自己，清掉身上的青苔屑。「我絕對不會錯過的。」

小鴿又扭了一下肩膀，彷彿連一分鐘都待不住。她興奮到連口渴都忘了。「我在想我們的導師會是誰啊？」她喵聲道。

小藤還來不及回答，火星的火焰色身影已經現身在擎天架上，中氣十足的聲音響徹全營地。「請所有已有能力捕捉獵物的成年貓都到擎天架下方集合。」

小鴿跳了起來，正準備衝到空地，卻被她母親用尾巴攔住。「還不行，」白翅低聲道。「妳們必須像見習生一樣端莊地走出去，別再像個莽莽撞撞的小貓。」

「好啦，好啦。」小鴿咕噥道，試著壓下不耐的語氣。

小藤也附和道，但隨即補了一句：「可是我緊張到有點想吐欸。」

「不行啦！」小鴿大叫一聲。**萬一小藤在見習生大典上吐了出來，族貓們會怎麼看我們？**

「不會，妳不會吐的，」白翅冷靜說道。「妳們兩個都要守規矩，別讓我沒面子。瞧，妳們的父親來接妳們了。」

樺落已經出現在育兒室入口，他兩眼發亮地低頭看著自己的女兒。「來吧，大家都在等妳們。」他告訴她們。

小藤跳了起來，小鴿縮起爪子，白翅則快速整理了一下自己，才上前去加入他們。這時候，全雷族的貓兒已經在擎天架下方的空地集合完畢。小鴿走出育兒室，小藤走在她旁邊，她們的父母緊跟在後，她感覺到自己突然成了目光焦點。黛西、蕨雲和罌粟霜走在最後頭，然後坐在育兒室入口的外面。

小鴿覺得一顆心噗通噗通跳得厲害，彷彿隨時會從胸口跳出來，但她還是盡量把頭和尾巴抬得高高的。

「我覺得我等一下一定會忘了該怎麼做。」小藤在她耳邊說道。

小鴿靠了過去。「別擔心，不會有問題的。」

白翅領著她們走向貓群中央，大家都自動讓出一條路。小鴿發現自己正站在她妹妹和松鼠飛之間，後者對她點點頭，表示鼓勵。

「這是部族裡最重要的時刻之一，所以召集大家前來，」火星開口道。「小鴿和小藤已經六個月大，該是她們成為見習生的時候了。」他用尾巴示意。「請上前來。」

小鴿本來想直接跳到群眾中央，還好及時想起她母親交代的話，於是慢慢走向前去，站在她妹妹旁邊。

「小鴿，」火星喵聲道。「從今天起，在妳得到戰士封號之前，妳將更名為鴿掌。」

「鴿掌！」四周族貓大聲喊道，這是她第一次聽見自己的新名字，竟有些不好意思，緊張到毛髮微微刺痛。「鴿掌！」

「星族，請求祢們帶領這位新的見習生，」火星繼續說道，抬頭仰望山谷上方的藍天。

「走上未來的戰士之路。」

鴿掌一想到所有化成星星的戰士祖靈，此刻都在天上俯視著她，不禁全身發抖。

「獅焰，」火星彈彈尾巴，指著站在擎天架下方亂石堆旁的金色虎斑戰士。「你將擔任鴿掌的導師。你是忠誠的戰士，戰技高超，相信你一定會將所學悉數傳授給鴿掌。」

獅焰！鴿掌看著空地對面那隻金毛公貓，心不禁抽了一下。**他是很厲害的戰士——但不知道喜不喜歡我？**

她快步走向他，緊張地抬起頭來，迎視那雙琥珀色眼睛。她驚喜地發現到，當他低頭和她互碰鼻子時，神情很愉悅。

「我一定會好好努力。」她低聲承諾。

「我也會，」獅焰答道。「我們一定會成為最佳夥伴。」

鴿掌驕傲地站在他身邊，聆聽火星為她的妹妹主持見習生升格儀式。小藤獨自站在貓群中央，看起來很緊張，但還是勇敢地把頭抬得高高的，專注看著火星。

「小藤，」火星喵聲道。「從今天起，在妳得到戰士封號之前，妳將更名為藤掌。願星族庇佑妳，帶領妳走上未來的戰士之路。」他停頓一下，讓族貓呼喊她的新名字，接著尾巴一掃，指向煤心。「煤心，當妳還是見習生的時候便已證明了自己具備無比的勇氣與耐心，藤掌未來將以妳為師。」

藤掌快步穿過空地，與煤心互觸鼻子，周圍貓兒立時響起讚許聲。灰色戰士熱烈招呼新進見習生，藍色眼睛閃耀著快樂的光芒。

「鴿掌！藤掌！」族貓們大聲喊道。族貓們蜂擁而上，向她們道賀，鴿掌覺得既驕傲又快樂。

「我們現在要做什麼？」她熱切地問獅焰。

「恐怕不是什麼很有趣的事。」他抽抽耳朵說道。「部族需要水，我們必須收集青苔，然後到湖邊取水。」

鴿掌還是很興奮。「太好了！這樣我就可以多見識一下我們的領地了。」她看看她妹妹，然後追問道：「藤掌和煤心可以一起去嗎？」

「當然可以。」這句話是煤心回答的。她正朝他們走來，藤掌蹦蹦跳跳地跟在旁邊。「不過我們得小心河族，他們可能會故意找我們麻煩。」

「河族不是住在湖的另一頭嗎？」藤掌偏著頭問道。

「已經不是了，」獅焰大聲說道。「我們走吧，路上我再解釋原因。」

他帶著她們穿過荊棘隧道，往湖的方向走去。鴿掌以前就算離開營地，也頂多只能在離營幾條狐狸尾巴距離的地方活動。如今看見新的景物，雖然興奮，但也因為聽聞了獅焰和煤心口中河族貓的無理要求，而感到憤憤不平。

「可是河族沒有理由霸占整座湖啊！」她抗議道。「他們可以嗎？」

「為什麼火星不跟他們爭？」藤掌喵聲道。

「火星不願意惹麻煩。」煤心解釋。「他希望找到一個不必讓雙方撕破臉的方法，所以他是很優秀的領導者啊。」

鴿掌不確定自己懂這句話的意思。雖然她只是個新進見習生，但也知道貓族是不准侵入彼此領地的。這是戰士守則的一部分。

「妳們要跟緊我和煤心。」獅焰警告她們。「不管發生什麼事，都不准去惹河族。」

只要他們不惹我和藤掌就行了。鴿掌心想。

她們的導師帶她們來到大橡樹底下收集樹根上的青苔，然後往湖邊走去。等他們從林子裡來到湖邊時，眼前景象不禁令鴿掌張口結舌，叼在嘴裡的青苔也差點掉下來。

「我還以為湖很大呢！」她倒抽口氣。「怎麼這麼小？」她不免失望。不過是一座比池塘大不了多少的湖而已，戰士們大驚小怪個什麼啊？

「它的湖水本來滿到我們現在所站的地方，」獅焰告訴她。他用耳朵指著前面大片乾涸的泥灘，那裡原本有狹長的礫石灘。「因為鬧旱災，湖才會變得這麼小。」

「不過往好處想，至少這次綠葉季，不會再有那麼多兩腳獸來這裡了。」煤心喵聲道。

「所以旱災也不盡然都不好。」這話聽起來不只像在安慰見習生，也像在安慰自己。

「要是湖完全不見了怎麼辦？」藤掌問道。

「不會的，馬上就會下雨了。」煤心這樣回答，不過她和獅焰互換的眼神令鴿掌懷疑她根本不太確定。

「既然都來到這裡，就順便了解一下領地範圍好了。」獅焰喵聲道。「這裡當然是雷族的領地，而那裡……」他用尾巴畫了一圈，「是風族的。」

鴿掌的目光順著他尾巴的方向望向蒼穹下方那座綠色高地。「那裡沒有林子可以狩獵欽。」她說出自己的看法。

「也不能這麼說。風族貓喜歡開闊的空間，所以那塊領地很適合他們。」煤心告訴她。「影族貓喜歡松樹林，所以領地選在那裡。」

鴿掌和藤掌仔細打量雷族領地另一頭那一排與湖接壤的暗色林子。「還好我不是影族貓。」藤掌喵聲道。

鴿掌集中精神，想記住眼前景物。她看見影族領地那裡有一群貓正緩步穿過貧瘠的野地，往更遠處的湖水走去。她深吸一口氣，嗅聞他們的味道。而在風族領地那邊，也有幾隻貓正要走回岸邊，鴿掌一樣先聞他們的味道。

「藤掌，」她低聲說，並用尾巴彈彈妹妹的一隻耳朵。「妳應該聞一下那些貓的味道，這對我們來說很重要。」

「什麼？」藤掌看她一眼，一臉茫然，鴿掌正要回答，卻被獅焰的叫聲給打斷。

「怎麼回事？」

鴿掌掃視乾涸的泥灘，瞄見一支雷族隊伍正往水邊接近。他們看起來走得很費力，後背拱起，尾巴揚在空中。過了一會兒，一位戰士突然回頭跑向岸邊，等他跑近一點時，她才認出那是刺爪。

「有麻煩了嗎？」獅焰大喊道。

「莓鼻和蛛足陷進泥沼裡了，」刺爪暫時停下腳步，氣喘吁吁的。「我得找個樹枝還是什麼的，把他們救出來。」

「我們去幫忙，」煤心告訴他，同時用尾巴示意兩個見習生。「妳們兩個也來吧，把青苔帶過來，小心別踩錯地方。」

她領著她們走進泥灘，鴿掌回頭看了一眼，發現刺爪正從堤岸邊的接骨木叢底下拉出一根長樹枝。正當他要把樹枝叼走時，松鴉羽突然從矮木叢裡衝出來，嘴裡仍咬著一坨藥草。

「嘿，那是我的！」他趕緊吐掉嘴裡的藥草，抗議道。「把它放回去。」

「你是鼠腦袋嗎？」刺爪嘴裡含著樹枝咕噥說道。「我有急用，不過是根樹枝而已。」

「那是我的樹枝。」鴿掌很驚訝松鴉羽竟然那麼激動，他眼帶兇光，頸毛倒豎，彷彿遇到仇敵似的。「你等一下要是不把它還給我，我就……我就……」

「好啦，我會把這根爛棍子還給你的啦。」刺爪吼道。「你不用那麼緊張。」

他叼起棍子，跑回泥灘。鴿掌和藤掌緩步跟在導師後面。鴿掌不敢踩得太用力，因為地面太燙了，她每一步都踩得很輕，深怕走到水邊時，腳掌都燙焦了。

「妳覺得松鴉羽是不是被太陽曬昏頭了？」藤掌低聲道。「刺爪說得沒錯，不過是根棍子而已。」

鴿掌聳聳肩。「也許它是巫醫專屬的東西。」

「是哦，可是萬一是我們的巫醫腦袋有問題怎麼辦？」

鴿掌沒有回答。他們離湖水愈來愈近，四處都是發亮的魚屍，那味道急竄過來，害她差點嗆到。突然間，堅硬的地面消失了，取而代之的是水亮溫熱的泥漿，老是吸住腳，而且一步陷得比一步深，它看上去軟綿綿的，彷彿想一口吞下她。

「站在這裡別動。」獅焰回頭警告她們。身上被褐灰色的爛泥巴濺得到處都是，連腹毛都黏成一團一團的。在他前方不遠處的莓鼻和蛛足，已經被泥漿淹到臀部。

兩位戰士無助踢打，身上覆滿爛泥。雖然還沒淹到他們的腹部，但卻找不到著力點讓自己爬出來。

「好險我們不是和他們睡在同一個窩裡，」鴿掌低聲對藤掌說。「他們身上的魚腥味和土味，起碼要一個月才會散。」

藤掌點點頭，「我猜他們大概也不敢和別的貓一起睡吧，得等到臭味沒了才行。」說完，便走到兩條狐狸尾巴以外的地方去看一條死魚。這時刺爪正小心翼翼地走近那個泥沼，嘴裡叼住棍子的一端，將另一端探向他的夥伴，要他們抓住。莓鼻先用爪子勾住它，再沿著棍子爬起來，踩上硬實的地面，獅焰和煤心趕緊幫忙他站起來。

「髒死了！」他大聲說道，呸掉嘴裡的泥巴，甩甩身上的泥漿，噴得到處都是。

鴿掌趕緊往後一跳，深怕被噴到。這時蛛足也抓著棍子爬了出來，氣喘吁吁地站在泥沼旁。

「謝了。」他對刺爪說道。「下次來這裡，我會小心點。」

刺爪點點頭。「不客氣，你們最好回營地把身上弄乾淨。」

蛛足和莓鼻蹣跚離開，頭和尾巴都垂得低低的，身上不斷滴下泥水。

「我想我現在最好把棍子拿去還給松鴉羽。」刺爪繼續說道，「免得他像發瘋的狐狸一樣。」

他回頭往岸邊走去，但才走幾步，就停下來了，因為遠處岸邊突然傳來一聲怒吼。鴿掌警覺地抬頭張望，只見一隻藍灰色的雜色公貓朝他們奔來，身後的尾巴揚得老高。鴿掌抽動鬍鬚，聞到一股陌生的味道，那味道和躺在地上的死魚很像。

一定是河族貓。

刺爪丟下嘴裡的棍子。「嗨，雨暴！」他喊道。「你要做什麼？」

河族戰士沒理他，也沒理那群離泥沼只有幾條尾巴距離的貓兒，反而直接衝向還在好奇嗅聞地上死魚的藤掌。

「小偷！」他喊道。「不准碰，那是我們的！」

藤掌趕緊轉身，驚見一隻成年的河族貓兒正朝她衝來，她瞪大眼睛，嚇得毛髮悚然。

「去你的老鼠屎！」煤心呸聲罵道，立刻衝上前去，制止雨暴攻擊她的見習生。鴿掌和獅焰緊跟在後。

這時，獅焰突然發出一聲警告。「小心，雨暴！」

鴿掌這才知道河族貓兒正往泥沼衝去。只不過他瞄準的目標是藤掌，根本沒聽見獅焰的警告，結果四腳陷進去，發出一聲夾雜驚恐的尖叫，泥漿迅速淹到他的肚子。

「救命啊！」他喊道。「快把我拉出來！」

「你自己爬出來啊！」煤心沒好氣地回答他，還故意停在泥沼邊，低頭看他掙扎。「你難道看不出來她只是個見習生嗎？這是她第一次到營地外面來。」

「對不起，」藤掌快步走過來，看起來很擔心。「我真的不是要吃那條魚。」

「我想沒有貓兒會想吃牠吧，」鴿掌走到妹妹旁邊補充道。「看起來噁心死了！」

雨暴沒有回答，他陷得比先前那兩個雷族戰士還要深，如今泥漿已經淹到肩膀，他死命地想爬出來，反而愈陷愈深。

「你別動，」獅焰喵聲道。「我們會把你救出來。」

刺爪帶著棍子跑過來，伸進泥坑，要雨暴抓住它，但他抓得不夠牢，剛剛的掙扎好像讓他透支了體力。鴿掌緊張地挨在藤掌旁邊。雖然河族貓剛剛想攻擊她妹妹，但她還是不願看見他淹死。

「救救……我……」雨暴發出粗重的聲音，費力伸長脖子，深怕口鼻沒入泥漿裡。

「我的天啊……」獅焰咕噥道，趕緊朝泥沼邊緣匍匐過去，每一步都小心翼翼，他盡可能向前探身，最後張嘴咬住雨暴的頸背，用力一拉，噗地一聲，河族戰士總算爬出泥沼，倒在地上，氣喘吁吁。

「算你好運！」刺爪冷冷地說道。「快滾吧，你不應該跑到湖這頭來的。」

雨暴四隻腳一陣亂扒，想站起來，又跌倒在地。

「現在怎麼辦？」煤心喵聲道。「他這樣子不可能走得回去。」

獅焰嘆口氣。「要是河族理智一點，就沒必要搞成這樣了。他的同伴在附近嗎？」

「在那裡。」刺爪用尾巴指。鴿掌瞄見遠處有一群河族貓，正在影族領地附近跟她先前看見的那支影族巡邏隊對峙。她的鬍鬚動了動，感覺到他們正在爭執。

「我才不想被無端捲進去呢，」刺爪決定。「如果過去那邊，一定會跟影族和河族打起來。我們還是走吧。」他用一隻腳戳戳雨暴。「乾脆你到我們營裡休息，等體力恢復了，再自己回去，至少我們的營地比你的領地近多了。」

「謝謝，」雨暴氣喘吁吁，蹣跚站了起來，好不容易才站直身子。獅焰走到他旁邊，拿肩膀撐住他。「煤心，妳帶那兩個見習生去取水，」他喊道。「我幫忙刺爪帶雨暴回營地。」

「沒問題。」煤心回答道。

鴿掌看見雷族兩位戰士扶著腳步蹣跚的雨暴穿過泥灘。「嘿，」她在後面喊道。「別忘了那根棍子。」

刺爪趕緊跳回來，不耐地彈打尾巴。「我真搞不懂松鴉羽在發什麼瘋！」他啐口罵完，隨即叼起那根棍子帶走。

「沒事吧，藤掌？」煤心問道，她低頭看著自己的見習生，藍色眼睛流露出擔心。

「我沒事，」藤掌回答道。「很抱歉，我不該對那條魚那麼好奇，如果剛剛不去接近牠，雨暴就不會掉進泥沼裡了。」

「這不是妳的錯！」鴿掌憤慨說道。「是他自己莫名其妙。」

「鴿掌說得沒錯，」煤心喵聲道。「是他太大驚小怪了，好了，拿起妳們的青苔，我們去取水吧。我想快點回營裡去聽聽看火星對這件事有什麼看法。」

第四章

獅焰在空地中央停下腳步，好讓雨暴在地上休息一下。雨暴癱躺在地上，四隻腳橫七八豎地放著。他看起來很糟：身上滿是泥濘，凝結成塊，而且身形如柴，彷彿已經有個把月沒飽餐一頓。獅焰不免有點同情他。

如果連條死魚都要爭，那麼可想而知河族八成是有麻煩了。

刺爪已經離開，到亂石堆附近的族長窩找火星。獅焰被留下來陪雨暴和松鴉羽，當時他們一回到湖岸，松鴉羽就跟著大夥兒一起回來。獅焰因為一路撐扶著雨暴，肩膀早就痠痛不已，嘴巴也好渴。現在已經快正午了，山谷裡的熱空氣微微震顫著。雨暴身上的泥漿早就曬乾。

如果不是遇到這件麻煩事，我們早把水拿回來了。獅焰心想。**天氣這麼熱，大家應該去休息才對。**

更多的雷族貓從窩裡出來，好奇打量河族

戰士。

「他在這裡做什麼？」花掌叼著一大團臥鋪從長老窩裡出來，她放下臥鋪，蹦蹦跳跳地穿過空地，上前打量。「他是我們的囚犯嗎？」

「不是，只是碰巧遇上，」獅焰解釋道。「等他休息夠了，就會自己回去了。」

「我不懂他為什麼要來這裡休息。」鼠毛跟在見習生後面，尾巴搭在長尾肩上，帶他出來。波弟跟在後面。她多疑地聞了一下。「呃！他的味道像條臭魚。」

「我們的水呢？」波弟問道。

「雨暴受傷了嗎？」亮心語帶同情地問。「松鴉羽，要不要我去拿點藥草來？」

「不用了，他只是累壞了。」松鴉羽回答。

獅焰開始解釋湖邊遭遇的始末，他沒提到雨暴想攻擊藤掌，因為他相信河族戰士並非真的想傷害年幼的見習生，所以不想製造更多敵意。

「我們得派隻貓來看著他。」獅焰說完始末後，棘爪這樣說道。「不能放任他在營裡到處遊蕩。」

「他看起來也沒力氣到處遊蕩。」沙暴彈彈耳朵說。

火星在刺爪的陪同下走了出來，大家不再議論紛紛。火星穿過貓群，站在河族戰士面前。雨暴掙扎著想坐起來，但獅焰看得出來他其實很吃力。

火星垂頭向河族公貓致意，態度冷淡。「你好，雨暴，」他喵聲道。「刺爪告訴我事情的經過了。」

「是的，我……」雨暴吞吞吐吐，彷彿話卡在喉嚨裡吐不出來，後來才終於說道：「我很感激你的戰士出手相救。」

「任何貓兒遇到麻煩，我們都會出手相救，」火星回答。「你最好待在這裡等到太陽下山了再回去。獅焰會告訴你哪裡可以休息。」

「我會派個守衛看著他。」棘爪補充道。

「好主意。」火星喵聲道，其他幾隻雷族貓也出聲附和。

「他可以吃點生鮮獵物嗎？」蕨雲問，目光溫柔地看著雨暴，眼裡盡是同情。

「我們自己都不夠吃了，」刺爪沒等族長回答便厲聲回答。「火星，回來的路上，我想到了一個好主意。畢竟我們救了他一條命，所以雷族可以要求他們回報。」

火星轉頭看他，表情不解。「這話什麼意思？」

「我們抓到一個河族戰士，所以何不捎個信給豹星，若想領他回去，就拿幾條魚來換吧。」

「什麼？」雨暴抗議道。「你們不能這麼做！」

「臭貓，我們愛怎麼做，就怎麼做。」刺爪反駁道，爪子出鞘。「難道你不覺得我們救了你一命，應該要得到回報嗎？」

「沒錯！」圍觀群眾的後方有隻貓兒附和道。

「你們長鼠腦袋了嗎？」松鴉羽扭頭對發言者怒斥：「我們要河族的魚幹嘛？那麼臭，誰要吃。」

獅焰環顧族貓，發現雖然有松鴉羽的當頭棒喝，但還是有貓兒站在刺爪那一邊。**對啊，有何不可？**他心想，**反正我們很餓了。**可是一想到要把一個戰士留下來當俘虜，他就覺得不妥。

「你認為呢？火星？」沙暴小聲催促。

火星沉默不語好一會兒。雨暴的目光則來回搜看每隻貓兒，彷彿想從他們的眼裡看見自己的未來命運。

「我覺得刺爪說得沒錯，」身上泥巴已經乾掉的蛛足擠到前面來說。「也好趁這機會教訓一下河族，叫他們不准再到湖這頭來。」

「而且不准再命令其他部族該怎麼做，」雲尾補充。「豹星太自以為是了。」

「話不是這麼說，他們只是走投無路而已，」蕨毛反駁著。「天氣這麼熱……」

「我們這裡也很熱啊！」鼠毛厲聲道。

「火星？」棘爪抬起尾巴，制止他們再繼續爭論。「你要我們怎麼做？」

火星終於搖搖頭。「很抱歉，刺爪，我知道你是為部族著想，我也承認這是個好機會，可以為部族爭取更多食物。但戰士守則並不允許我們這樣要脅他族。」

「沒錯，」松鼠飛走到她父親身邊應和道。「這只會讓問題變得更棘手。」

刺爪張開嘴巴，似乎想爭辯什麼，最後還是閉上，聳了聳肩。「你說了算，火星。」他咕噥道。

「棘爪，帶雨暴去休息，」火星指示。「等晚一點，天氣比較涼了，再帶支巡邏隊送他回河族。」

獅焰爬進岩石下方的陰涼處補眠，卻做了幾個亂七八糟的夢，醒來後還是一樣疲累不堪。他緩步走向那堆少得可憐的獵物堆，空地上有道拉長的陰影，樹頂上的天空布滿紅霞。正午的酷熱已經褪去，但空氣仍顯窒悶。

也許我可以組一支狩獵隊。

「嘿，獅焰！」

獅焰聽見棘爪喊他，立時轉頭。副族長朝他跳了過來，雨暴緩步跟在後面。河族戰士的腳步已經穩多了，只是看上去還是很疲累。

「我要帶支巡邏隊護送雨暴回去，」棘爪走向獅焰，同時向他解釋。「我希望你也一起來。」

「好啊，我可以帶鴿掌去嗎？這對她來說會是很好的學習經驗。」

棘爪點點頭。於是獅焰轉頭尋找見習生，結果在見習生窩的洞口外面找到她和藤掌及煤心。他揮了揮尾巴，三隻貓兒全朝他跑來。

這時候，棘爪已經鑽進戰士窩，帶著蕨毛和栗尾一起出來。獅焰注意到棘爪刻意不找那些想把雨暴當俘虜的貓兒。

「我們要送雨暴回河族。」獅焰對走近的鴿掌這樣說。

「太棒了！」鴿掌興奮地跳了起來。「這樣我就可以看到更多領地了。」

「我們可以一起去嗎？」藤掌問道，她抬頭看著煤心，表情期待。

「對不起，不行，」煤心回答。「妳們倆要習慣各做各的事，」接著又對那垂頭喪氣的見習生補了一句。「我們去訓練場，我教妳格鬥技巧。」

「太好了！」藤掌立刻精神一振，兩眼發亮。「鴿掌，等妳回來，我就能擊敗妳了。」

鴿掌用尾尖輕彈妹妹的耳朵。「那就試試看啊！」

棘爪尾巴一掃，召喚隊員集合，帶頭走出荊棘隧道。他們一進林子，獅焰便發現他們其實是往影族領地走去。

「走風族那條路不是比較安全嗎？」他提議。

棘爪目光深沉地瞥了他一眼。「我們最近跟風族有很多衝突，」他答道。「再說那條路比較遠，我不確定雨暴有沒有那個體力。所以如果直接穿過泥灘，沿著湖的左岸與影族領地之間走，應該不會遇到什麼麻煩。」

「希望你是對的。」獅焰咕噥道。

他們從林子裡出來，這片林子距離與影族接壤的那條河不遠。獅焰看著裸露的河床，心裡很難過。「這條河的水以前多到快要滿出來，」他告訴鴿掌，後者走過來，站在他旁邊，低頭好奇探看乾涸的河床。「那時河水會日以繼夜地往湖裡流，現在全沒了。」

「是因為這樣，湖才縮小嗎？」鴿掌偏著頭問。

「部分原因吧。」獅焰答道。

「那河裡的水為什麼沒了？」

「不知道，我猜應該是天氣太熱吧。」

鴿掌望向上游的彎道處，那裡的蕨葉都快枯死了。她的鬍鬚不斷抽動，爪子一張一合。

「我們也沒辦法，」獅焰告訴她。「走吧。」

鴿掌身子彈了一下，彷彿被他嚇了一跳，他不懂什麼事讓她分了心。

「妳……」他才要開口，便被一聲吼叫打斷。「獅焰！你到底要不要跟我們走啊？」

棘爪已經帶著其他隊員走到乾涸的湖床上，這時正停下腳步，回頭喊他。

「對不起！」獅焰大聲回答，趕緊跑上前去，跟上隊伍，鴿掌蹦蹦跳跳地緊跟在後。「跟緊哦，」他警告鴿掌。「要是遇見影族戰士，由棘爪負責跟他們打交道。」

「萬一他們攻擊我們呢？」鴿掌喵聲道，表情看起來興奮多過於害怕。

「我不認為他們會攻擊，但萬一真的攻擊，」獅焰警告她。「妳要盡可能地躲開，因為妳沒受過格鬥訓練，他們一出手，妳就死定了。」

「才不會呢。」鴿掌嘴裡嘀咕，音量小到只有她的導師聽見。

獅焰沒斥責她，畢竟他還記得以前當見習生時的心情，那時總是急於表現自己的能力，妄想立刻學會所有格鬥技巧。他喜歡這隻小母貓，因為她很勇敢、很好奇，他相信她會學得很快。

妳是第三隻貓嗎？他看見她小心翼翼地越過泥灘，目光來回搜看，彷彿正在查探有無影族貓靠近。**還是妳的妹妹？真希望星族能降個啟示給我們。**

還好穿過泥灘時，並沒發現影族巡邏隊的蹤影，但獅焰還是覺得堤岸邊的矮樹叢底下有許多隻眼睛正鬼祟的盯著他們看，不過終究沒有貓兒出現。

「現在你走前面，」棘爪對雨暴說道。「帶我們去你的營地。」

「你們沒必要進入我們的營地吧，」雨暴反駁道，他現在已經回到自己的地盤，語氣又開始變得囂張。「我自己可以回去。」

「我希望讓豹星聽聽我們這邊的說法。」棘爪回答道。獅焰從他尾尖的動作看得出來棘爪已經有點動怒。「如果她要送魚來報答我們，我們也樂於接受。」

「我們才沒有獵物可以送你們呢。」雨暴厲聲回答，然後帶頭爬上堤岸，進入河族領地。

河族營地就在兩條河流之間的一塊楔形地上，這裡的河水水位通常很高，如今卻快見底了。原本沿岸而生的綠色植物已經枯槁，連裸露在外的泥灘也被太陽曬到龜裂。空氣裡盡是腐臭的蘆葦和死魚味。

獅焰緊張到毛髮悚然。他們正走進別族的地盤，就算有正當理由，河族還是可能不採信。

「他們會把我們趕走嗎？」鴿掌低聲問道。

獅焰被她的話嚇了一跳，他已經盡量在掩飾自己的情緒，不想讓見習生知道他的掛慮，但沒想到她的心思竟如此敏銳。「有可能，」他低聲回答。「要是遇到什麼麻煩，一定要跟緊我，睜大眼睛，提高警覺。」

雨暴帶著雷族巡邏隊穿過乾涸的河床，爬上另一頭的堤岸，這時一隻灰色母貓從矮木叢裡走了出來。獅焰認出對方是河族副族長霧足，這才鬆了口氣。霧足向來理性，從以前就對雷族很友善。

可是當霧足的目光掃過巡邏隊，開口說話時，語氣卻一點也不和善。「你們來這裡做什麼？」她質問道。「雨暴怎麼了？」

「他們要我留在他們的營地裡……」雨暴開口說道。

「是我們允許他留在我們營地裡，」棘爪打斷道。「他掉進岸邊的泥沼裡，是獅焰和刺爪救了他一命。要不是他們，他早就蒙星族寵召了。」

「是真的嗎？」霧足問雨暴。

河族戰士垂下頭。「是的，我很感激他們，但後來他們不讓我回來，要豹星拿魚來換。」

「真的？」霧足豎直耳朵，轉頭懷疑地看了棘爪一眼。

「我們是討論過這件事，」棘爪承認，語氣聽起來有點尷尬。「不過火星說這有違戰士守則，所以我們只是單純地讓雨暴在營裡休息，等太陽下山了，才送他回來。我們可以和豹星說話嗎？」他很禮貌地問。

「豹星在忙，」霧足的語氣倉皇，獅焰覺得她好像在隱瞞什麼。「我很感激你們的幫忙，」她繼續說。「如果有魚的話，一定會分給你們，但是我們沒有。」

兩位副族長僵持了好一會兒，互看著彼此。獅焰猜想棘爪八成也在考慮要不要堅持見豹星一面。**算了，棘爪，我們在河族營地裡是討不到什麼便宜的！**

鴿掌站在他旁邊，豎直耳朵，鬍鬚不停抽動，兩隻明亮的金色眼睛似乎可以透視矮樹叢後方的河族營地。

我倒希望她真能看見裡面是怎麼回事，獅焰心想道，**河族一定有什麼事在隱瞞我們。**

最後棘爪垂下頭。「那麼我們就不打擾了，霧足。請代火星向豹星致意，也願星族保佑你們。」

霧足看起來鬆了一口氣。「你也是，棘爪。」她答道。「謝謝你救了我們的戰士。」然後用尾巴向雨暴示意，轉身消失在矮樹叢後面的營地。雨暴朝雷族貓尷尬地點個頭，嘴裡咕噥「謝謝」二字，也跟著她走進去。

「唉，」栗尾大聲說道。「好歹他的語氣可以再客氣一點吧！聽在別的貓兒耳裡，還以為我們欺負他呢。」

棘爪聳聳肩。「反正他們絕對不會承認他們需要別族的幫忙，算了。」他跳過乾涸的河床，快步走向領地邊緣。蕨毛和栗尾與他齊步而行，獅焰和鴿掌殿後，還不時回頭張望，深怕有河族貓跟蹤他們。

「獅焰，」腿不夠長的鴿掌氣喘吁吁地跟在後面，「那隻灰毛的貓是河族副族長嗎？」

「是啊，她叫霧足，是很優秀的戰士。」

「她好像在擔心什麼，是不是？」

獅焰有點訝異他的見習生竟然有這麼細微的觀察力。他的確覺得霧足有事相瞞，但看不出來她在擔心。「所有的貓都很擔心這次的旱災和獵物短缺的問題。」他指正道。

鴿掌搖搖頭。「不，我覺得不只這樣。我認為她是在擔心那隻病貓。」

獅焰在泥灘邊緣停下腳步，瞪著她看。「什麼病貓？」

「河族營地裡有隻貓病得很重，」鴿掌喵聲道，淺金色的眼睛瞪得大大的，一臉驚訝。

「你不知道嗎？」

第五章

有隻腳正在拍鴿掌的耳朵，叫她起床，她沒有睜開眼睛，生氣地反拍回去。「不要碰我，藤掌！我想睡覺！」自從見習生儀式之後，已經過了快一個月。昨天，她們的導師才幫她們做了第一次的戰技測驗。鴿掌從不曾這麼累過。在眾目睽睽之下施展戰技，實在太嚇人了。

那隻腳又在打她，力道很輕，但使出了一點爪功。

鴿掌眼睛倏地睜開。「藤掌，如果妳再打我，我就……」

她突然閉上嘴巴，瞪大眼睛。站在她面前是隻素昧平生的貓：一隻黑灰色母貓，毛髮凌亂而且打結，有一雙琥珀色眼睛。對方張開下顎，發出吼聲，露出兩排參差不齊的牙齒。

鴿掌趕緊跳起來，蹲下身子，準備迎戰這隻不知道從哪兒跑進來的貓。「妳是誰？妳要做什麼？」她吼道，力持鎮定。

「我要找妳。」陌生貓兒這樣說道。

鴿掌強自壓下慌張的心情，環顧見習生窩，月光透過入口處的蕨葉，滲了進來，她清楚看見藤掌和其他室友正睡得香甜。

「藤掌！」鴿掌用力拍妹妹。「快醒來幫幫我！」

藤掌卻一動也不動。鴿掌抬頭瞪著那名闖入者，恐懼被憤怒給取代。「妳對她做了什麼？」

「什麼也沒做，」母貓回答，但那雙琥珀色的眼睛有懊惱的神色。「現在照著我話做，快跟我來。」

鴿掌很想問為什麼要照她的話做，但還是不由自主地跟著她起來，爬出見習生窩，只見整座空地靜悄悄的，沐浴在月光下，地上陰影與銀色岩壁形成強烈對比。在荊棘隧道入口擔任守衛的蟾蜍步變得像化石一樣動也不動。當神祕的母貓帶著鴿掌走進森林時，他竟然連鬍鬚都沒動一下。

真奇怪，鴿掌心想。**這到底怎麼回事？**就連森林看起來也變得不一樣了。原本乾枯稀疏的矮樹叢竟變得翠綠茂密，腳下的草地也是嫩綠沁涼。

「我們要去哪裡？」她喊道，踉蹌爬過刺藤叢下方一根橫倒在地的樹枝。「我不應該這麼晚還溜出來，我會有麻煩的……」

「別抱怨了，」灰色母貓厲聲說。「妳很快就會知道怎麼回事了。」

她帶著鴿掌穿過林子，漸漸的，矮樹叢變得稀疏，更多月光透了進來。清涼的微風迎面襲來，聞得到水的氣味。鴿掌停下腳步，在歷經多日來的暑熱之後，終於嚐到了涼風吹拂的滋味。

「來吧。」那隻母貓在幾條狐狸尾巴距離以外的樹蔭底下停下腳步。「過來看看這個。」

鴿掌跳到她旁邊，驚訝地瞪大眼睛。林子那頭是一大片雜亂的草地，再過去竟是一望無際的湖光水色，水面鑲著銀色月光，輕柔的拍浪聲聽在耳裡，猶如育兒室裡的貓后輕舔小貓的聲音。

「這……這是湖欸！」她結結巴巴。「可是它是滿的！我從沒見過這麼多水。我在做夢嗎？」

「腦袋總算清楚了！」母貓諷道。「難道現在見習生的腦袋都是用漿糊糊的嗎？廢話，妳當然是在做夢。」

鴿掌這才注意到母貓腳下有朦朧的星光。「妳從星族來的？」她低聲道。

「是啊，」母貓回答。「我以前也是雷族的貓。」

「那妳能不能幫雷族一點忙？」鴿掌問著，她的聲音因害怕和興奮的關係而微微顫抖。

「我們現在過得很苦。」

「每個季節，貓族都會遇到難關，」老灰貓回答道。「戰士守則從來沒有保證過你們一定會有安逸的日子可過。爭戰將永遠不休……」

「爭戰？」鴿掌冒然打斷她的話，神情驚恐，但隨即甩動尾巴，蒙住自己的嘴。「對不起。」她咕噥道。

「每個世代都免不了會有血光之災，」母貓繼續說，那雙琥珀色的眼睛突然變得柔和。鴿掌這才知道在對方不羈的外表之下，其實藏了一顆柔軟的心。「但希望長存，就像太陽一樣，第二天永遠會升起。」

她的身影開始模糊，鴿掌甚至能透視她的身體，看見後方那片銀亮的湖水。

「別走！」她懇求道。

灰色母貓的身影更模糊了，僅剩一縷輕煙，最後完全消失不見，但就在她澈底消失的那瞬間，鴿掌再次聽見母貓的聲音在她耳畔輕柔低語。

在犀利的松鴉和怒吼的獅子之後，將有和平之鴿展翅翩翩飛來。

⚡⚡⚡

鴿掌突然驚醒，心臟噗通噗通跳得厲害，她立刻跳了起來。**我還在窩裡！所以這是場夢……**曙光透過入口處的蕨葉縫隙透了進來，她聽見空地有貓兒正在呼喚彼此，為新的一天做準備。

她身邊的藤掌抽抽耳朵，倏地睜開眼睛。「怎麼了？」她咕噥道，聲音猶帶睡意。「妳為什麼突然跳起來？」

睡在鴿掌後面的蜂掌也發出不悅的聲音。「妳知不知道，妳剛剛把青苔都踢到我身上了？」

「對不起！」鴿掌喘口氣道。她搬進見習生窩已經快一個月了，還是很不習慣這裡的擁擠。

那場夢消失了，她想再抓回來，但那夢境如落葉一樣飄忽不定，難以捉摸。**有隻老灰貓……她是星族戰士……那座湖再度注滿湖水。**她感覺到自己的四肢痠痛不已，彷彿真的曾在半夜跑出去看湖又回來。**鼠腦袋！這不過是場夢！**

但此夢非比尋常。星族戰士給她一個啟示。她張爪用力戳進青苔臥鋪，試圖回想那些話，但怎麼也想不起來。她哼了一聲，一半覺得好笑，一半覺得懊惱。**妳以為妳誰啊？巫醫嗎？憑什麼星族戰士要傳話給妳？**

她張嘴打了個大呵欠，不再去想那個夢。她蠕動身子，穿出蕨葉叢，走進空地。太陽緩緩升起，天色逐漸亮了起來。黎明巡邏隊已經離開。就在那一瞬間，鴿掌突然收到遠方的訊息，是蕨毛和栗尾正在影族邊界的小河附近追蹤獵物。她豎直耳朵，聽見栗尾撲上一隻想逃上樹的松鼠。蕨毛走了過去，用鼻子輕觸栗尾耳朵。「抓得好。」他低語說道。

鴿掌心想，**還是別再聽下去了**，於是關掉栗尾的嬌語，改聽枯樹上一對歐掠鳥的爭吵聲。她任由自己的感官在雷族領地上馳騁，忽然聽見雷族的黎明巡邏隊在風族邊界附近傳來痛苦哀號，接著就聽見莓鼻大叫：「我踩到刺薊了。」

鴿掌發出好笑的喵嗚聲，她可以想見那位乳白色戰士氣得跳腳，急著想拔刺的模樣。她認識莓鼻也不是一兩天的事了，她知道他現在一定是怨東怨西，就是不會怪自己。

「我的老天！」塵皮的語氣聽起來火冒三丈，「你可不可以不要動，讓我們幫你拔出來？玫瑰瓣，幫他拔出來，不然我們可能得在這裡耗上一整天了。」

「雷族的一天又開始了。」鴿掌自言自語道。

那妳的夢怎麼辦？有個小小的聲音似乎在問她。

「什麼怎麼辦？」鴿掌嘟囔道，又把那個夢推開。

她溜回窩裡，用力戳了藤掌一下。「起來了，懶骨頭！我們去找煤心和獅焰，看看他們今天會不會帶我們去狩獵。」

⚡⚡⚡

鴿掌叼著一隻老鼠和一隻黑鳥，非常得意地往獵物堆走去。附近聚集了幾個戰士，她當他們的面把獵物放進去。

「成績不錯哦！」正在和伴侶蜜妮分食田鼠的灰紋抬眼喵聲道。「以這種進步速度來看，妳八成會成為雷族史上最厲害的狩獵者之一。」

「她當見習生的時間還不到一個月呢，」獅焰走了過來，放下獵物說。「她好像可以解讀獵物的心思，知道牠們下一步要做什麼。」

白翅正和旁邊的樺落互舔毛髮，她非常滿意地喵嗚一聲。「很好，很高興聽見妳工作很認真。」

鴿掌覺得不好意思。「我沒那麼厲害啦。」她趕緊謙虛道。她不喜歡在藤掌面前受到讚美，因為她的妹妹今天費了好大力氣才抓到一隻小地鼠。「是我的導師教得好。」

她發現這句話說錯了，別的貓會以為她在批評煤心。還好灰色母貓似乎沒注意到這句話的語病，反倒是藤掌嫉妒地看了姊姊一眼。

「別沮喪，」鴿掌低聲道。「妳只是運氣不好，才沒抓到那隻松鼠。」

藤掌不悅地聳聳肩。「只憑運氣是餵不飽肚子的。」

「妳們各自拿隻獵物去吃吧。」煤心對兩個見習生說。「今天早上，妳們都辛苦了。」

「謝謝！」鴿掌從獵物堆裡挑了一隻田鼠，藤掌猶豫了一下，最後選了她自己抓回來的地鼠。鴿掌知道妹妹的個性，就算她再餓，也不願多占一分便宜。

鴿掌的肚子也在咕嚕咕嚕叫，可是當她蹲下來進食的時候，她卻告訴自己千萬不要狼吞虎嚥。太陽已經高掛樹頭，陽光無情地當頭罩下。在太陽下山之前，不會再有貓兒出去狩獵。

「真不知道這旱象還要持續多久。」蜜妮嘆口氣，她吃完了自己的份，伸出舌頭舔舔鬍鬚。「到底還要多久才會下雨。」

「只有星族知道吧。」灰紋回答道，尾巴輕觸伴侶的肩膀，安慰她。

「星族應該幫點忙的！」和榛尾及鼠鬚一起坐在獵物堆旁的蛛足抬頭說。「難道他們以為我們沒水喝也能活下去嗎？」

「湖裡快沒水了。」榛尾難過地說。「影族和我們領地中間的那條河也已經乾了。」

「水都到哪兒去了呢？」鼠鬚懊惱地抽動耳朵。

鴿掌頓了一下，表情疑惑，然後又咬了一口鼠肉。「你們難道不知道河水為什麼會乾掉嗎？」她問道。「不是因為有棕色動物把河水堵住嗎？」

蛛足瞪著她。「什麼棕色動物？」

鴿掌囫圇吞下嘴裡的食物。「就是把樹幹和樹枝拖進河裡的那些動物啊。」

她環顧四周，這才發現獵物堆旁的每隻貓兒都在瞪著她看。剛吞到肚子裡的田鼠，突然變得像石頭一樣沉甸甸的。**為什麼大家看我的眼神都這麼怪啊？**

四周靜默不語，時間像凝結了一樣。終於獅焰打破沉默地說：「鴿掌，妳到底在說什麼？」

「就是……那些很大的棕色動物啊，」她結結巴巴。「牠們把河圍起來，堵住水流，就像我們用荊棘圍在營地入口一樣。還有兩腳獸在旁邊看著牠們。」

「兩腳獸！」鼠鬚哼了一聲，覺得好笑。「牠們有長翅膀，還會飛對不對？」

「別鬧了，」鴿掌厲聲回道。「牠們只是看著那些動物，用……一些兩腳獸的東西對準牠們。也許是兩腳獸叫牠們把河堵起來的。」

「所以連豪豬也會飛囉？」蛛足嘆口氣道。「獅焰，你真的應該叫你的見習生別再亂掰了，這一點也不好笑，我們的日子已經很不好過了，別拿這種事亂開玩笑。」

「沒錯，」白翅附和道。她眼裡的讚許不再，取而代之的是懊惱和尷尬。「鴿掌，妳是怎麼了？妳愛怎麼跟妳妹妹玩都沒關係，但別在族貓面前胡說八道。」

鴿掌生氣地跳了起來，完全忘了田鼠肉還沒吃完。「我不是在玩，我也沒有亂掰，你們為什麼不相信我？」

「我不懂妳在說什麼，」蛛足反駁道。「兩腳獸和棕色動物？聽起來好像唬小貓的故事。」

「你們沒聽見嗎？」鴿掌問道。但其他貓兒都用一種很不自在的彆扭神情看著她，害她不太敢看他們。

「別對她那麼兇。」灰紋用尾巴彈彈蛛足。「我們在當見習生的時候，也都愛這樣胡說八道啊。」

「也許是搞錯了，」蜜妮好心地說。「可能天氣太熱，妳是不是做惡夢了？」她問鴿掌。

「我沒有做惡夢，也沒有胡說八道。」鴿掌不再生氣，反而有些難過，她用前爪刮著地上的土。**他們為什麼要假裝不知道那條河被堵住？**

「來吧，」榛尾起身，伸個懶腰。「我們去找塊蔭涼的地方休息，也許也會碰到很大的棕色動物。」她緩步走向空地邊緣，後面跟著蛛足和鼠鬚。樺落繞過獵物堆，在鴿掌面前停下來，神情嚴肅。

「如果只是為了好玩才亂掰，就別再胡說八道，快去跟大家道個歉，」他喵聲道。「但如果是因為身體不舒服，就去找松鴉羽拿藥草吃。反正別再唬弄戰士們了，他們還有工作要忙，沒時間聽這種育兒室的故事。」

「這不是故事！」鴿掌真想學迷路的小貓一樣放聲大哭。**連我的父親都不相信我！**

樺落和獅焰互換一個眼神，這才跟著白翅、灰紋和蜜妮一起離開，回去戰士窩。煤心也站了起來。「藤掌，去休息吧。等天氣涼一點，我再教妳格鬥技巧。」

「謝了，」藤掌喵聲道，目送導師跟著其他戰士走開，然後狠狠推了一下鴿掌。「妳別再賣弄了，好不好？」

鴿掌瞪著她，一臉不敢相信。「可是藤掌，妳……」

藤掌斷聲說道：「妳只是想讓大家注意到妳。」鴿掌還來不及回答，藤掌已經跳開，消失在見習生窩裡。

鴿掌仍蹲在獵物堆旁，一臉垂頭喪氣。大家都對她不屑一顧，只因她知道棕色動物的事。**為什麼他們要假裝不知道呢？**獅焰應該有聽見吧，當她在影族邊界的上游處聽到那個聲音時，他就站在她旁邊。也許這是個天大的祕密，見習生不可以知道？**如果真是這樣，那他當初根本不該帶我去空河床那裡。**

過了一會兒，好像有誰正用鼻子輕輕碰她的耳朵，她抬頭一看，原來是她的導師，他低頭看著她，琥珀色的眼睛顯得莫測高深。

「跟我來。」他說道。

第六章

鴿掌跟著獅焰穿過荊棘隧道，來到營地外面的空地。他也對我不滿嗎？她心裡納悶。

獅焰在空地邊緣榛木叢的樹蔭底下停了下來，轉身面對自己的見習生。「告訴我，妳聽見了什麼？」他喵聲道。

鴿掌很訝異，他要處罰她嗎？「湖浪拍岸聲，」她答道。「還有黎明巡邏隊正在回來的路上。」她的心情現在總算開朗了點，於是又繼續說。「莓鼻之前踩到刺薊，想用牙齒把刺拔出來，所以只能用三隻腳站著。」

「真的？」獅焰咕噥道。「這是什麼時候的事？」

「那時他們在風族邊界那裡，就在河床的踏腳石附近。」

鴿掌說話的同時，空地另一頭的蕨葉叢突然分開，塵皮鑽了出來，走進空地，後面跟著玫瑰瓣、狐尾和莓鼻。乳白色戰士真的一跛一跛地走著。

「嘿，莓鼻，」獅焰喊道。「你怎麼了？」

莓鼻沒有回答，只是長嘆一聲。

「他踩到刺薊，」塵皮厲聲答道。「氣得直跳腳，好像全天下只有他最倒楣似的。」

獅焰沒有吭氣，一直到巡邏隊走進隧道，才轉身面對鴿掌，目光炯炯，害她有點害怕。

「妳等我一下。」他命令道。

鴿掌蹲了下來，目送他穿過空地，跟其他巡邏隊隊員一起進入隧道。她緊張到有點反胃，**我不懂我到底做錯了什麼。**

過了一會兒，她看見獅焰回來了，後面竟然跟著松鴉羽，她愣在原地，心想，**難道獅焰也以為我病了？需要看巫醫？**

「這件事最好很重要，」松鴉羽嘴裡念念有詞，跟著獅焰穿過空地。「我在忙著做蓍草藥膏欸。」

「真的很重要，」獅焰向他保證道，在鴿掌面前停下腳步。「我想應該就是她了。」

「是什麼？」緊張的鴿掌聲音尖銳地反問。「你們講話時可不可以不要把我當空氣？」

獅焰沒理她。「她可以聽見我們聽不見的聲音，」他向松鴉羽解釋。「絕不是星族告訴她的，我意思是她有順風耳。」再轉身對鴿掌說：「快告訴松鴉羽，棕色動物堵住河水的事。」

鴿掌心不甘情不願地把在獵物堆旁說過的話再說了一遍。她說完後，以為松鴉羽一定會像其他貓兒一樣嘲笑她。**為什麼獅焰要我再出糗一次呢？**

沒想到松鴉羽卻沉默不語，過了一會兒，等他再度開口時，竟是對著獅焰說：「你覺得她說的是真話嗎？」

鴿掌再也受不了了，沒等獅焰回答，便跳起來衝著松鴉羽說：「我不懂為什麼你們都認為我在胡說八道！真的有動物堵住那條河啊，你是要告訴我，你也聽不見牠們的聲音？」

松鴉羽卻用另一個問題回答她。「妳只聽見聲音而已？」

鴿掌搖搖頭，突然又想到松鴉羽根本看不見她在搖頭。「不只聽見而已，我也知道牠們長什麼樣子。」她感覺到對方的不解。「我的意思是說，我不是真的看見牠們，牠們也沒有真的出現在我眼前，可是……我就是知道牠們長什麼樣子，牠們的顏色是棕色的，牠有很硬的毛和扁平的尾巴。哦，牠們的前牙很大，是用來砍樹幹和樹枝的。」

「她也看見莓鼻踩到刺薊。」獅焰補充。「那時他的巡邏隊是在很遠的風族邊界上。」

松鴉羽的鬍鬚不停抽動。「所以妳能看見他？聽見他的聲音？」他若有所思地說。「還有沒有？妳感覺得到他的疼痛嗎？」

「感覺不到。」鴿掌回答。「可是我看得見他跌倒，然後聽見他在罵髒話。我知道他想用牙齒把刺咬出來。」

「這聽起來不像是星族告訴她的，」松鴉羽做了個註解，然後轉身對哥哥說：「比較像是她有異於尋常的視覺和聽覺能力。」

「我們必須做個實驗。」獅焰喵聲道。

「你的意思我和其他貓不一樣？」鴿掌問道。她有點不解，難道不是所有的貓都能聽見領地裡的聲音？那他們要怎麼知道有麻煩了？她開始驚慌，毛髮悚然。「是不是我有毛病？」

「不是，」獅焰用尾尖輕觸她肩膀，要她放心。「只是……妳很特別。」

「藤掌跟妳一樣有感應嗎？」松鴉羽問道。

鴿掌聳聳肩。「我們沒聊過這件事，不過……也許沒有吧。」如今回想起來，她才發現每次都是她在說其他地方發生了什麼事，妹妹從來沒有。她突然覺得好害怕。**我還以為每隻貓都跟我一樣能看見和聽見那些事情，我不想和他們不一樣。**

「我們實驗一下。」獅焰重複道。「可以嗎？」他追問一句，這時鴿掌已經緊張到毛髮又豎了起來。

她看著他的琥珀色眼睛，突然驚覺才一眨眼功夫，一切都變得不一樣了。如今的獅焰不再只是個傳授知識和分派工作的導師，反而對她充滿敬意，甚至帶點敬畏。

好奇怪哦，她心想。「沒關係啊，就實驗一下吧。」她喵聲道。**實驗一下也好，也許實驗完了，我就能回到以前的正常生活了。**

「我去別的地方，」獅焰告訴她。「等我回來，妳再告訴我，我做了什麼。」

鴿掌聳聳肩。「好啊。」

獅焰話不多說，立刻衝進林子裡，朝風族邊界跑去。鴿掌和松鴉羽單獨待在空地裡，她覺得很不自在，畢竟她和戰士們比較熟，和巫醫不太熟，不過她知道巫醫講話向來刻薄，但他現在好像不太想說話，他只是蹲下來，把腳放在身子底下，鴿掌沒事做，只好將注意力轉向林子。

漸漸地，她聽見林子裡有模糊的吵雜聲，一支影族巡邏隊正在邊界附近追蹤狐狸的味道。

河族戰士則是在日益縮小的湖水邊緣，抱怨腳下的爛泥，而霧足正在申斥一位見習生。更遠處，也是她聽覺所能達到的極限……有隻很大的棕色動物又找來一塊木頭堵住河水。

松鴉羽突然開口，害她嚇了一跳。「妳能感應到獅焰現在在做什麼嗎？」

鴿掌將耳朵轉向獅焰的去向，也是風族邊界的方向，但沒找到導師的行蹤。**他去哪裡了？**她查探了一下廢棄的兩腳獸巢穴還有訓練場，結果只聽見煤心和藤掌在那裡做格鬥訓練。還是沒有獅焰的蹤跡。

於是她轉向湖邊。**找到了，原來在那裡！**她聽見他的聲音，也聞得到他的味道，知道他正朝湖邊的礫石灘走去。**他以為他循原路回來，就騙得了我嗎？**

獅焰的腳步聲重踏在乾涸的泥灘上，然後停下來，環顧四周，越過一根枯木，打算將它拖到礫石灘。獅焰拖著木頭往高處走，鴿掌聽見刺耳的礫石滾動聲，等他終於把木頭搬到草地上，還特地從附近的灌木叢裡拉出一團刺藤，擱在木頭上方。

「獅焰，你在做什麼？」鴿掌聽見沙暴的聲音，發現她正從灌木叢裡出來，後面跟著葉池、薔掌和蜂掌。四隻貓兒都叼著一大綑青苔。

「哦，嗨，沙暴！」獅焰嚇了一跳。「我只是……呃……在做實驗。」

「那我就不打擾你了。」沙暴一臉疑惑，但還是揮揮尾巴，帶著兩名見習生踏上泥灘，往遠處的湖水走去。

等沙暴走了，獅焰立刻跑回林子，沒多久，氣喘吁吁地回到鴿掌和松鴉羽所在的空地。

「怎麼樣？」他上氣不接下氣地問。「我去了哪裡？做了什麼？」

「你剛剛想要我，對不對？」鴿掌開口，同時感覺得到自己的每根毛髮都豎了起來。「你先往風族邊界走，然後又折回湖邊，你在那裡找到一根木頭……」

她娓娓道來，發現松鴉羽偏著頭專心聆聽，兩耳豎得筆直，一直等她說完了，才問獅焰：「她說得對不對？」

「對，而且鉅細靡遺。」獅焰答道。

突然間，空氣中似乎有種東西正在霹啪作響，彷彿綠葉季就要破土而出。鴿掌渾身顫抖，深吸口氣。

「這沒什麼大不了，」她反駁。「大家都能聽見遠處的聲音，我們都有很敏銳的聽覺和鬍鬚，不是嗎？」

「沒那麼敏銳。」獅焰說道。

「妳聽好，」松鴉羽傾身向前，藍色盲眼中有種熱切的盼望。「鴿掌，有個預言說……」他開口道。「**有三隻貓兒，你至親的至親，將會星權在握。**這是火星很久以前從其他貓兒口中得知的預言，意思是有三隻貓的本領會比貓族裡的其他貓都來得強……甚至強過星族。而獅焰……」

「這和我們有什麼關係？」鴿掌打斷他，她突然發現自己很不想知道答案。

「獅焰和我是其中兩隻，」松鴉羽動動耳朵說。「而我們相信妳是第三隻。」

「什麼？」鴿掌很震驚，不敢置信，那聲音像受驚的小貓一樣尖銳。「我？」她立刻轉身，神情緊張地看著自己的導師。「獅焰，不可能，對不對？告訴我這不是真的。」

第七章

鴿掌一聽見她異於其他族貓，身上背負著非星族所能掌握的天命，立刻變得好沮喪。

松鴉羽的臉部肌肉微微抽搐，**天命難違，這又不是我們能選擇的……**他聽見鴿掌求獅焰告訴她，這不是真的，獅焰卻嘆了口氣。

「鴿掌，我不能，」他的哥哥說道。「因為這是千真萬確的，相信我，我也常希望這一切不是真的。」

「獅焰和我都有特異能力，」松鴉羽插嘴道。「獅焰在戰爭中，是不敗之身，至於我……呃，我的本領比其他巫醫來得多。」**我才不想現在就告訴她我會什麼本領。**

「而妳具有特異的感官能力，」獅焰告訴她。「妳能知道遠方正在發生的事。其實那天我們去河族時，妳告訴我營裡有隻病貓，我就開始懷疑了。只是沒想到妳的感官能力這麼強。妳受訓還不滿一個月，狩獵成績卻出乎尋常的好，而且只有妳知道棕色動物堵住河水。

妳剛剛還精確說出我做過的事，這讓我不得不相信妳說的話都是真的。」

鴿掌沉默了一會兒，松鴉羽聽見她正用爪子在扒地上的草。「這太扯了。」她終於開口。「我不相信你們，我不想跟大家不一樣。」

「這不是妳想不想的問題……」松鴉羽話還沒說完戛然而止，因為他聽見貓群鑽出蕨葉叢的窸窣聲響。沙暴領頭，後面跟著許多隻貓，全都滿身泥濘。

「我受夠了，」沙暴抱怨道，但聲音像被蒙住了一樣，松鴉羽知道她嘴裡一定叼著含水的青苔。「河族好像認定只要接近水邊，就得先徵求他們的同意。」

「我身上都是泥巴。」薔掌無奈說道。

「我們也一樣啊。」葉池的聲音很疲憊。「把水拿回去之後，就可以好好休息，也把自己舔乾淨。」

「好噁心哦！」蜂掌大嚷道。

巡邏隊往荊棘隧道走去，聲音漸散。

「我們不能在這裡說話，」松鴉羽喵聲道。「別的貓會聽見，這樣就完了。」

「那我們到林子裡面說話，他們就不會聽見。」獅焰建議。

松鴉羽帶領他們沿著一條舊的兩腳獸小徑，來到一處廢棄的巢穴。貓薄荷的味道迎面撲來，他寬心了不少，心情也多少好起來。**這下要是雷族出現綠咳症，就不必擔心了。**

三隻貓兒緩步走進雜草叢生的兩腳獸花園。「現在你不缺貓薄荷了。」獅焰說道。「真奇怪，旱象這麼嚴重，貓薄荷怎麼會長得這麼好？」

「長得不好才怪咧，」松鴉羽應和道。「因為我會三不五時地拿沾水的青苔來澆水啊，我們可不能失去它們。」

松鴉羽暫時拋開鴿掌的問題，得意地逐一檢查每株貓薄荷，他循著氣味慢慢走，仔細嗅聞每一株的根，確保嫩芽沒有枯死。

「我想你應該能了解為什麼我能聽見林子裡發生的大小事情，」鴿掌跟在他後面。「這就像你一樣，雖然看不見，卻很清楚每株植物長在哪裡。」

松鴉羽被她的聲音嚇了一跳，耳朵動了動。獅焰開口說：「鴿掌，這不一樣……」

「沒關係，」松鴉羽打斷他。能碰到敢當面說他是瞎子貓，挺有意思的。「鴿掌說的沒錯。我曉得別的貓都很驚訝我怎麼知道各種東西的位置，那是因為我天生嗅覺和聽覺靈敏，」他繼續對鴿掌說。「這彌補了我在視覺上的缺陷。不過我沒辦法聽見林子另一頭發生的事，」他有一點不甘心。「妳的特異能力比我強多了。」

「可是我不明白，」松鴉羽聽得出來鴿掌不想讓他覺得自己很激動。「為什麼我有這些能力？這預言的背後意義又是什麼？」

「我們也不知道，」獅焰回答。「一開始我們也像妳一樣，想盡辦法要搞清楚這是怎麼回事，可是……」

「妳到底怎麼了？」松鴉羽打斷道。「為什麼不願意擁有特異能力？為什麼不願意相信自己天命在身，有謎團待解？為什麼不願意成為三力量之一？」

「可是不是只有三隻貓啊，是四隻！」鴿掌轉身對他說。「藤掌呢？她的特異能力是什麼？那個預言說她會怎樣？」

「那預言什麼也沒說，」松鴉羽告訴她。「一開始，我們並不確定那預言指的是妳還是妳妹妹。可是妳已經證明了妳才是第三隻貓。」

「妳剛剛告訴我們，藤掌不能像妳一樣用感官感應到遠方的活動。」獅焰指出。

「是現在不行啊，可是你們怎麼知道她以後不行呢？」松鴉羽聽見見習生的語氣冥頑，氣得將爪子戳進土裡。「再說，她是我的妹妹，我們說好做什麼事都要在一起。」

「妳沒有選擇權。」松鴉羽厲聲道。

「妳以為我們喜歡這樣嗎？」獅焰長嘆一口氣。「我每天都在想，要是我能當一個普通戰士該多好，我只要盡本分，幫助我的部族就好了。」

「可是我們必須認命。」松鴉羽喵聲道。

他聽見鴿掌的腳在地上拖的聲音，好像正在不斷張縮自己的爪子。「我不需要認命。」她叛逆地說。

「妳必須認命，因為妳已經證實了自己的特異能力，這不是靠爬上擎天架向全世界宣布就算數的。」獅焰說，但松鴉羽聽得出來他的哥哥很同情這位見習生。

鴿掌沉默不語，松鴉羽感覺得到她的憤怒正在褪去，取而代之的是徬徨與恐懼。他嘆口氣，知道自己得說點什麼，即便他很不願意再提起那件往事。「妳應該聽說過我們有個姊姊，」他開口。「她叫冬青葉。我們……我們本來以為她是預言裡的一部分，三力量之一。」

「可是她不是。」獅焰接下去說，這讓松鴉羽鬆了口氣。「她一直很努力地想找出自己的特異能力，想知道怎麼利用它來幫助部族。」

「那你們又是怎麼知道她不是三力量之一？」鴿掌問道。

松鴉羽聞之悲痛，那感覺就像突然發現自己不是松鼠飛和棘爪的親生孩子那般痛苦。他察覺到哥哥的心情也一樣低落。如果要把那件差點毀了雷族的事情始末給說清楚，勢必得重新掀開傷口。

「妳對冬青葉的事了解多少？」他問鴿掌。

「不多，」這隻年輕貓兒的聲音顯得好奇。「我只知道她是你們的姊姊，因為地道裡的一場意外而喪生。藤掌和我有時會聽見別的貓在談她的事，可是一發現我們在聽，就立刻改變話題。」

我一點也不驚訝。松鴉羽心想。

「反正我們後來發現預言裡沒有她。」獅焰冷淡地說，那語氣像是在警告鴿掌別再多問。

「你們曾經弄錯過一次！」鴿掌反駁。「所以怎麼知道這次不會又弄錯了？火星在雷族有這麼多親戚，又不是只有雲尾和白翅！」

「因為……」松鴉羽開口。

「我不想再聽了！」鴿掌的聲音憤怒，松鴉羽可以想見她正頸毛倒豎地怒瞪著他。他感覺得到她是因為害怕才試圖用憤怒來掩飾。「我不在乎什麼特異能力，除非它能幫我成為一名效忠雷族的戰士，不然我根本不想加入那個預言，更何況它語焉不詳，你們根本不確定它說的到底是誰。」

「妳聽好，妳這個笨毛球！」松鴉羽罵道。「妳以為我們喜歡這樣嗎？」他的憤怒和挫折一次爆發，猶如風雨橫掃森林，勢不可擋。「想不想加入預言，由不得我們選擇！我們甚至因為這預言而失去了自己的姊姊！」

他的四隻腳顫抖得太厲害，只好坐下來。**究竟這預言是誰給的？他自己也很好奇，為什麼我們要服從天命？它帶給我們的痛苦還不夠多嗎？**

「對……對不起，」鴿掌結結巴巴地說。「可是既然這件事這麼麻煩，為什麼不去問火星呢？」

「火星從來沒對我們提過，」獅焰回答。「他甚至不曉得我們已經知道預言的事了。」

「那你們又怎麼……？」鴿掌的聲音顯得迷惑。

「我曾潛入他夢裡，」松鴉羽不情願地說出實情。他感覺得到年輕母貓心裡的驚懼，她難以想像他的特異能力竟如此可怕。但有股力量在催促他，似乎是在警告他沒時間等她相信或了解。「我們也不知道自己需要做什麼，」他繼續說，聲音力持鎮定。「只是得先做好準備，意思是我們必須勇敢面對自己的能力，不管那是什麼。」

鴿掌顯得猶豫。松鴉羽感覺得到她的徬徨不安。「星族會不會不准我當戰士？」她終於開口。

「我不知道，我甚至不確定這預言是不是來自星族。」松鴉羽不願承認這一點，但這是真的，從來沒有星族戰士向他證實過這個預言。

「不過妳說得沒錯，鴿掌，」獅焰語帶肯定，聲音溫柔。「目前最好的方法就是繼續接受戰士訓練。好了，走吧，我們最好在族裡派出搜索隊來找我們之前，先練一點狩獵技巧吧。」

「好啊！」鴿掌的聲音變得開心多了。但松鴉羽知道她只是想暫時拋開那個預言。

「你們去吧，」他喵聲道。「我要待在這裡照顧貓薄荷，我還得拔除裡頭的枯葉。」他聽見獅焰離開的腳步聲，鴿掌跟在後面。但就在她走到花園盡頭時，卻突然停下腳步，轉頭過來。

「松鴉羽，」她有點猶豫。「我做過一個夢，夢裡有隻星族貓帶我走到湖邊，湖裡的水是滿的。」

「那隻貓長什麼樣子？」獅焰問道。

「長得很恐怖！毛是灰的，眼睛是黃的，牙齒亂七八糟。」

「那是黃牙！」松鴉羽告訴她。「她以前是雷族的巫醫，那時雷族還住在舊森林裡。」

「火星有時候會提到她，」獅焰安慰他的見習生。「他說她不像她的外表那麼可怕。」

「她有沒有說為什麼來找妳？」松鴉羽追問道。

「沒有……」鴿掌又開始遲疑。「就算她說過什麼，我也不記得了。」

「妳只做過這個夢？」

「只有這個夢和星族有關。你認為這夢有意義嗎？」鴿掌喵聲道。

「當然有意義，只是我不懂背後的含意。」松鴉羽用爪子刮著潮溼的泥土。「如果妳又做了別的夢，一定要告訴我，好嗎？哦，還有……歡迎加入三力量。」

第八章

獅焰從荊棘隧道鑽出來，穿過空地，往戰士窩走去。為了充分利用傍晚涼爽的時間，太陽一下山，棘爪就派他去巡邏影族邊界。而此刻的獅焰只覺得四隻腳痠痛到快走不動，甚至無法確定能不能走回自己的窩。

空地沐浴在月光下。獅焰抬頭看著夜空，驚覺又要月圓了，不禁渾身發抖。明天晚上就要舉辦大集會了，他心想，**自從豹星片面宣布湖裡的魚都屬於河族的之後，就快滿一個月了，結果他們的情況有好轉嗎？沒有，反而更糟。**

他勉強撐起精神，轉身往擎天架那裡的亂石堆走去。**我得先找火星談一談。**

他在擎天架前停下腳步，把自己想說的話先想清楚，然後才輕聲呼喚可能還在睡覺的族長。「火星？」

「請進！」

火星的聲音聽起來很疲憊。獅焰走進窩

裡，驚見雷族族長竟然變得好瘦，而且滿臉愁容。他蹲坐在青苔臥鋪裡，兩隻綠色眼睛專注看著自己的腳，後來才抬起頭來看著獅焰，緩緩眨了眨眼睛。

「對不起，火星……」獅焰結結巴巴，開始往後退。「你看起來很累，也許……」

「沒有，我沒事，」火星向他保證。「如果你想說什麼，我現在剛好有時間。」

獅焰受到鼓舞，於是走上前去，先向族長鞠個躬，然後在臥鋪旁坐下來，用尾巴圈住自己的腳。

「鴿掌的訓練進行得怎麼樣了？」火星問道。

「呃……很好。」獅焰好奇火星會不會把鴿掌和那個預言連想在一起。他應該已經聽說鴿掌在族貓們面前提到棕色動物堵住河水。他相信她嗎？如果相信，會把這件事當成一種徵兆嗎？「她學得很認真，我相信她會成為部族裡最厲害的狩獵者之一。」

火星點點頭。「因為她有一個好導師。」他喵聲道。

獅焰覺得不好意思。「我只是盡本分。」

雷族族長的綠色眼睛轉向獅焰，月光映在眼裡。「棘爪當初也是把你當親生兒子一樣栽培。」他喃喃說道。

獅焰突然屏住呼吸，怒火在肚子裡悶燒，彷彿剛吞下一顆火球似的。**為什麼火星要再提起此事？我不想談。**

「我知道你和松鴉羽都很氣自己被蒙在鼓裡，」火星繼續低聲說。「我可以理解你們的心情，但也別忘了，像松鼠飛和棘爪這麼好的父母，你們要到哪裡找？如果不是他們，你們的命運可能會大不同。」

「我並不氣棘爪，」獅焰反駁。「他的情操高尚，每次一想到他曾是我父親，我就覺得很驕傲。而且他也跟我們一樣因為被蒙在鼓裡而痛苦萬分。」

「葉池和松鼠飛只是做了她們自認為對你們姊弟最好的安排，」火星喵聲道。「就算公開真相，你們的日子難道就會更好過？」

「我們現在就已經不好過了。」獅焰直言道，他氣得想要甩打尾巴，但只能忍住。

「我知道，」火星嘆口氣。「祕密不可能永遠守得住。面對真相，得鼓起很大的勇氣。」他停頓一下，表情像在沉思，彷彿想起多年前的事。「你們不需要懲罰葉池，因為她已經受到懲罰了，」他繼續說道。「她失去了她最熱愛的工作，松鼠飛也失去了她伴侶的愛。你們認為這種日子對她們來說很好過嗎？」

那是她們罪有應得！獅焰得很努力地壓抑，才沒把那句話大聲說出來。他快要憋不住怒火，他才不想管葉池的感受是什麼。

「我猜你來找我，不是為了談這個吧？」火星偏著頭問。

獅焰趕緊抓住機會改變話題，他很高興自己能以戰士身分與族長談話，而非以火星親屬。「你聽過鴿掌說的那件事嗎？就是有棕色動物把影族邊界的那條河堵住了？」

火星點點頭。

「我想她說的可能是真的。」獅焰繼續說道。

雷族族長驚訝地眨眨眼，一副欲言又止的模樣，似乎在考慮這件事的可能性。「如果她說的是真的，我不懂她是怎麼知道的。」他終於回答他，然後瞇起眼睛看著獅焰。那雙銳利的綠色目光令獅焰不寒而慄，但他不敢發抖。**火星對我們的事情到底知道多少？**

「我猜可能是星族託夢給她，」火星過了一會兒才說。「她沒跟你提起嗎？」

獅焰很想說是，這樣一來，便等於順手撿到一個合理的解釋。可是欺騙族長只會製造更多問題，而不是解決問題。「沒有。」

「嗯……」火星的鬍鬚動了動。顯然正在深思。「她說的不是沒有道理，」他終於開口說。「我的意思並不是指棕色動物，而是可能真的有什麼東西堵住河水，所以才會沒有水。」

「我也是這麼想。」獅焰鬆了口氣，慶幸自己總算找到一個不必吐實，但又可以讓大家相信鴿掌的方法。

「在我們領地裡，沒發現到有誰在堵住水源，」火星繼續喃喃說道。「影族那裡也沒有，如果有，他們也會拆掉。」

「所以一定是在更上游的地方，」獅焰喵聲道。「那就讓我帶一支探險隊去調查看看，也許能找到原因。」

「不行，太危險了。」火星搖搖頭。「我們不知道是什麼原因讓河水堵住，再說還得穿過影族領地。到時黑星一定會出手攻擊，而我也不能怪他。」

「所以我們就應該繼續沒水喝？」獅焰質問他。「火星，松鴉羽已經盡他所能的在幫雷族對抗這場旱災了，但巫醫的能力畢竟有限，所以早晚會有貓兒因缺水而亡。」

「我知道，」火星長嘆一聲，獅焰感覺得到這聲嘆息背後所透露出來的絕望，絕非言語所能形容。「可是長途跋涉到上游……風險實在太大，我們又不知道究竟是什麼堵住了河水。」

「那我們該怎麼辦？繼續坐以待斃，等待下雨？」獅焰的怒火又起，他覺得身上的毛簡直快被這把怒火給燒光了。「星族一直沒告訴我們旱象什麼時候解除。所以該是我們掌握自己命運的時候了！」他沮喪地用爪子刮著族長窩的岩地，但其實他更想說的是：**你知不知道我擁有比星族還要強大的力量？讓我直接了當地告訴你，我們解決得了這個問題，你為什麼不相信？**但他終究沒說出口。

「這樣好了，」火星疲倦地說。「如果你相信鴿掌說的是真的，我願意派你去調查，反正也沒別的辦法了，不過我還是不准雷族**單獨**前往上游探勘，因為就算真的有什麼東西堵在那裡，你們也到不了。」

「可是……」獅焰正要開口。

「我是說單獨，」火星打斷他。「要是影族也願意加入我們，這趟任務就會好辦多了。事實上要是所有部族都能派代表參加，那就再好不過了。貓族若能通力合作，組成一支探險隊，絕對比單獨行動更能發揮作用。」

「他們會同意嗎？」獅焰質疑道。

「我們都面臨水荒之苦，」火星現在的聲音聽起來有元氣多了，彷彿這計畫為他注入源源活力。「所以為什麼不一起解決問題呢？」

獅焰聳聳肩，他無法想像黑星、豹星和一星會願意派出戰士與他們一起前往未知的領域。不過也許會，因為沒有別條路可走了。他心想，**如果這是解決水荒問題的唯一辦法，相信想這**

麼做的貓兒絕對不只我一個。

「我會在明天的大集會上提出來。」火星果決地說。

獅焰從亂石堆爬了出來，回到空地上，發現鴿掌和松鴉羽都在焦急地等著他。

「我聽見你去找火星談！」鴿掌低聲道。「他怎麼說？」

「如果妳聽見我們的談話，難道不知道他說了什麼？」獅焰問道。他一想到他的見習生可能聽見他和火星的談話內容，便覺得心裡怪怪的。

「我才不偷聽呢！」鴿掌不悅地抽動鬍鬚。「這很沒禮貌欸。」

「所以他到底說了什麼？」松鴉羽追問道。

「他想派一支由四族組成的探險隊前往上游探勘，看能不能找到水荒的原因。」獅焰回答道。「他打算在明天大集會上提出來。」

「四族？」鴿掌驚惶地瞪大眼睛。「可是……要是他們不相信我怎麼辦？」

「放心啦，」獅焰用尾巴拍拍見習生的肩膀。「火星不會說是妳的點子。」

「他可能會告訴其他部族，我們最好去上游看看，也許能找到造成水荒的原因。」松鴉羽的眼睛發亮，這倒是令獅焰有些意外。

獅焰不像弟弟那樣樂觀以對。他總覺得要求四族通力合作，恐怕只會製造更多麻煩。「你聽起來好像對這計畫很有信心。」他說道。

「當然，」松鴉羽揮揮尾巴。「四大部族都在受苦，所以當然應該一起合作，共同解決問題。」

第九章

獅焰抬頭仰望，看見一輪圓月高掛在空蕩蕩的乾湖床之上。月光下，風族貓兒的銀白色剪影正沿著湖岸往大集會出發。他們看起來比以前更瘦了，全都低著頭，垂著尾巴，一路跋涉，彷彿快要沒有力氣。

獅焰環顧雷族貓，發現他們也一樣疲累。好像只有鴿掌精神比較好。她的毛髮因為亢奮過度而顯得蓬亂，不時往前跑幾步，又停下來等煤心和獅焰趕上。她的耳朵豎得筆直，鬍鬚不停抽動。獅焰不免好奇她是不是又聽見了什麼，會不會早就聽見島上傳來的低語聲。

如今再也沒有必要走樹橋過湖了，因為橋下根本沒有水，早已見底，只剩雜亂的卵石與木頭。火星帶著他們走下湖岸，躍過湖床裡的零亂雜物，優雅落在島上的岩石上。

「我不懂我們為什麼要繞一圈過來，」狐躍嘀咕道。「我們大可從領地那裡直接穿過來啊。」

「我想也是，」煤心同意。「可是我們以前都是走這條路過來，如果現在改變路徑，好像有點大不敬。」

狐躍聳聳肩膀，疲倦地嘆口氣。

月光下的湖，已經失去昔日風采，只剩塵土與礫石。徒步走在曾經水深不見底的湖床上，感覺很怪。上方那根樹橋，看起來好像也沒多高，以前走在橋上，總是小心翼翼，深怕一不小心就被橋下幽黑的惡水給吞蝕。

如今從小島到湖岸的矮木叢，全都幾無倖免地焦黃一片。雷族貓和風族貓混雜在一起，靜靜穿過矮木叢，往空地走去。獅焰瞄見風族副族長灰足走在鴉羽旁邊，這才想起這位副族長是鴉羽的母親，於是恍然大悟他在風族的親戚其實不只一個。

他故意繞到後面，不想讓灰足和鴉羽瞧見他，結果發現自己竟然走在松鼠飛和刺爪後面。煤心在他旁邊，樺落在他另一邊，藤掌和鴿掌則跟在後面。星光清冷，他們穿過空地周圍的灌木叢，走進會場，四周盡是松樹環繞。影族已先行抵達，他們向雷族和風族輕輕點頭招呼。地上斑駁移動的黑影如落葉一樣輕盈。這是獅焰的錯覺嗎？還是貓兒們真的已經餓到沒有力氣發出任何一點聲響。

火星和一星爬上樹，去和黑星會合，獅焰瞄見松鴉羽走過去和影族巫醫小雲互碰鼻子。而小雲的見習生焰尾則和他的兄姊虎心及曦皮坐在附近。

虎心一看見獅焰，立刻跳起來。「嗨，」他喊道。「你好嗎？」

「很好，謝謝。」獅焰簡短回答，立刻轉身，無視那隻年輕貓兒的受傷表情。

幾個月前，當虎心和他的兄弟才剛當上見習生時，有個叫索日的獨行貓占領了影族，於是他們的母親褐皮把他們送到雷族。由於褐皮是在雷族出生長大的貓，所以雷族很歡迎她和她的孩子，也很小心地接待，等到索日被趕走，他們就回影族去了。

獅焰悲傷地想，**那時我以為他們是我的親戚，因為棘爪是褐皮的弟弟……我很喜歡他們，尤其是虎心，可是現在……**

「真希望他們別來煩我，」他大聲地向煤心抱怨。「又不是不知道，我跟他們再也沒有關係了。」

煤心的藍色目光變得柔和。「就算不當親戚，也可以當朋友啊，」她直言道。「和別族的貓當朋友，而不是當敵人，不是很好嗎？」

煤心哪裡懂我的心情？她又沒被她的父母背叛過。獅焰的目光緊緊盯住虎心和褐皮。**不知道虎星有沒有到夢裡找過他們？就像他以前來找我一樣？**虎星生前就妄想統治四族，即便現在只能和那些進不了星族的貓兒躲在黑暗之森裡，卻仍念念不忘自己的野心。他曾在夜裡到夢境找過獅焰，以血緣為餌，教會獅焰各種殘暴的戰技，激起他的野心，獅焰本來學得很起勁，後來發現虎星不是他的祖父，才恍然大悟這隻惡靈貓只是想利用他成就自己的黑暗大業。

獅焰知道自己必須為剛剛的無禮作點彌補，於是勉為其難去找那位年輕的影族戰士，但沒走幾步，便聽見巨橡樹上方傳來一星的呼喊。

「有誰看見豹星和她的族貓？」得到的回答卻只是聳肩和搖頭，於是一星又補了一句，「鼬毛，你去看看，好不好？」

風族戰士銜命穿過灌木叢，過了一會兒又折回來。「有一支隊伍正在路上，」他回報他的族長。「他們直接穿湖過來。」

所有貓兒都坐在原地等候，原來的竊竊私語聲逐漸消散，現場一片沉默。獅焰坐在煤心旁邊，不時愧疚地看向空地那頭的影族貓。**也許離開這裡之前，我應該過去找他們聊一聊。**

過了一會兒，獅焰聽見灌木叢裡傳來窸窣聲響，豹星帶頭走了出來。獅焰看見河族族長那副羸弱的模樣，非常驚駭，她瘦骨嶙峋，眼窩凹陷，猶如湖底的泥巴一樣毫無生氣。

豹星一出現，鴿掌立刻坐直身子，瞪大眼睛，一臉訝異。她蠕動身子，挨近獅焰，傾身在他耳邊低語：「她就是河族營地裡那隻生病的貓。」

「妳確定？」獅焰很吃驚。**這表示豹星已經病了將近一個月。**

鴿掌點點頭，獅焰沒再繼續追問下去，他不希望讓別的貓聽見他們的談話。

豹星揚起頭，穿過空地，後面跟著霧足。豹星在大樹底下停住腳步，抬頭仰望，沒打算爬上去。霧足在她耳邊低語了幾句。

「我想霧足是想幫她，」煤心在獅焰耳邊說。「若豹星跳不上去，就表示她真的病了。」

但煤心的話還沒說完，便看見豹星倔強地搖頭拒絕，後腿一蹬，往上一躍，但前腳只搆到下方低矮的樹枝，她抓得死緊，費了九牛二虎之力才爬上去。然後蹲坐在樹枝上，用銳利的黃色目光瞪看下方貓群，彷彿在質問有誰敢對她的行動不便有質疑。

獅焰和旁邊的狐躍互看了一眼。豹星看起來好像隨時會從樹上掉下來。然後獅焰把目光轉向弟弟，看見松鴉羽和其他巫醫坐在樹底下。他不禁好奇松鴉羽知不知道豹星很虛弱。

火星站了起來，發出一聲長嘯，宣布大集會正式開始。雖然他比以前瘦很多，但看起來還是比豹星健朗。「所有族貓們，」他開口道。「我們都在面臨酷暑與水荒之苦。」

「沒別的新鮮事了嗎？」站在一群風族戰士後面的鴉羽開口喊道。

火星沒理他。「但這問題只會愈來愈嚴重，影族和雷族為界的那條河已經乾涸，我們研判也許是什麼東西堵住了河水。雷族有幾隻貓兒願意前往探勘，查出原因究竟出在哪裡。」

他說這番話時，綠色目光一直看著獅焰，彷彿是向他保證，絕不會提到鴿掌的名字，或洩露這主意其實是見習生提出來的。**現在只能祈求那天在獵物堆旁聽見這件事的貓兒，能在大集會上識相地閉上嘴巴。**

獅焰向他的族長微微頷首，並瞥了鴿掌一眼，結果發現她和其他貓一樣聽得入神，根本看不出來她才是這件事後面的「主事者」，這讓獅焰鬆了口氣。

「如果你們的探險隊要到上游去，一定得經過影族領地。」黑星以咆哮的語氣回答了火星的提議。「我不會准的。」

「我認為我們應該派出一支由四族組成的探險隊前往探勘，」火星解釋。這時空地上立刻響起一波又一波的驚詫聲，火星抬起尾巴，制止他們。「別忘了以前兩腳獸摧毀舊森林時，我們曾經做過什麼。」他繼續說。「當時也有一支由六隻貓組成的隊伍，代表四族前往未知的世界探尋新領地。那時候我們成功了，這次也可能成功。」

獅焰感覺到空地上有某種亢奮的情緒正在蔓延。大家都跳了起來，抖鬆毛髮，揚起尾巴。

「我要去！」虎心大聲喊道。

「我也要！」曦皮也附和道，兩眼炯炯發亮。「這會是一場真正的戰士之旅。」

「當年四族展開大遷移時，我還沒出生呢，」獅焰聽見狐躍對玫瑰瓣說。「可是我想一定很刺激。」

「我真好奇最後會找到什麼。」玫瑰瓣亢奮到鬍鬚一直顫抖。「我猜一定又是兩腳獸在搞鬼，如果輸了，我就連續一個月都去值黎明巡邏隊的勤務。」

「不然就是獾在搞鬼，」狐躍回答。「除了獾，還會有誰啊。」

「我想去欸，」鴿掌對獅焰低語道。「你認為火星會派見習生去嗎？」

「別擔心，」獅焰低聲回答。「貓族裡最該去的就是妳了。」

「你真的認為我們可以解決水荒問題嗎？」這是一星在說話，聲音顯得小心翼翼，但看得出來他的眼裡燃起一線希望。

「我認為值得一試。」火星回答他。

「這支探險隊將交由誰來指揮？」黑星問道，語氣仍帶挑釁。「你嗎？」

火星搖搖頭。「我不認為族長應該親自出馬，」他喵聲道。「畢竟部族需要我們留在族裡。再說，當初大遷移時，也沒有指派誰來發號司令。但我們還是學會了互相合作，所以這次也行。你認為呢？」

黑星沒有說話，只是用爪子不斷刮著腳下樹皮。一星和坐在樹根處的副族長灰足互看一眼，然後肯定地點點頭。「我同意四族都該參與。火星，風族同意你的提議。」

「影族也同意。」黑星冷冷地瞪著火星。「你們必須穿過我們的領地，所以一定得有影族貓在旁監視。」

「謝謝你們兩位。」兩族族長的背書竟來得如此容易，獅焰心想火星應該很訝異，只是沒表現出來。「豹星，那妳呢？」

河族族長看著下方空地，似乎沒聽見剛剛的討論。

大家在尷尬中沉默了一會兒，小雲最後站了起來。「請容我說幾句話，」他開口，並很有禮貌地向族長們點頭致意。「這次情況和上次不同。當年參與探險的貓兒都是受到星族感召。」他的目光掃過族貓，望向棘爪、鴉羽和褐皮。這三隻貓兒也點頭應和。獅焰彷彿可以從他們的眼裡看見過往記憶的浮光掠影。

松鼠飛瞥了棘爪一眼，眼裡盡是悔意。獅焰知道她並非星族欽點的貓，卻堅持跟他們去，她一定很懷念過去那段日子，因為那時她和她的伴侶還沒有欺騙和背叛的問題。

「當時星族是從每個部族裡精挑細選出一隻貓，」小雲繼續說。「但現在由誰來選呢？」他停頓一下，看看其他巫醫，然後問道。「星族曾告訴你們，誰該去嗎？」

巫醫們都搖搖頭，連松鴉羽也搖頭。獅焰只覺得胃一陣緊縮。鴿掌已經知道是很大的棕色動物堵住河水，但星族什麼話也沒說。**我們不能坐等祖靈拯救！畢竟祂們知道的比我們還少！**

獅焰本來擔心火星會同意小雲等星族降下徵兆再說，但沒想到雷族族長向小雲垂頭致意後，竟然就緊接著說：「你說得很對，但就這件事來說，如果星族要給徵兆，早就給了。更何況我相信族長有能力挑出適任的隊員。星族就是因為相信族長會全力幫助自己的部族，才會賜給我們九條命。」

空地上傳來附和的低語聲。獅焰看見一星和黑星也在點頭稱是。

「參與這次探險的貓兒必須具備十足的膽識與強壯的身體，」火星繼續說。「他們必須有能力探索未知的一切，而且願意放下部族間的嫌隙，奉獻自我。我相信族長們都會作出最明智的選擇。」

獅焰長吁口氣，比他想像中順利多了。河裡再過不久就會有水了！這時豹星抬起頭來。

「火星，你就是這樣，」她厲聲道。「總愛搬出一堆大道理，別以為我不知道你在打什麼算盤。」

火星低頭看她，綠色眼睛充滿疑惑。「我向來坦蕩。」他向她保證。

「去你的老鼠屎！」豹星呸口罵道，那身稀梳的毛髮沿著瘦弱的背脊豎了起來。「你根本是玩陰的！你只是想從河族這裡騙幾條魚過去。你希望我們調走戰士，這樣一來，就不能天天巡邏了。」

「妳這樣說太沒道理了。」火星的語氣聽起來並不生氣，反而語帶同情。「豹星，我看得出來妳身體欠安……」

「我不是傻子，火星。」豹星大吼一聲，拒絕雷族族長的同情。她勉強站了起來，身子搖搖晃晃的，彷彿隨時可能從樹上失足跌下來。「我知道你不惜餓死河族，也要餵飽雷族。」

「不，他只是想幫忙，」一星駁斥道。「我們都想幫忙。」

「你們都想偷我們的魚。」豹星吼道。「但你們偷不到的，因為河族不會加入你們的探險隊。」

其他族長失望地互看一眼，只是他們還沒來得及說什麼，霧足就跳上樹，蹲在豹星旁邊，耳語了幾句。

獅焰很想聽出她說了什麼，但只模糊聽見隻字片語。「如果他們派出最強悍的戰士，也等於削弱自己的戰力……到時湖水滿了起來，最大獲利者會是我們。」

空地上瀰漫著一股緊張氣氛，貓兒們全都屏息以待。獅焰感覺到風雨欲來，毛髮不禁豎了起來。豹星對她的副族長厲聲回嗆了幾句，但霧足還是鍥而不舍，尾尖輕輕搭在族長肩上。最後霧足站起身來，尾巴仍擱在豹星肩上。「河族會派出貓兒參加這次的探險。」她大聲宣布。

幾個河族戰士發出抗議聲。「這應該由豹星來決定，輪不到妳！」他們的長老黑爪罵道。

「她已經做了決定，」錦葵鼻補充。「妳這樣子只會讓她看起來很軟弱。」

坐在獅焰後方只有幾條尾巴之距的樺落，語帶不屑地說了句：「要是她死了，才真的軟趴趴呢。」

霧足不願多作解釋，只是靜候大家安靜下來，才向豹星及其他族長垂頭致意，跳回地面。

「謝謝妳，豹星，」火星喵聲道，再度上前一步。「我向大家保證，這個決定不會令大家失望的。」他停頓一下，舔舔胸毛，然後繼續說道：「從現在算起的第二個日出，各族將派出兩隻貓兒前往乾涸的河口集合。請各族副族長護送他們前去。」他的綠色眼睛在月光下閃閃發亮，宏亮的聲音響徹空地。「我們會找到水源的，貓族一定可以熬過去！」

第十章

大集會過後的隔天一早，松鴉羽醒來，立刻感覺到營裡有某種亢奮的情緒像嗡嗡的蜂鳴聲一樣從貓兒們的臥鋪傳來。他打個呵欠，甩掉夜裡的惡夢，費力站起身來，抬腳拍掉鼻頭上的蕨葉屑。

難道他們不知道參加探險的貓兒可能回不來嗎？

仍在昏昏欲睡的他，腳步蹣跚地走進空地，聞到火星正從窩裡出來，要上去擎天架。但族長還沒開口召集大夥兒，族貓們便已經齊聚空地。松鴉羽感覺到鼠鬚從他身邊經過，還聽見花掌、薔掌和蜂掌匆忙跑過他身邊的腳步聲。他緩步走向前去，在獅焰和鴿掌旁邊找到位置坐下。

「雷族的貓兒們，」火星一開口，空地上亢奮的低語聲立刻消失。「昨晚大集會上，四族已經決定各派兩位代表前往探勘上游，找出河水消失的真正原因。我決定派獅焰和鴿掌代表雷族前往。」

火星的話還沒說完，現場立刻響起不滿聲浪，劃破晨間的寧靜。

「她只是見習生！」刺爪抗議。「我們應該派有能力應付危險場面的戰士去才對。」

「是啊，憑什麼是她去？」莓鼻追問。

不過這些反彈聲音都沒有藤掌來得大。「為什麼妳可以去，我不能去？為什麼火星不能派別的戰士去？」

「不是火星對我比較偏心我或什麼的，」鴿掌向她的妹妹保證。松鴉羽聽見她往藤掌走過去，試圖舔她耳朵，安慰她，但被藤掌躲開。「純粹只是因為我第一個想到可能有什麼東西堵住河水。」

松鴉羽感覺得到她心裡的罪惡感，因為她不能如實告知妹妹她有特異能力，也不能說出她所知道的預言。**反正她早晚都得習慣這種事。**

「我知道啊，」藤掌可憐兮兮地說道。「可是我一直以為我們什麼事都會一起做。」

「我也希望啊，但是不行。」鴿掌回答。

「夠了，」松鼠飛的聲音蓋過空地上的不滿聲浪。「火星已經決定，不容我們質疑。」

「沒錯，」灰紋附和道。「你們為什麼不相信自己的族長？」

反彈聲漸漸褪去，火星再度開口說話。「獅焰和鴿掌會在下次日出時啟程出發。散會。」

貓兒們三兩聚集，竊竊私語。松鴉羽突然遍尋不到鴿掌的蹤影，後來才發現她和冰雲、狐躍站在獵物堆附近。他感應得到那位見習生心裡的焦慮，於是緩步走了過去。

「為什麼會選妳呢？」松鴉羽走過去時，聽見狐躍問。「妳怎麼知道河水被堵住了？」

「星族有託夢給妳嗎？」冰雲追問道。「他們跟妳說了什麼？」

松鴉羽感應到鴿掌快要招架不住。「就算她真的被託夢，又怎樣？」他厲聲反問，尾巴朝冰雲的方向彈了一彈。「那也是她和火星之間的事，關你們什麼事，如果你們沒別的事好做，可以去湖邊幫長老取點水回來。」

他聽見狐躍發出惱怒的嘶叫聲，但隨即和冰雲轉身離開，沒再多說什麼。

「他講話的樣子，好像自以為是我們的導師。」冰雲低聲抱怨，與狐躍相偕走向荊棘隧道。

「松鴉羽，我真不知道該怎麼跟他們解釋，」鴿掌一等那兩位戰士走遠，立刻說道。「你也知道我沒有被託夢，我只是聽見那些棕色動物的聲音，感覺得到牠們，就像我知道獅焰在湖邊做了什麼一樣。」

松鴉羽抽動鬍鬚。「我懂，」他回答。「但只有獅焰和我能理解，至於其他貓兒，妳就說妳被託夢，懂嗎？」

鴿掌顯得猶豫。「我不想騙他們。」她喵聲說。

松鴉羽感覺得到她的迷惘，也了解她的特異能力是與生俱來的。可惜她個性太固執，眼界太窄。他突然很沮喪，無力感像刺一樣扎著他。「妳難道不想與眾不同嗎？」他質問道。「妳能雀屏中選，這是千載難逢的機會，難道妳不高興嗎？」

「不，我不高興，」鴿掌不屑地說，但又突然覺得自己態度不佳，趕緊改口：「對不起，我只是不想對族裡的貓兒撒謊。」

「那就別談這件事。」松鴉羽提議道。他感覺得到見習生仍想爭辯，這時亮心走了過來，於是鴿掌趁機離開，跑過空地，去找坐在見習生窩外的藤掌。

「嗨，松鴉羽，」母貓喊道。「需不需要我幫忙收集一些遠行用的藥草給參加探險隊的貓兒用？」

「謝了，亮心，正需要呢。」松鴉羽回答，腦袋同時飛快地盤算，因為他知道亮心正在等他告訴她需要哪些藥草。

我真是鼠腦袋！竟然不知道需要哪些藥草。

這是他生平第一次獨自準備遠行用的藥草。他試著回想當初棘爪帶隊去找索日時，葉池究竟為他們準備了什麼藥草，但他無法專心，因為心裡仍掛念著另一件事。**真希望獅焰和鴿掌別去探險，要是他們回不來怎麼辦？萬一只剩下我一個，預言就無法實現了。**

他感覺到葉池正往獵物堆走去。他突然有股衝動，想上前問她藥草的事，但還是忍住沒開口。**她已經不是巫醫了，從她愛上鴉羽的那一天起，她就失去這份工作了。**

「對不起，」他對著亮心咕噥。「給我一點時間好嗎？」

其實他大可問煤心，或許她的前世記憶仍然記得那些藥草知識。**但這恐怕只會帶來更多問題，而不是解決問題，畢竟煤心並不知道她前世就是雷族的巫醫煤皮。**

「沒關係，」亮心愉悅地說道。「我想我應該還記得那些藥草名，以前還在舊森林的時候，我去月亮石前都會吃那些藥草。讓我想想看……有酸模，對不對？還有雛菊？我之所以記得，是因為我很討厭那味道。」

「沒錯，」松鴉羽鬆了口氣，他終於記起來了。「還有甘菊……」

「和地榆！」亮心得意地說出最後一個藥草名。「就是這些，對不對？我馬上去找。」

「謝謝妳，亮心，」松鴉羽垂頭致謝。「舊的兩腳獸小徑那裡有酸模，至於甘菊，可能得到兩腳獸窩後面的花園去找。」

「太好了！」亮心立刻出發。「榛尾，花掌，你們要不要和我一起去找藥草？」

三隻貓兒隨後消失在荊棘隧道裡，這時松鴉羽才發現葉池一直蹲在獵物堆旁。突然間，他被一股難以控制的情緒牽引，還來不及阻止自己，便被吸進了葉池的記憶裡。

他正透過她的雙眼在看眼前景物，發現她正匆忙穿過長草堆和矮樹叢，心撲通撲通跳得厲害。口腔裡充滿遠行用藥草的嗆鼻味道。四周的氣味對松鴉羽來說是陌生的，他突然明白這記憶是屬於舊森林時的記憶，那時四族還沒有被迫流浪。松鴉羽感應得到葉池心中有種恐懼，她一心想著自己的姊姊，她擔心松鼠飛會去做什麼事……

然後葉池突然從矮樹叢裡衝出來，擋住棘爪和松鼠飛的去路。松鴉羽驚見他們都還很年輕，體型也比較小。**一定是大遷移前發生的事。那時候葉池和松鼠飛都還在當見習生。**

葉池走上前去，把嘴裡的藥草放在姊姊和棘爪面前。「我帶來了一些遠行服用的藥草，」她低聲說道。「你們外出時，會需要用到的。」

棘爪瞪大眼睛，一臉怒容，指責松鼠飛怎麼可以把他們的之間祕密告訴她的妹妹。什麼祕密？松鴉羽好生納悶。

「她不必告訴我，」葉池澄清。「我也知道，真的。」

松鴉羽心中一驚。原來葉池和松鼠飛這兩姊妹之間是有心電感應的，所以葉池才會這麼擔心姊姊的離去，因為她們可能再也見不到彼此。松鴉羽突然明白，**他們是要去探險。六隻貓要一起去找午夜，查清楚星族究竟給了午夜什麼預言。**

他從葉池的耳裡聽見松鼠飛娓娓道來棘爪被託夢以及找到別族貓兒的整個經過。他感覺得到葉池很沮喪，那是一種很深沉很混亂的情緒，他無法參透，就算進入了她的記憶，有些東西還是被她深藏了起來。葉池想盡辦法勸松鼠飛別去，但松鴉羽感覺得到她知道自己只是白費力氣。**松鼠飛的個性從以前到現在都沒變！**最後，葉池傷心地接受了松鼠飛離去的事實。

「妳不會告訴別的貓我們要去哪裡吧？」松鼠飛質問道。

「我又不知道你們要去哪裡……妳自己也不知道。」葉池指正。「不過妳放心，我不會說的。」

她看著松鼠飛和棘爪吞下遠行藥草，接著又急忙把她從煤皮那裡學來的藥草知識悉數告訴她姊姊，以備路上不時之需。

「我們會回來的。」松鼠飛承諾。

記憶消失了，松鴉羽的眼睛又變瞎了，元神幽幽回到空地。脫離了葉池情緒的松鴉羽，突然感應到葉池正從獵物堆那裡盯著他看。原來她是故意讓他進入她的記憶。

我知道你的感受，因為我也有同樣經驗。

不，妳不懂！松鴉羽在心中憤怒回吼。**妳和松鼠飛又不在那個預言裡，當初如果她沒回**

來，也許對大家都好。

葉池站了起來，緩步離開，往戰士窩走去，悲戚的情緒久久不散。一瞬間，松鴉羽幾乎要同情她。畢竟那段記憶如此清晰，她的悲傷又是如此真實。他搖搖頭，試圖甩開自己的脆弱。**如果妳一開始就說出真相，可能早就幫助我們完成了預言，冬青葉或許也還活著。可是她走了，而現在我們只能靠自己。**

這時太陽已經升到樹頂，陽光直射山谷，空氣彷彿快要燃燒起來。松鴉羽很想找點事情做，但亮心已經在幫他採集藥草，他找不到藉口離開營地。

我去山谷邊緣看一下有沒有蛇出沒好了，大家都這麼興奮，一定忘了這個工作了。

他走過空地，突然想起以前蜜蕨從岩壁下方的洞裡溜出去，被蛇咬到身亡的不幸事件，那條蛇的毒性很強，連他或葉池都束手無策。後來他和葉池趁貓兒們在祭悼蜜蕨時，特地跑去那裡塞了一隻誤食毒莓而亡的死老鼠在洞裡，希望也能毒死那條蛇。可是毒蛇並未上鉤。所以松鴉羽懷疑牠還在附近逗留，伺機等待下次機會。

他沿著岩壁走，檢查每一個洞口是不是都被石頭封死。卻在這時聞到波弟的味道，這才知道那隻老獨行貓正躺在平坦的岩石上，那裡離毒蛇出沒的地方很近。他聽見老貓規律的打呼聲，然後突然哼了一聲，彷彿被松鴉羽的腳步聲給擾了清夢。

「你最好小心點，」松鴉羽停在岩石邊。「那裡有蛇……」

「小夥子，我知道這附近有蛇，」波弟打斷他。「但我沒瞧見有什麼滑溜溜的生物出現，我一直很留意。」

「你很厲害嘛，波弟。」松鴉羽故意諷他竟然可以邊睡覺邊留意蛇的出沒。「不過我還是得巡一巡。」

「我來幫你。」波弟從岩石上跳下來，搖搖晃晃，好不容易才把身子平衡住，然後走到松鴉羽旁邊。「我想你們小夥子多少都需要老鳥的指點吧。」

是哦，松鴉羽心裡哼了一聲，繼續檢查那些蛇洞，小心搬開每塊石頭，聞聞洞口，再把石頭放回去，確保完全封死。

波弟走在旁邊，不時提供意見。而那些意見根本都沒什麼建設性，譬如只要看見松鴉羽在找石頭填縫時，他便補上一句「那個縫你沒塞滿」，或「你確定你仔細聞過那個洞了嗎？」

松鴉羽氣得從牙縫裡吐出幾個字。「是哦，波弟，還真謝謝你的幫忙。」**拜託這傢伙快點消失好不好？**

「我猜你一定很想你哥哥，」波弟繼續說道。「不過他很快就回來了，相信我，這就跟上次棘爪和松鼠掌出遠門去找午夜一樣。」

「松鼠飛。」松鴉羽糾正這隻老獨行貓。**你說完了沒？我已經聽夠葉池那邊的廢話了！**

「我記得我第一次遇見他們的時候，」波弟還在喃喃自語。「他們真的是英雄出少年啊，本來我以為他們腦袋壞了，怎麼會跑到那麼遠的地方去，可是你看，我當時錯得多離譜？雖然直行獸破壞了他們的老家，他們卻找到另一個可以長居久留的新家園。」

松鴉羽蹲在某個氣味可疑的洞口前面，含糊應和。

「也不是說我跟直行獸就沒過節，」波弟繼續說道。「不過我的直行獸還真是不錯，我把牠訓練得可好呢，尤其天氣變冷，不利打獵的時候，牠就變得特別好，總是給我好東西吃，還讓我坐在火邊取暖……」

老獨行貓冗自咕噥，松鴉羽沒理他，樹葉沙沙作響，蟲鳴不斷，吞沒了老貓的聲音。他真希望老貓別再提什麼尋找午夜的老掉牙故事。他好想大聲說出三力量的預言，最好讓所有貓兒都聽見。

這比以前的陳年往事重要多了。

「好了，波弟，」他開口打斷老貓口中那段又臭又長的狐狸故事。「已經做完了，謝謝你。」

「不客氣，小夥子。」松鴉羽聽見波弟費力爬回岩石上，在陽光下重新躺了下來。「你們現在遇到的狐狸可不像我當年遇到的那麼……」他昏昏欲睡地說道。

松鴉羽往巫醫窩走去，聽見獅焰和鴿掌正在荊棘屏障旁練習戰技。他停了下來，聽見鴿掌撲向獅焰，利爪劃破空氣，差點碰到他的毛髮。突然間，即將而來的探險變得真實，獅焰和鴿掌明天就要出發，原來這件事比他所想的來得可怕多了。

一找到那些動物，就趕快回來吧，他在心中懇求道，**我真的不知道該做什麼才能讓預言實現，光靠我的力量是不夠的。**

第十一章

鴿掌站在與影族接壤的河口岩石上，雖然太陽才剛爬出地平線，腳下石頭已經被曬得暖烘烘的。湖上那座島嶼遠看如海市蜃樓。旅程就要開始。自從她知道河水被棕色動物堵住之後，這場探險之旅便成了她的宿命。只是仍難掩傷感，因為她必須棄自己妹妹而去。黎明前，獅焰到見習生窩叫她起床，藤掌卻假裝熟睡，就是不願和她道再會。

鴿掌身邊的棘爪和獅焰，正在輕聲交談。鴿掌不想聽見他們的談話，於是任由感官馳騁遠方。她聽見一支河族隊伍正繞過湖中央的那座鹹水塘，他們看起來很餓，很害怕。她聽見他們抱怨天氣太熱，於是又將聽覺探得更遠一點，去聽河族營地裡的對話。結果聽見霧足、蘆葦鬚和金毛巫醫蛾翅的聲音。她以前曾在大集會上見過蛾翅。

「我已經盡全力醫治豹星了，」蛾翅焦急。「可是她上次失去一條命之後，就一直沒有完全康復。」

霧足搖搖頭。「她體力太差，所以無法完全復原，但總有什麼藥草可以幫忙吧，蛾翅？」

「所有藥草都乾枯了，」巫醫的聲音很小。「我擔心豹星恐怕會失去這條命。」

沉默當頭罩下，大家顯然被這句話嚇到。**豹星究竟還剩幾條命？**鴿掌不免納悶。最後蘆葦鬚打破沉默說道：「那麼我們只能祈求火星的計畫成功，探險隊可以成功找到河水堵住的原因。」

突然河的彼端傳來腳步聲，嚇了鴿掌一跳，注意力瞬間拉回。乾枯的草堆裡走出三隻貓，踏上礫石灘，朝他們走來。

棘爪上前招呼。「妳好，枯毛。」他喵聲道。

暗薑色母貓只是咕噥應答。

「她是影族的副族長，不是嗎？」鴿掌低聲問獅焰。「看起來好老哦。」

「她參加過大遷移，」獅焰低聲回答。「不過仍是一個很難對付的戰士，千萬別讓她聽見妳說她老哦。」

「這兩位是影族的代表。」枯毛喵聲道，尾巴指著跟她一起來到河口的兩位年輕戰士。兩隻貓上前一步，向雷族隊伍點頭致意。鴿掌認得其中一隻是大集會上見過的虎心，他是褐皮的兒子，至於另一位是年紀較大的暗棕色公貓，對她來說很陌生。

「那位是誰？」她低聲問獅焰。

「蟾蜍足，」她的導師告訴她。「他也參加過大遷移，不過那時候他還是隻小貓。」

「哇，小貓也能參加大遷移？」

獅焰點點頭，並用尾巴示意鴿掌安靜，要她聽枯毛說話。

「你們必須穿過我們的領地才能前往上游，」她吼道。「千萬別妄想偷捕任何獵物，因為我們的戰士會監視你們。」

獅焰的目光掃過河岸兩邊的枯草堆。「那裡還能有什麼獵物？」他尖銳地問。

枯毛齜牙咧嘴，發出怒吼。「別跟我耍嘴皮子，獅焰，別以為探險計畫是火星提出的，你們雷族就能當老大。」

「我們從沒這麼想過，」棘爪要對方放心。「第一次大遷移時，我們就沒有以老大自居，相信這次他們也會找到一套彼此合作的模式。」

枯毛冷哼一聲。「火星腦袋到底在想什麼？怎麼會選見習生呢？」她瞥了鴿掌一眼，隨即質問道。「她能幫什麼忙？」

鴿掌毛髮立時豎起。**發現河水被堵住的是我欸**。

結果獅焰的回答令她瞠目結舌。「她必須參加，因為只有她才知道河水為什麼被堵住。」

棘爪上前一步，瞇起眼睛看著獅焰，但沒有說話。鴿掌心想他八成很想罵「鼠腦袋！」，但不好意思在別族面前罵。

「她知道？」蟾蜍足一臉不可置信的樣子。「她怎麼會知道？」

獅焰期期艾艾，似乎發現自己說溜嘴了。「她……呃……星族託夢給她。」他尷尬地解釋。「是星族告訴她的。」

「是哦，那連豪豬都會飛了。」蟾蜍足咕噥道。

鴿掌挺起身子，想讓自己看起來高大一點，幹練一點，結果肚子突然咕嚕叫了一聲，**哦，不！**害她好糗。

枯毛翻翻白眼，蟾蜍足神情不屑地抽抽耳朵，倒是虎心同情地看了她一眼，這讓她心裡好過多了。也許影族裡還是有態度友善的貓兒。

獅焰用尾尖碰碰她的肩膀，耳朵指向另一頭，提醒她有三隻貓兒從河族那裡過來。他們一走近，鴿掌立刻認出裡頭的霧足，她的旁邊是一隻毛色灰白相間的年輕母貓和一隻暗灰色的公虎斑貓。

「他們是花瓣毛和漣尾。」獅焰在她耳邊低聲說道。

霧足垂頭向兩位副族長致意，但並沒有走上前來。三隻河族貓停在離他們有段距離的地方等候，神色疲憊，姿態淡漠。鴿掌心想其實就算豹星勉強同意派戰士參加探險，河族貓的心裡其實還是老大不願意。

蟾蜍足不屑地哼了一聲，傾身在虎心耳邊嘀咕。但鴿掌還是聽見他說的話：「瘦得跟排骨一樣，我看豹星八成把最強壯的戰士都留下來看守湖了。」

鴿掌不確定他說得是否屬實。沒錯，花瓣毛和漣尾看起來是骨瘦如柴，毛髮凌亂，但好像每隻河族貓都這樣。她真希望影族貓在言語上別這麼刻薄。**如果我們連打個招呼都不願意，這次的旅程恐怕有得吵了。**

枯毛用爪子刮著河床上的乾涸泥灘。「風族在哪裡？」她不耐煩地喵聲問道。「我可不想一整天都耗在這裡，我還有別的事得忙。」

鴿掌目光越過影族副族長，瞟見三隻貓正從風族領地的山坡上跑下來，他們穿過乾涸的河床，直奔而來。在前方帶路的是風族副族長灰足，後面跟著兩隻母貓：一隻嬌小的白貓和一隻年紀更輕的淺棕色虎斑貓。

「她們是誰啊？」鴿掌問她的導師。「我在大集會上見過她們，可是不知道她們的名字。」

「白尾和莎草鬚，」獅焰回答，目光同時越過空盪的湖面，凝視遠方。「挑得很好，尤其是白尾，她是很有經驗的戰士。」

鴿掌很高興看見風族戰士看起來還滿友善的。她們興奮地跑向等候多時的貓兒們，眼睛閃閃發亮。

「你們好，」她們在河邊緊急剎住腳步，灰足隨即向大家打招呼。「很高興見到你們。」

「我們也是，灰足。」棘爪垂頭致意。

枯毛只是咕噥一聲，霧足也沒吭氣。

「你們知道自己的任務是什麼嗎？」棘爪繼續說道。

「查出河水究竟被什麼堵住，把問題解決掉。」獅焰立刻回答，不斷揮打尾巴，彷彿等不及要出發。

「真的是這樣嗎？」漣尾驚恐地瞥了霧足一眼。「我還以為我們只是去查探問題出在哪裡，然後回來向大家報告。」

河族副族長還沒來得及回答，枯毛就怒吼一聲。「是怎樣？河族膽小到不敢接受任何挑戰了嗎？」

「誰說的？」霧足厲聲回道，藍色眼睛兇光一現。「我們只是關心自己族貓的安全，哪像你們一點都不在乎。」

「他們都是為了幫忙自己的部族才去的。」枯毛頸毛倒豎地咆哮。

鴿掌的心開始狂跳，有那麼一會兒功夫，這兩隻對峙的母貓似乎要開戰了，還好灰足上前一步。

「夠了，」她喵聲道。「我們現在得一起合作，這支探險隊必須發揮各自所長，但也千萬別拿性命去冒險。」

鴿掌聽見蟾蜍足嘆口氣，還看見他翻了翻白眼。棘爪立即豎起耳朵，原來他也發現到這位年輕戰士的反應。「蟾蜍足，你參加過大遷移，」他的聲音有點尖銳。「應該還記得當初四族是如何攜手合作，互相幫忙的，但這並不代表你們以後不能再回到自己的部族。」

蟾蜍足用前爪刮著地上的土。「我那時只是隻小貓，」他咕噥道。「很多事想不太起來了。」

「你趕快想一想吧，」棘爪冷冷說道。蟾蜍足沒有回答，於是棘爪目光掃向其他貓兒。「你們一定要沿著河走，才能找得回來的路。」他提醒他們。「別被其他的事分心，也別被狐狸或寵物貓追到迷路了……」

「說得跟真的一樣。」蟾蜍足打斷道。

那隻貓真討厭，鴿掌心想道。**棘爪的旅行經驗比誰都豐富，為什麼蟾蜍足就是不受教呢？**

棘爪的琥珀色眼睛怒瞪著影族戰士。「盡可能多休息，多吃東西，」他繼續說道。「因為如果沒有足夠體力，就算找到河水被堵住的原因，也一樣成不了事。」

即便鴿掌知道棘爪純粹是好意提醒，但也漸感不耐。她聽見遠方棕色動物的聲音，甚至從腳下石頭感應到牠們的動靜，知道牠們還在忙著建築工事。

「妳身上有螞蟻啊？」獅焰低聲道。

「對不起！」鴿掌咕噥回答，不敢再亂動。

棘爪退後幾步，和其他副族長站在一起。鴿掌掃看四周，才驚覺探險隊已經成軍。**可是我都還不太知道他們的名字欸！**她心想，試圖拋開慌亂的情緒。可是空氣裡突然充斥這麼多部族的味道，令她有點頭暈。她往獅焰靠近，發現在這群既陌生又焦躁不安的貓群裡，似乎只有他最冷靜自持而且強壯，這讓她寬心不少。

「願星族照亮你們的前路。」灰足慎重說道。「保佑你們平安回家。」

第十二章

在四位副族長的注視下，探險隊啟程出發，踏上乾涸的河床。河床不夠寬，無法並肩而行，於是走了幾步之後，蟾蜍足便擠到前面領隊。

「你們應該知道這是我們的領地。」他大聲說道。

也是我們的領地！獅焰不悅地想道。**鼠腦袋，這條河是兩族的邊界。**他知道身邊的鴿掌已經氣得頸毛豎起，以為他會出聲抗議，但他沒說話，只是朝她輕輕搖頭。

「對不起。」一句歉聲從鴿掌後面傳來，原來是虎心正從她身邊擠過去，想趕到隊伍前面找他的夥伴。

獅焰不禁為他感到難過，畢竟他的夥伴討人厭，並不是他的錯。

跟在影族貓後面的其他貓兒也都各自走在同族夥伴的旁邊。鴿掌殿後，和獅焰走在一起。她低著頭，垂著尾巴，心情沮喪，她從沒想過這趟旅行的氣氛會如此怪異。獅焰猜想她原本以為一定可以交到很多朋友。

「別擔心，」他低頭在她耳邊說。「不會一直這樣下去的，過一陣子，大家就比較熟了。」

鴿掌對他眨眨眼睛。「我們沒有時間吵架，」她低聲回答他。「不管河水是被什麼堵住，我只知道棕色動物已經把那些東西愈堆愈多，好讓它變得更堅固，到時河水就真的完全堵住了。」

獅焰用尾尖碰碰她的腰腹。「我們會想辦法解決的。」他承諾。

沙岸下方的河床愈來愈深，岸邊是平坦寬闊的綠草地。這時獅焰聽見前方傳來兩腳獸的腳步聲和怪異的吼聲。

「我們正要進入兩腳獸的綠葉地，」他對鴿掌喵聲道。「記不記得我第一次帶妳出來查看領地時，妳就聽過這聲音？」

鴿掌點點頭，好奇地抽動鬍鬚，突然她跳開河床，獅焰還來不及阻止，她已經爬上河岸往下探看。獅焰追了上來，伸出爪子，想把她拖下去。

「牠們好巨大哦！」鴿掌看著前方粉紅色的高大生物，不禁發出尖銳的驚嘆聲。牠們身上沒有毛，只有頭上長了一點點。兩、三個小兩腳獸正在空地上跑跑跳跳，互丟一顆顏色很亮的東西，成年的兩腳獸坐在皮帳篙的外面。**牠們看起來就像一棵棵會移動的樹一樣，**獅焰心想，他好奇心大作，竟也忘了危險，多站了一會兒。

「快給我下來！」蟾蜍足在他們後面生氣地嘶喊。

太遲了，有一隻小兩腳獸看見了鴿掌，立刻伸長粉紅色的前掌朝她跑來，她嚇呆了。其他兩腳獸也發出吼聲。成年的兩腳獸用後腿跳起來，大步穿過小兩腳獸剛剛在玩耍的空地。

「走這邊！」蟾蜍足厲聲喊道。

獅焰將鴿掌往下一推，影族戰士立刻轉身朝上游奔去，可是一隻巨大的兩腳獸突然跳進河床，擋住他們的去路，多肉的大掌從空中伸下來，想抓住他們。

「不要！」花瓣毛發出尖叫。

莎草鬚慌亂中想爬上陡峭的河岸，卻又滾了下來。漣尾轉身往下游逃，但那個方向也被別的兩腳獸擋住。獅焰將鴿掌往身後一推，自己擋在第一隻兩腳獸面前，爪子出鞘，毛髮直豎。

「走這邊！」蟾蜍足的吼叫聲傳了過來。「快跟我來！」

他沿著河床一處比較好攀的斜坡爬上去，獅焰蹣跚跟在後面，奮力一躍，跳進空地，其他隊員緊跟在後。

蟾蜍足帶著他們直穿空地，往綠色的皮帳窩跑去。「不是，走這邊！」他看見白尾和莎草鬚往湖的方向跑，立刻大喊。「別走散！」

風族貓又趕緊折回來，整支隊伍急忙穿過焦黃的草地，兩腳獸在後面一路追趕。獅焰跑得很急，四隻腳用力奔馳在堅硬的地面上，恐懼到每根毛髮都豎得筆直，但同時又有點亢奮，情緒高昂到連腳爪都微微刺痛。**你們抓不到我們的，笨兩腳獸！**

蟾蜍足帶他們繞著其中一座皮帳窩跑了一圈，然後回頭朝河床跑去。獅焰瞥了花瓣毛和漣尾一眼，河族貓有點落後，花瓣毛跑得一拐一拐的。

「獅焰，你看！」鴿掌倒抽口氣，她也看見了。

獅焰還沒來得及反應，一隻體型比其他小兩腳獸大的公兩腳獸，突然猛力一撲，逮住花瓣毛，抓到空中，河族貓發出慘叫，想要掙脫。

「救命啊！」漣尾大叫。「不要丟下她！」

帶隊的蟾蜍足立刻轉身，衝向年輕的兩腳獸。「把牠圍起來！」他厲聲喊道，「我們得讓牠知道我們不是好惹的，牠才會放了花瓣毛！」

白尾、莎草鬚和漣尾驚慌地互看一眼，但仍然各就其位。儘管全身發抖，他們還是將兩腳獸團團圍住。獅焰站在鴿掌和虎心中間，所有隊員聽命蟾蜍足，開始朝被圍在中間的年輕兩腳獸進逼，他們齜牙咧嘴，發出嘶聲吼叫。

「放她走！」獅焰吼道。

這時獅焰身後有隻成年的兩腳獸咆哮一聲，年輕的兩腳獸立刻拋下花瓣毛。河族貓跌坐地上，渾身打顫，好不容易站了起來。

「快點！」蟾蜍足尾巴一掃，召集隊員，帶著他們急速地從年輕兩腳獸旁邊竄開。漣尾跑在花瓣毛身邊，緊挨她肩膀，怕她又跟丟。有更多兩腳獸朝他們追來。探險隊在蟾蜍足的點頭示意下，兵分兩路，調頭鑽進兩座皮帳窩裡。

獅焰衝向一個怪異的青綠色燈座，鴿掌和虎心緊跟在後。他回頭瞥了一眼，發現鴿掌竟撞進兩腳獸的一堆硬物裡，東西全滾了下來，掉在四周，害她差點跌倒。她趕緊爬起來，越過地上一塊毛皮，再鑽進帳頂垂掛下來的另一張毛皮，結果毛皮掉了下來，蓋住她。

鴿掌驚恐尖叫，四腳亂扒，想要掙脫出來。

「快幫幫她！」獅焰對虎心厲聲吼道，同時在皮帳窩底部胡亂翻找，希望能找到洞讓大家出去。

虎心用力拉扯地上毛皮，好讓鴿掌把頭鑽出來，她大口吸氣，好不容易爬出來，甩掉披身的毛皮站了起來。

獅焰在皮帳窩邊緣找到一處較鬆的縫隙，趕緊用牙齒拉出一個缺口。他把帳布咬在嘴裡，覺得味道很臭，有點像轟雷路上怪獸留下來的東西。虎心先鑽了出去，鴿掌緊跟在後，衝進空地的刺眼陽光下。獅焰也跟在後面鑽了出來，說時遲那時快，突然有個什麼東西從他頭旁邊飛了過去，打在空地邊緣的荊棘叢上。

鴿掌機警跳開。她看見蟾蜍足就在前面，趕緊衝上前去。蟾蜍足帶著他們繞過最外緣的皮帳窩，往空地邊緣的蕨葉叢鑽進去。獅焰一進到裡面，立刻聞到雷族的氣味記號，這才知道已經進入自家領地。

其他隊員也都鑽進蕨叢，躲在他旁邊。他們蹲伏下來，氣喘吁吁，兩腳獸還在外面咆哮。蟾蜍足最後一個進來，他站著其他貓兒面前，怒瞪著他們，憤怒地甩打尾巴。

「我看沒救了！」他嘶聲罵道。「都還沒走出領地，就能惹出麻煩，真是多虧了這位見習生！」他補了一句，回頭狠瞪鴿掌。

獅焰看見鴿掌身子一僵，頸毛和肩毛都豎了起來。**蟾蜍足，你這個鼠腦袋，還不都是你帶我們走進兩腳獸地盤！**他心想，於是伸出尾巴碰碰鴿掌的肩膀，試圖安慰她。「年紀小當然比較好奇，」他冷靜回答。「要是兩腳獸不要發瘋，這種事就不會發生了。」

蟾蜍足憤怒地哼了一聲。「這場探險還沒開始就結束了。」他怒聲吼道。「我們根本不知道會在河的源頭遇到什麼。結果現在才幾隻兩腳獸就把我們搞成這樣，我們又憑什麼認定自己有本事讓湖水再滿起來？」

「我覺得你錯了，」白尾說道，她雖然在發抖，卻還是站了起來，直接反駁他：「沒錯，我們是差一點就被逮到，但這不表示我們現在就得放棄。更何況待在領地裡，眼睜睜看著湖水愈變愈少，根本解決不了問題。」

漣尾蹲在全身發抖的花瓣毛旁邊，試圖安慰她，這時聽見白尾這麼說，頸毛立刻豎了起來。「妳是在指責河族嗎？你們根本不了解我們過得有多苦，我們必須靠湖裡的食物為生！」

「我沒有指責你們！」白尾很不高興地回答他。「我有哪句話讓你覺得我是在指責你們？」

獅焰站了起來，擋在白尾和憤怒的河族戰士之間。「不要浪費時間，」他喵聲道。「我們得趕快趕路，下一次一定要避開兩腳獸。」

「如果還有下一次的話……」蟾蜍足開口。

「嘿，我們逃出來了，不是嗎？」虎心打斷他的夥伴。獅焰總覺得在所有隊員裡頭，只有虎心一點也不在意這場意外，他的眼睛閃閃發亮，彷彿很享受這種天外飛來的刺激感。「我們已經讓那些笨兩腳獸見識到我們的厲害了，不是嗎？牠們嚇壞了！誰在乎還會不會再見到牠們？」說完轉身對鴿掌說：「別擔心，我會保護妳。」

獅焰覺得好笑，因為他看見鴿掌氣得張嘴回嗆對方：「我可以保護自己！」

「我們都可以照顧自己。」莎草鬚意外地挺她。「畢竟，這也是我們被選上的原因，不是嗎？因為我們的部族認為我們有能力解決河水的問題。」

「沒錯。」獅焰喵聲道。

花瓣毛抬起頭來，她仍在發抖，抖到幾乎無法開口說話，但還是勇敢地看著隊員們：「我認為我們應該繼續前進，」她喵聲說。「我不想再看見族裡的貓兒受苦，只要一想到他們，我就覺得有再大的困難，我都必須克服。」

「說得好，花瓣毛。」白尾輕聲說。

「那麼我們就出發吧。」獅焰趕在蟾蜍足想開口爭辯前說。他掃了那位影族戰士一眼，又補了一句：「既然來到雷族領地了，就改由我來帶隊吧。」

第十三章

獅焰沿著小徑，走在羊齒植物下，他瞥了旁邊的鴿掌一眼，發現自從遇過兩腳獸，她身上的毛髮就豎得筆直，而且一直瞪著大眼。

不該帶她來嗎？他納悶。**她才當了一個月的見習生，**他搖搖頭，**不，我們需要她，**他告訴自己。獅焰想起以前他和姊姊弟弟一起到急水部落去時，也還只是個見習生，但都應付得來。**鴿掌也不會有問題的，她一定可以。**

河流轉向，進入影族領地，太陽已經當空，獅焰停下腳步，掃視乾涸的河床和松樹林，只見地上覆滿棕色針葉，矮樹叢零星散布。

蟾蜍足走上前來。「我想我們應該在這裡休息一下，吃點東西，」他喵聲說，並朝那兩位河族戰士點頭示意。「他們看起來快撐不下去了。」

獅焰不喜歡他的不屑態度。他不想和蟾蜍足一樣表現的高高在上，但也必須承認他說的沒錯。自從大家從兩腳獸那裡逃出來之後就累壞了，再加上天氣又這麼熱，漣尾和花瓣毛尤其筋疲力竭。花瓣毛早就在蕨葉叢裡躺了下來，氣喘吁吁。

河族貓這麼不耐走，我一點也不驚訝，獅焰想。**畢竟他們擅長的是游泳，不是走路。**

「好吧，我們休息一下。」獅焰抬高音量，讓大家都聽到。「雷族貓和影族貓會到各自的領地狩獵。」

「我們可以自己抓獵物。」白尾看了莎草鬚一眼說。

「沒錯。」虎斑母貓同意。

「這算是盜獵。」蟾蜍足呸口道。

白尾嘆口氣。「但如果你把抓來的獵物，拿給我們吃，就不算盜獵，那何不乾脆讓我們自己去抓，還比較方便點？」

獅焰猜她八成很想後面補一句「鼠腦袋」，但終究沒說出來。**至少蟾蜍足沒當面笑他們只會抓兔子，**他心想。

「我們還是照著蟾蜍足的方法做吧，」他語氣平和地對白尾說。「相信你們以後會有機會幫大家抓獵物的。」其實他明白白尾的意思，只是他擔心她們可能會撞見雷族或影族巡邏隊，他不願冒這個險。兩腳獸已經耽擱掉他們太多時間了。

風族母貓猶豫了一下，最後點頭答應。

獅焰帶著鴿掌深入雷族領地，面對熟悉的土地，他總算寬心不少。「妳走那條路，」他建議他的見習生，耳朵指指榛木叢旁邊。「那邊樹底下可能有獵物躲在裡頭，我走這條路，等下在邊界會合。」

「好。」鴿掌悄悄地走過去。她放輕腳步，豎直耳朵，張開下顎，嗅聞空氣。

希望她能抓到好獵物，也好讓蟾蜍足對她刮目相看。獅焰目送她消失在視線裡，心裡這樣想，然後緩步走進對面林子裡，突然看見有隻松鼠正在林地上的落葉底下扒抓著什麼東西。

太好了！

獅焰立刻蹲伏為狩獵姿勢，悄悄爬過去，腹毛輕刷林地。此刻無風，獵物不會聞到他的味道，他也相信他不會發出任何聲音，但才爬了幾步，松鼠突然警覺，馬上朝最近一棵樹奔去。

「去他的老鼠屎！」獅焰呸口罵道。

他跟在後面追，結果意外發現那隻松鼠的腳是跛的，很快就被他追上，趕在牠爬上樹之前，一掌將牠斃命。

希望這松鼠沒帶什麼傳染病，他一邊檢查松鼠，一邊這樣想。他仔細嗅聞，確定沒有問題——事實上，這松鼠的味道還真令人垂涎。他叼起獵物，往邊界走去。快走到的時候，鴿掌追了上來，嘴裡叼著一隻小老鼠。

「對不起，」嘴裡叼著老鼠的她，只能語意含糊地說。「我只找到這隻。」

獅焰嘆口氣，如果連鴿掌都找不到別的獵物，這裡肯定沒有了。「別擔心，」他喵聲道。「總比什麼都沒抓到來得好。」

等他們回到隊員們等候的地方時，發現漣尾和花瓣毛已經在羊齒植物底下打起瞌睡，白尾和莎草鬚則坐在一旁警戒。

「不賴嘛。」他把獵物放在河岸，白尾誇獎他。「那隻老鼠也不錯哦。」她也對鴿掌說。

「才不呢，」鴿掌放下老鼠，懊惱地揮揮尾巴。「太小了，比甲蟲大不了多少。」

「不錯了，」白尾伸出尾巴，碰碰鴿掌的肩膀。「有抓到獵物就不錯了。」

「嘿，蟾蜍足和虎心回來了。」莎草鬚喵聲道。

獅焰轉頭看見蟾蜍足得意地穿過松樹林，嘴裡叼著一隻黑鳥。虎心落在他後面有段距離，正在拖著地上某樣東西。

「那隻松鼠不錯嘛，」蟾蜍足躍過河，把獵物丟在獅焰的獵物旁。「老鼠倒是小了點。」

獅焰沒理他，專心望著正把獵物拖到河岸的虎心。只見他先把牠丟進河床，再跳下來，然後叼起獵物，爬上另一邊的河岸。虎心的皮毛上沾滿了細小的灰色羽毛，原來那獵物是隻大鴿子。

「太厲害了！」莎草鬚大聲說道。

「你真的很厲害！」獅焰補充，但心裡有點嫉妒。他本來想向蟾蜍足證明雷族比影族會狩獵，但虎心抓到的獵物太令大夥兒刮目相看了，更何況，他也不想掃了那位年輕戰士的興。

蟾蜍足看起來很是洋洋得意，不過至少沒在嘴上占便宜。

虎心好像還很亢奮。「差一點就被牠飛掉，」他喵聲道。「我跳好高才把牠抓住。」

「真的太厲害了。」獅焰告訴他。他看見虎心兩眼發亮，著實替他高興，也希望這番讚美能多少彌補他在大集會上對他的不友善。煤心說得沒錯，與其和別部族貓兒交惡，倒不如交個朋友。這位年輕的戰士對影族來說的確是寶貴的資產。

不知道虎星知不知道這一點？獅焰不免好奇，雖然天氣酷熱無比，但一想到那個可怕的虎星，就覺得有股涼意爬上背脊。

他們分食獵物，坐下來大快朵頤。儘管前一天還在互相敵視，此刻卻第一次有了夥伴的感覺，獅焰心想，**也許我們真的可以一起合作。**

花瓣毛和漣尾也醒了，他們狼吞虎嚥的樣子，簡直就像一個月沒吃過東西似的。其他隊員都很有默契地讓出食物，讓他們吃個飽。

「如果他們的體力不好，對我們沒有好處。」白尾對獅焰低聲說。

等他們吃完後，蟾蜍足又走到前面帶路，這時河流已經不再是邊界，而是蜿蜒於影族領地的松樹林裡。在空曠的野地，頭頂並無任何遮蔽物，獅焰很不習慣。櫛比鱗次的松樹被太陽在地上拉出一條又一條長長的棕色影子，讓他覺得自己好像走在一張巨大的虎斑毛皮上。過了一會兒，他們看見遠方有支影族隊伍，帶隊的是花楸爪。蟾蜍足大聲招呼他們，但那群影族貓兒並沒有走過來。

等到探險隊抵達影族邊界時，太陽已經西下。獅焰停下腳步，跨過氣味記號區，繼續往前方探進。河流在灰色大圓石之間蜿蜒，岩石上布滿青苔。他們才走了幾條尾巴的距離，景色倏地大變，四處可見亂石堆，松樹林不再，取而代之的是一株株形狀矮小歪扭，樹瘤密布的老樹，枝椏橫生交錯，形成像天頂一樣的華蓋，樹幹灰白，布滿青苔和藤蔓，矮樹叢寥寥無幾。

這裡能躲的地方不多，獅焰不安地想。

白尾走在他旁邊，張嘴嗅聞空氣。「我想我們應該輪流領隊。」她喵聲，聲音很具說服力和權威感，這也提醒了獅焰，白尾其實是這支隊伍裡最年長的戰士，即便她體型嬌小。

「好啊。」他回答，然後退後一步，揮揮尾巴，請她帶隊。

蟾蜍足張嘴，似乎想出言反對，但又閉上。於是這支隊伍便在白尾的領軍下，跳下河床，直入未知的森林。空河床上方的林木，枝葉茂密，他們在婆娑的綠色光影下緩步前進，不時轉頭查探兩邊動靜。獅焰知道帶隊的風族戰士已經盡量挑遮蔽性強的路走，這樣一來，若有必要，才能隨時藏匿。

「這裡有爛泥巴，」鴿掌大聲說，同時一臉嫌惡地甩甩前腳。「我踩到了。」

「這樣才好啊，」漣尾喵聲。「有爛泥就可能有水源，看來太陽並沒有直曬這條河。」

河族戰士說得沒錯。白尾在幾條尾巴外的河堤下方，找到一池小水塘，就隱藏在橡樹樹根的後面。大家齊聚一起喝水。這水溫溫的，帶點土味，但獅焰還是覺得清涼無比。

等他們喝飽了，才又繼續前進。白尾每隔一段時間，便派其中一名隊員跳上河岸，探查四周情況。等輪到獅焰時，竟看見有兩頭鹿腳步輕盈地穿過林子。在雷族領地裡，沒見過這麼多鹿，這裡倒是很多，他心想。他還瞄見河岸有很多牠們的足印。樹幹上與鹿等高的青苔，幾乎都被牠們啃光了。

「我看見那裡有鹿。」他回報白尾，然後跳回河床。

白尾點點頭。「牠們不會打擾我們的。」

他們繼續前進。獅焰發現自己竟開始喜歡這趟旅程，他猜他的同伴們也有同感。樹下空氣陰涼溼冷，他們的肚子已經飽了，而且不再口渴，這一路也走的平和，只是有時會因林子裡偶爾傳來的窸窣聲響而停下腳步，或者不小心踩到泥塘，濺起泥水。獅焰的心情輕鬆，差點就忘了這趟旅程的使命有多嚴肅。

突然間，鴿掌動也不動，頸毛倒豎，眼睛睜得又圓又大，她表情驚駭，轉頭對獅焰低聲說：「有狗！牠們正朝這邊來。」她彈彈尾巴，指向河的方向。

獅焰快速地嗅聞空氣，聞不到狗的氣味，也聽不見任何聲音，可是這不表示鴿掌錯了。他們不可能跑得比狗快，尤其是在陌生的領地，但也不能離開這條河，所以只有一個方法。

「有狗！」獅焰吼道，轉身對其他隊員說：「快！爬到樹上去！」

貓兒們亂了陣腳，在狹窄的河床裡東跌西撞。

「什麼?在哪裡?」

「我沒聞到啊。」

「你怎麼知道?」漣尾好奇問道。

「沒時間多說了。」獅焰抬高音量，蓋過大家的聲浪。

還好蟾蜍足和虎心立刻轉身，爬上遠處河岸的一棵樹往下探看。至少他們安全了。

但風族貓和河族貓卻紋風不動，他們坐立不安，尷尬地互看彼此。

「我們不會爬樹。」白尾坦承。

「我的老天！」獅焰不想爭辯，現在只能靠鴿掌幫忙，將剩下的四隻貓趕出河床，催他們快到附近的大樹底下。「快爬上去！」

莎草鬚溜到旁邊，因為那裡有棵歪扭的矮樹，看起來比較好爬。「我想我爬這棵好了。」她喵聲道。

「不行，妳快回來！」獅焰朝她喊。「那些狗也爬得上去。妳聽好，只要把爪子戳進去，」母貓跑了回來，聽他解釋。「再利用後腿的力量把自己往上撐，很簡單。」

貓兒們一臉不解，神情恐懼。「我沒有爬過樹，」莎草鬚全身發抖。「你們先爬上去好了，我碰碰運氣，待在下面算了。」

「我們不能把妳單獨丟在這裡！」鴿掌厲聲說道。

獅焰又惱又懼，他現在聽得到狗吠聲，雖然還很遠，但隨著每一拍的心跳聲愈來愈近。

「那你們試試這個好了，」鴿掌跑向附近一棵樹，跳上樹幹，在低矮的樹枝上站穩身子，然後又爬下來說：「來吧，你們也辦得到。」

蟾蜍足和虎心這時也跳了下來，跑來幫忙，獅焰才多少鬆了口氣。「我們各負責一個。」蟾蜍足說，同時走向花瓣毛。

「太好了，謝謝。」獅焰用尾尖向莎草鬚示意。「虎心，你負責漣尾；鴿掌，妳負責白尾。」

他想資深的河族戰士總該比較有自信，對見習生來說會比較好教，再說他也相信白尾這輩子總爬過一兩次樹吧。現在他可以專心去幫莎草鬚了，於是將她往旁邊一棵樹上推。「把前爪放在這裡，」他指示，「好，再利用那邊的凹洞給後腳一個使力點。好，可以爬上去了。」

莎草鬚照他的話慢慢爬，她全身發抖，四肢巴著樹幹，爪子緊勾住樹皮。「我不能動。」她嚇得嗚咽。

「可以，妳可以的，」獅焰鼓勵她。「如果掉下來，記得一定要四腳著地。好了，現在把後腿抬起來，勾住那邊那個洞……」

風族貓終於在獅焰的幫忙下爬了上去。狗群漸漸逼近，牠們一路放聲吠叫，在稀疏的矮樹叢間橫衝直撞，空氣裡盡是狗的臭味。獅焰不敢大力呼吸，深怕聞到那股惡臭。

為了怕狗追上來，他們選的樹都很難爬，對沒有爬樹經驗的貓兒來說，勢必得花更多時間。獅焰環顧四周，發現鴿掌和白尾已經爬上安全的制高點，至於虎心還在忙著將漣尾推到分岔的樹枝處，而蟾蜍足仍在哄花瓣毛爬上獅焰旁邊那棵樹。

「你辦得到。」影族戰士吼道，「看在星族的份上，不要往下看。」

莎草鬚好不容易在樹上站穩，狗群已經躍然在目。總共有兩隻毛皮光滑的狗，一條黃的，一條黑的，牠們四處跳躍，一下子跳出河床，一下子跳進河床，到處嗅聞樹根。

「至少牠們不是在追捕我們，」獅焰就蹲在莎草鬚旁邊。「這兩條笨狗，根本不知道我們在哪裡。」

就在這時，其中一條聞到他和莎草鬚的味道，突然興奮地連聲吠叫，繞著樹不斷跳躍，前腳趴在樹幹上，張開大嘴，伸出長長的粉紅色舌頭。

莎草鬚驚聲尖叫，不小心滑了一跤往下掉，四隻腳在空中胡亂揮打，獅焰一個箭步撲上前去，後腳勾住樹枝，伸出前爪抓住莎草鬚，但還是慢了一點，抓得不夠牢，莎草鬚從他的爪間慢慢下滑，而樹下那條狗正瘋狂吠叫，不停往上跳。莎草鬚驚恐地瞪大雙眼，張大嘴巴，發出無聲求救。

就在獅焰以為她要掉下去的時候，突然看見蟾蜍足丟下仍用兩隻前腳緊巴樹幹的花瓣毛，飛竄過來。

這時樹下那兩條狗，還在奮力往上躍，張大嘴巴想咬莎草鬚那條懸在半空中的尾巴。那一瞬間，獅焰本來以為蟾蜍足一定會跳空，失足掉進那兩條狗的嘴裡，沒想到樹枝晃了一下，他安全地落在獅焰旁邊，及時伸出前爪，一把抓住莎草鬚的頸背。

兩位戰士就這樣慢慢地將風族貓拖了上來，直到她的爪子又能牢牢抓住樹枝。「謝謝你們，謝謝你們。」她氣喘吁吁，抖得厲害，差點又要掉下去。

獅焰用尾巴穩住她。「謝了！」他對蟾蜍足說道。

影族貓咕噥一聲，輕輕點頭，顯得尷尬，彷彿很怕把他幫了別族貓兒的事情張揚出去。

這時獅焰聽見有兩腳獸穿過林子，一路吼叫。兩條狗聞聲朝牠們奔去，但還是心有不甘地不時轉頭看樹上的貓。獅焰一直等到吠聲消失了，林子再度恢復平靜，才帶著莎草鬚爬下來，這時蟾蜍足也已經跳回花瓣毛所在的那棵樹。大家渾身發抖地從樹上爬下來，回到河岸，蹲在焦黃的草地上。

「我的肩膀好像扭到了，」莎草鬚喵聲，她動一動前腿，表情痛苦。「對不起，獅焰，我真是累贅。」

「胡說，不會有事的，」獅焰向她保證。「我們不可能每件事都擅長，如果靠四條腿跑，妳和白尾肯定跑得比誰都快。」

「我的肩膀受傷了，恐怕跑不快了。」莎草鬚可憐兮兮地說。

「出發前，蛾翅教了我一些藥草知識，」漣尾插嘴，同時聞聞莎草鬚的肩膀。「她說接骨木的葉子嚼成泥，可以治扭傷，要不要我去找找看？」

「好主意，」獅焰回答道。「但別走太遠。」

「我不會走遠的。」漣尾立刻衝了出去，看來很高興自己終於能派上用場。

「如果有隊員不會爬樹，以後遇到麻煩怎麼辦？」虎心趁河族貓走遠時問。「我們怎麼完成這趟任務？」

這位年輕戰士的顧慮像利爪一樣瞬間勒住獅焰，他知道自己先前太樂觀了。其他貓兒也跟著低聲附和。

「我們根本不知道會遇見什麼，」莎草鬚坦言。「我意思是，我們又不確定那條河是不是真的被堵死了？搞不好只是被太陽曬乾了，這樣我們一輩子也走不到終點！」她哀號道。

獅焰瞥了一眼他的見習生，發現她一臉愁容，於是低頭在她耳邊說：「我相信妳。」

鴿掌看起來寬心多了，不過獅焰注意到她還是不斷用腳爪扒著地上的土。

這時候太陽已經西下，林子上方的天色紅霞一片，樹幹四周投下大片陰影。

「我們最好在這裡過夜，」白尾喵聲道。「我們都需要好好休息，尤其是莎草鬚。」

「可是這裡安全嗎？」花瓣毛問，聲音裡帶著恐懼。「要是狗又回來了怎麼辦？也許我們應該睡在樹上。」

「不行，妳一睡著，就會從樹上掉下來。」蟾蜍足直言。

花瓣毛緊張地瞪大眼睛。「那我們該怎麼辦？」

「沒關係，」獅焰安慰她。「我們可以輪流守衛，」然後搶在其他貓兒提出異議之前跳起來說：「我們去收集一些蕨葉和青苔當臥鋪吧。」

於是鴿掌和花瓣毛跳下河床去找青苔，獅焰和其他貓兒則去摘乾枯的蕨葉。

「妳的肩膀扭到了，最好待在這裡不要動。」獅焰告訴莎草鬚。「漣尾很快就回來。」

等到河族戰士叼著一大坨接骨木的葉子回來時，其他貓兒已經用蕨葉大致圍出臨時貓窩的範圍，花瓣毛和鴿掌開始在裡頭鋪放青苔。

「好了，」漣尾開心地喵聲，將葉子放在莎草鬚旁邊。「我把葉子嚼成泥，然後敷在妳的肩膀上，到了明天一早，肩膀就不會那麼痛了。」

莎草鬚對他眨眨眼。「謝謝你。」

等到貓兒們在臨時貓窩裡各自找妥自己的臥鋪時，獅焰才發現與別族貓兒共處一窩的感覺有多尷尬，大家似乎都刻意與同族的夥伴擠在一起，譬如當花瓣毛的尾巴不小心碰到虎心時，虎心就嚇了一跳。

「對不起。」她低聲說，一臉尷尬。

獅焰的腳也差點碰到白尾的耳朵，他趕緊縮回來，卻反而擦到蟾蜍足的毛。

「小心點！」影族戰士吼道。

獅焰趕緊道歉，跳出臨時貓窩，站在河岸邊。「我來擔任第一個守衛。」他大聲說道。說完便蹲在河岸邊，卻發現自己疲累到隨時可能睡著，除非四處走動提神才行，於是勉強站起來，在河岸上下來回巡邏，不敢讓貓窩離開視線。他豎直耳朵，不時嗅聞空氣，深怕有任何危險，還好一切如常，狗的味道已經淡去，有一次他好像聞到獾的味道，不過太遠了，並不構成威脅。

等他回到窩裡睡覺時，發現有雙眼睛正盯著他看，彎彎的月牙映照其中。

「鴿掌！」他低聲說，深怕吵醒其他的貓。「妳不必整夜醒著不睡。」

「不必嗎？」鴿掌的聲音很低，但充滿懷疑。「可是要是狗又回來了怎麼辦？只有我能早一步聽見牠們的聲音。」

「妳不必把責任都往自己身上扛，」獅焰突然覺得很同情她。「我們也可以幫忙，妳快睡吧。」

他本來以為鴿掌會反駁，這樣一來，他就得用導師的身分壓她。但她只是輕嘆一聲，便蜷起身子，閉上眼睛，用尾巴蓋住鼻子，過了一會兒，呼吸聲均勻起落，獅焰知道她睡著了。

獅焰坐在她旁邊，隔著一層薄薄的蕨葉，靜靜看著她和四周的貓兒，心裡默默地想，**其實我很明白身懷特異能力卻又不能讓別的貓兒知道是什麼感覺，那感覺無比孤單。**

第十四章

松鴉羽等棘爪、獅焰、鴿掌離開營地，荊棘屏障不再窸窣作響，才轉身回自己的巫醫窩去。他身上的每根毛髮都豎得筆直，因為心裡都是疑惑。**有八隻貓被派了出去，他們將沿著乾涸的河床往上游探查鴿掌的所聽、所見、和所聞，而這一切都不是來自於星族的指示。**

真正令松鴉羽不解的是，為什麼戰士祖靈對這次的探險沒有任何徵兆，也從沒提到有棕色動物堵住河水。在最近一次月池的那場聚會裡，沒有任何一位巫醫提及此事。**難道是星族在等著看預言裡的三力量能否拯救貓族嗎？畢竟三力量的特異能力比祂們還強。**松鴉羽停下腳步，仰望那片他看不見的天空。**現在到底有沒有戰士祖靈在看顧我們？**他不免納悶。

這時身後的腳步聲驚醒了沉思中的他。

「不要這樣看著我！」藤掌抬高音量，出聲抗議。

又怎樣了？松鴉羽反問自己，嘆了口氣。

「那就不要那麼怪裡怪氣嘛，」薔掌反駁。「又沒有誰惹妳。」

「如果是妳的姊姊去拯救四大部族，只剩下妳還留在這裡接受無聊的訓練，」藤掌吼道。「我看妳會不會怪裡怪氣。」

松鴉羽聽見有小石子被踢飛的聲音，接著是鼠毛發飆。「小心點行不行？拜託妳們，已經夠塵土飛揚了，別連石頭都不放過行不行？」

「對……對不起。」藤掌咕噥道。

松鴉羽聽見長老漸漸走遠，他感覺得到她的怒氣就像蜜蜂一樣嗡嗡嗡地一路跟著她，他也有點同情藤掌，**我還不是一樣不能去。**

「藤掌，脾氣不要那麼壞！」煤心走了過來。「妳要尊重長老。」

「對不起。」藤掌又說了一次，語氣可憐兮兮，已經不再生氣。

「是該對不起，晚一點，我們幫鼠毛抓隻大一點的獵物，由妳送去給她，不過不是現在，」煤心繼續說道。「因為妳們今天早上全都要去接受格鬥訓練。」

「是哦，那又怎樣。」藤掌的聲音聽起來並不來勁。

「不，這很棒欸，」薔掌很興奮。「我可以幫妳，藤掌，我就要參加最後一次測驗了。」

「嘿，別急，」刺爪從他見習生的後面走過來。「妳的測驗還有兩個月才到，藤掌的導師自己會教她，妳只要學好我上次教妳的跳躍和扭身動作就行了，到現在這兩招妳都還學得不精。」

「好吧。」薔掌的心情完全不受她導師的申斥所影響，語氣還是很開心。

榛尾和鼠鬚也出來找花掌和蜂掌，於是一群導師和見習生相偕離開營地，一路玩笑，好不熱鬧。

松鴉羽嘆口氣。**有時候我真的覺得自己未老先衰。**

這群貓兒一走，山谷裡立刻變得空蕩蕩的。松鴉羽站在原地好一會兒，聽著頭頂傳來微弱的樹枝咯吱作響聲，甩甩身子，大步向前，穿過空地，跟著鼠毛進入長老窩。長尾正蜷著身子在睡覺，發出咻咻的打呼聲，鼠毛剛要躺上臥鋪，腳下乾枯的蕨葉窸窣作響。

波弟坐在她旁邊。「我剛剛才想到以前有兩隻老鼠想跑進直行獸的窩裡，」他開口道。「我猜妳應該也會喜歡聽這個故事，所以……」

「等一下，波弟，」松鴉羽打斷他。「我先和鼠毛說句話。」

「又怎麼啦？」老母貓質問道。她的語氣聽起來還是很不高興，可能是因為剛被小石頭砸到，也可能是因為得被迫聽波弟說那些沒完沒了的故事。

「我只是想看看妳有沒有被小石頭砸傷。」松鴉羽解釋。

鼠毛嘆了一口氣。「我沒事，松鴉羽，不必大驚小怪。」

「我只是盡我本分，鼠毛。」

她又嘆了口氣。「好吧。」松鴉羽聽見鼠毛在蕨葉臥鋪裡伸腿時所發出的沙沙聲響。「在這兒，腿上面。」

松鴉羽走了過去，仔細嗅聞，沒發現任何傷口，也沒破皮。「沒問題。」他喵聲道。

「我早告訴過你，」鼠毛呸口道。「但小夥子總是以為自己無所不知。」

「雖然沒有傷口，但如果妳還是覺得痛或走路有點跛，一定要馬上告訴我，好嗎？」

「我會幫忙看著她，」波弟插嘴道。「你不用擔心。」

「謝謝你，波弟。」松鴉羽正要往窩外走去，卻被老獨行貓給喊住。

「別急著走，小夥子，你應該也喜歡聽這個故事，話說那幾隻老鼠……」

松鴉羽不耐煩地站在長老窩的入口附近，突然聽見空地有聲響，立刻打斷波弟的冗長故事。「對不起，我得先走了，可能有什麼急事。」他沒等他答應，便從灌木底下擠出來，走進山谷。

剛剛去為探險隊送行的棘爪已經回來。松鴉羽走近時，聽見火星正從亂石堆上跳下來，走到營地中央找副族長。

「結果呢？」族長熱切問道。「一切順利嗎？」

「順利，」棘爪回答。「四大部族都有派貓來，他們已經往上游出發。」

「派了哪些貓來？」

「影族是蟾蜍足和虎心，」棘爪說道。「風族是莎草鬚和白尾，河族則是漣尾和花瓣毛。」

松鴉羽驚訝地彈彈耳朵。聽起來豹星好像沒派出旗下最厲害的戰士，難道她不知道這趟旅程有多危險嗎？

火星似乎也有同樣想法，但沒表現出來。「希望他們能好好合作。」他只是這樣說道。

「會的，」棘爪保證。「他們會學習互信，等他們回來之後，一定會因這次經驗而變得更成熟更強壯。」

「我們只能祈求星族保佑他們全都平安歸來，」火星喵聲道。「並找出水源的問題何在。」他嘆口氣，隨即又以果斷的口吻說道：「我們現在最好去巡邏，免得待會兒天氣太熱。我會親自帶領一支狩獵隊，其他隊伍就由你來召集。」

「沒問題，火星。」

松鴉羽聽見他們緩步離開，呼喊戰士窩裡的戰士出來。沒多久便聽見戰士們魚貫鑽出灌木叢，邊打呵欠，邊伸懶腰。於是松鴉羽轉身走向自己的巫醫窩，但還沒回到窩裡，便遇到火星帶著狩獵隊從他旁邊經過，塵皮殿後。可是松鴉羽突然感覺到塵皮的脊椎底部很痛。他朝狩獵隊的方向豎起耳朵，發現塵皮的腳步有點不穩。

「嘿，塵皮，」他喊道。「等一下。」

「什麼事？」塵皮退了回來，聲音比平常不耐。「我要和火星去狩獵，有話快說。」

「你的背受過傷嗎？」松鴉羽問道。

棕色公虎斑貓猶豫了一下。「你為什麼這麼說？」

「我是巫醫。」松鴉羽回諷道。「如果你受傷了，我有藥草可以幫你療傷。」

「我不需要藥草，」塵皮反駁。松鴉羽可以想見對方的頸毛已經倒豎。「把那些藥草留給真正需要的貓吧。」

「這種藥草，我有很多，」松鴉羽向他保證。他知道塵皮是為了別的貓著想，但他絕不會讓他因愚蠢的無私而錯失了用藥良機。他背痛的毛病只會愈來愈嚴重，到時就不能狩獵了。

「你回來後，一定要來找我。」

「我知道了。」松鴉羽感覺到塵皮在語氣上的退讓，這才鬆了口氣。這時又聽見塵皮小聲補了句：「謝謝你，松鴉羽。」

「千萬別忘囉！」松鴉羽在塵皮後面喊道，後者卻只顧著加快腳步，趕上火星和其他隊員。他只好提醒自己要是塵皮沒來找他拿藥草，他一定得找他的伴侶蕨雲談一下，然後才轉身往自己的窩走去，這時他突然察覺到有道溫暖的目光籠罩在他身上。是葉池！他感覺得到他母親為他感到驕傲，因為他主動察覺到塵皮有傷在身，而且是在不傷戰士自尊心或防礙對方工作的前提下，提出療傷的建議。

我才不稀罕妳的讚美呢，松鴉羽心想。

突然間，他覺得有種被壓迫的感覺，彷彿整座山谷朝他聚攏，四周岩壁開始擠壓他，他沒辦法繼續待下去，他不想老被一雙眼睛盯著看，於是轉身，快步穿過空地，跟在狩獵隊後面鑽出荊棘隧道。一到林子，他立刻往湖邊走去。以前走在小徑上就能聞到潮溼沁涼的空氣，他真懷念那味道。如今林子變得很陌生，他心神不寧，連風吹在身上，都嫌躁熱。

他來到湖邊。離他一條尾巴之距的不遠處，本來應該有湖浪拍岸，如今卻是空蕩蕩一片。他記得以前只要深吸一口氣，便能感覺毛髮上沁涼的水味，現在卻什麼也沒有，只剩飛揚的塵土。他停在林子邊緣，知道雷族和風族的巡邏隊正往湖水走去。**他們一定是來取水的**。更遠處，他聽見一支影族巡邏隊正和幾個河族戰士爭吵誰才有資格巡守這座日益縮小的湖水。

「湖水又不是你們的，」枯毛呸口罵道。「每隻貓都有權利來這裡喝水。」

「但我們有捕魚的權利，」灰霧反駁道。「要是妳敢抓湖裡的魚，我就打得妳滿地找牙。」雖然河族母貓語帶威脅，但聲音平板呆滯，彷彿力氣用盡。

待在這種地方，既不能遮陽，又沒有地方休息，實在很無聊，松鴉羽心想。他移動腳步，走在乾涸的河床上，感覺卵石在腳下滾動。他知道這附近應該有地道的入口，以前地下水就是從那裡把他們沖進湖裡。但最近沒聽到其他貓兒提起河床上有什麼洞，也許已經被崩落的泥漿填平了，就像雨暴上次掉進去的那個洞一樣。

天氣雖然炎熱，但松鴉羽一想到姊姊冬青葉被地道活埋的事，還是忍不住哽咽發抖。有一瞬間，他彷彿又站在大雨滂沱的林子裡，死命呼喊她的名字。他甩甩身子，將自己從可怕的記憶裡拉回來。

「嘿，罌粟霜！」冰雲愉悅的聲音將他的思緒帶回乾涸的湖岸。雷族的取水隊伍剛剛抵達，莓鼻和亮心走在她旁邊。

他聽見身後傳來腳步聲，這才發現連罌粟霜都跑來湖岸探險，她快步跟上取水隊，身懷六甲的她，步伐顯得有點遲緩沉重。

「嗨，」她氣喘吁吁。「好熱哦，這湖……」

「妳不是應該待在育兒室嗎？」她話還沒說完，便被她的伴侶莓鼻打斷。

松鴉羽感覺到罌粟霜嚇了一跳。「我只是想伸伸腿，」她解釋，「順便看看這湖是不是還在縮小。」

「妳應該好好休息，」莓鼻聲音尖銳地說。「妳肚子裡的小貓怎麼辦？」

「可是我想喝水啊。」罌粟霜反駁。

「冰雲會帶水回去給妳喝。」莓鼻喵聲說完，便往遠方的湖水走去。亮心和冰雲一臉尷尬，而且氣氛凝重到連松鴉羽都能感覺。「是啊，罌粟霜，」冰雲咕噥道。「我會幫妳帶些沾水的青苔回去。」

「謝了，可是我想自己取水。」罌粟霜的聲音聽起來很不悅。「待會兒見。」她步履蹣跚地離開取水隊伍，跟在莓鼻後面，但沒有試圖追上去。當她經過松鴉羽身邊時，還特地停下腳步。「我到育兒室外面來走走，沒關係吧？」

「當然沒關係，」松鴉羽回答道。「小貓還要一個月才會出生。」

「我想也是，」罌粟霜喵聲道。「黛西說我出來走走，對小貓不會有害。」她不耐地長嘆口氣。「莓鼻好像希望我永遠待在育兒室裡。他說戰士窩現在沒有足夠的空間給我用。」

松鴉羽用爪子來回磨蹭溫熱的地面。「我想他只是要妳調養好身體。」

罌粟霜沒有回答，只是不置可否地哼了一聲，就往水邊走去。

松鴉羽不願再想這些心煩的事，索性回到岸邊，去找他的棍子。他小心翼翼地在離岸一條尾巴之距的接骨木樹根底下摸索。然後坐在樹蔭下，腳爪輕輕撫過棍子上的記號，耳裡立刻有低語聲縈繞，他認出有些聲音是以前和古代貓在一起時聽過的聲音。他繃緊神經，想聽出端倪，但太小聲，聽不出來。悲傷如針一樣刺痛他的心，他曾棄他們而去。他們曾是他的朋友——他卻送他們遠離湖邊。古代貓的靈魂此刻似乎全在他身邊縈繞，他們的尾巴輕刷過他的毛髮，氣味與逐漸乾涸的湖水交融一起。

你們到底要什麼？松鴉羽問道，他感覺得到他們的焦慮。

但是沒有回答。

水邊突然響起嚎叫，他回神，趕緊將棍子藏進樹根下，再從接骨木的灌木叢底下爬出來。

「這邊屬於風族的湖！」松鴉羽認出風皮的聲音，當場呆住。「回你們自己的領地去。」

「太可笑了！」冰雲抗議道。「離湖岸三條尾巴之距的地方都算是我們的領地。」

「所謂湖岸是從有水的地方開始算起，」風皮吼道。「所以這部分的湖是屬於風族的，請你們離開這裡。」

「你是想找我們打架是不是？」這是莓鼻的聲音，松鴉羽想見得到那位乳白色戰士早就打算幹上一架，他豎直毛髮，齜牙咧嘴，發出吼聲。

我們不可以打起來！松鴉羽跳上前去，腹毛刷過地上的塵土和河床上的卵石。「住手！」他吼道，橫擋在兩名戰士之間。「爭奪河床對雙方有什麼好處？」

他聽見憤怒的吼聲，接著便聞到風皮的鼻頭抵住他的鼻子。「你當然會這麼說，混族貓。」

風族戰士突如其來的回嗆令松鴉羽嚇了一跳，他後退一步，撐大鼻孔。「這和我……我那個……有什麼關係？」他開口道。

風皮的臉湊得更近。「你母親背叛了我父親，也背叛了她的部族，」他嘶聲道。「你根本沒有資格當巫醫，也沒有資格待在貓族裡，我絕對不會原諒你的所作所為！絕不！」

松鴉羽震驚到說不出話來。他感覺得到莓鼻就站在他旁邊，毛髮豎得筆直。「松鴉羽，只要你說一聲，我馬上幫你教訓這小子！」年輕戰士嘶吼道。

松鴉羽搖搖頭。這能改變什麼？他聽見有腳步聲靠近，隨即聞到風族副族長灰足的味道。

「發生什麼事了？」她質問。

「沒什麼，」風皮回答。「只是在取水的問題上發生了點誤會。」

灰足轉身對松鴉羽說：「你應該告訴你的戰士，別跑到湖的這邊來，」她警告。「免得老是發生誤會。」

松鴉羽沒打算爭辯，至少不想跟怒氣沖天的風皮起衝突。「我知道了。」他向那位副族長垂頭致意，卻在這時察覺到風皮非常洋洋得意，他滿肚子火。「走吧，」他對雷族取水隊說道。「繼續待在這裡，對我們沒什麼好處。」

他可以感覺得到雷族貓兒離開時心裡都憤憤不平。

「那隻風族貓真是卑鄙！」冰雲呸口罵道。「憑什麼對我們頤指氣使的？」

「你應該讓我好好修理他！」莓鼻吼道。

「他沒有權利對你說這種話。」亮心的聲音很平靜，但松鴉羽感覺得到她話裡的震驚。

他聳聳肩，不想再討論風皮對他的指責，還好亮心沒再說下去。他離開取水隊，走到較遠的水域，轉身面對湖岸。熱燥的風吹亂他的毛髮。儘管天氣炎熱，卻有一股寒意冷到他骨子裡，他感覺到古代貓又在他四周縈繞。

小心點，松鴉翅，其中一位古代貓這樣低語。**黑風四起，風暴雲就要來襲。**

第十五章

天燥風起，塵土飛揚，頭上樹枝被吹得窸窣作響，鴿掌倏地睜開眼睛，醒了過來，張開嘴巴，打個大呵欠。一瞬間，她忘了自己身在何處。**這不是見習生窩，藤掌呢？**

她倉皇地爬了起來，才突然想到這貓窩是她和其他探險隊員昨晚臨時搭建的，昨天他們就是在這塊空地上躲開兩條狗。其他貓兒還在睡覺，只有獅焰醒著，他就坐在離河岸兩條尾巴之距的地方。

「嗨，」他喵聲道。「我醒來時，剛好白尾值完班，所以就先幫妳接手了。」

鴿掌有點惱，毛髮豎得筆直，她跳過低矮的蕨葉圍籬，昂首闊步地走向她的導師。「我可以自己來，不用你代勞。」她不客氣說道。「你不必把我當成小貓。」

「妳才當見習生沒幾天。」獅焰提醒她。

鴿掌覺得很挫折，真想大吼一聲，卻強忍住。「那個預言才不在乎我年紀多大多小，不是嗎？」她直言道。「而且我還在育兒室的時候就擁有特異能力了，不是等到長大才有。」

獅焰張開嘴巴，正想回答，突然聽見窩裡傳來窸窣聲響，莎草鬚坐了起來，伸個懶腰。她驚慌地睜大眼睛四處張望，花了點時間才想起自己身在何處，然後站起來抖掉身上的青苔屑。

「嗨，莎草鬚，」鴿掌喊道。「妳的肩膀好一點沒？」

風族母貓試著屈屈腿，終於放下心來，抬頭喵嗚一聲。「感覺好多了，謝謝妳，現在一點都不痛了。」

她在說話的同時，其他貓兒也陸續醒了，當他們發現自己跟別族貓兒擠在同一個窩裡時，神情都顯得很緊張。

「我們該去狩獵了，」蟾蜍足大聲說道，隨即跳出臥鋪。「免得待會兒天氣太熱，獵物都躲進洞裡。」

「別走太遠，」獅焰警告正要各自帶開的隊員。「別忘了，那兩條狗可能還在附近。」

鴿掌展開自己的感官，但感覺不到那兩條狗的蹤跡，**兩條笨狗可能還在兩腳獸的巢穴裡睡覺吧**。不過倒是聽見河對岸的林子裡有隻松鼠。她跳上對岸，決定追蹤牠。昨天只抓到一隻小老鼠，今天一定要一雪前恥。

她躡手躡腳地走在林子裡，瞄見那隻松鼠正在一棵山毛櫸底下啃種子。鴿掌壓低身子，確定風向不會把她的氣味吹過去，於是蹲伏下來，小心接近，**很好……別轉頭過來……**

她迅速揮掌，松鼠立時斃命。得意洋洋的她快步跑向已經在窩邊齊聚的隊員們。獅焰抓到一隻田鼠，虎心捕到兩隻地鼠，蟾蜍足抓了一隻老鼠。白尾和莎草鬚則聯手抓到一隻兔子。

「你們應該教我們怎麼合作狩獵，」鴿掌帶著生鮮獵物回來時，獅焰正開口建議道。「對我們可能很有用。」

白尾的耳朵動了動，表示聽見他的提議。鴿掌心想她大概覺得教別族貓兒狩獵技巧，這事不太妥當。

當貓兒們正要坐下來大快朵頤時，漣尾和花瓣毛也回來了。「我們什麼都沒抓到，所以不吃了。」花瓣毛喵聲道，可是卻目光饑渴地看著眼前的獵物。

「胡說，」白尾斷然說道。「餓肚子怎麼旅行？」

「沒錯，」獅焰補充。「這次旅行，我們必須同甘共苦，來吧，食物多的是。」

兩隻河族貓才走回來。鴿掌趕緊把抓來的松鼠放在他們面前。「謝謝妳。」漣尾咕噥。河族貓開始進食，但鴿掌感覺得到他們有點不好意思。她突然為河族感到難過，因為他們只能仰賴單一食物。這也難怪河族貓會因為沒魚可捕而挨餓。

等所有貓兒都吃完了，他們才啟程出發，這次是蟾蜍足在前面帶隊。他們靜靜地沿著河床走，還是像剛開始一樣不太習慣與別族貓兒結伴而行。鴿掌覺察到氣氛的緊繃，彷彿他們驚覺自己根本不知道終點在哪裡，也不知道該怎麼去。

她又開始心慌，**都是我害他們來這裡的，萬一我錯了怎麼辦？**

她停下腳步，閉上眼睛，試著阻絕周遭森林裡的其他聲音，將自己的感官無限延伸。突然間，那聲音沿著河床傳到她腳下，她聽見磨擦聲、啃咬聲、水流被堵住後的水浪拍擊聲，還有棕色動物在一堆樹幹上滑走的聲音。她感覺得到牠們龐大的身軀，正在把更多樹枝拖進河裡。

「鴿掌？」花瓣毛的聲音害她嚇了一跳。「妳沒事吧？」

鴿掌倏地睜開眼睛，看見走在隊伍後面的河族貓正回頭看著她。

「呃……沒事，」鴿掌喵聲道，趕緊追上隊伍。「我沒事。」

她確定棕色動物還在前方，終於放心跟著花瓣毛走在隊伍後面。頭上的樹葉愈來愈茂密，隔絕了刺眼陽光，好像走在一條蔭涼昏暗的隧道裡。鴿掌瞄到河岸邊的突岩下方有一池水塘。

「你們看！」她大聲喊道，同時用尾巴輕拍花瓣毛的肩膀。「也許裡面有魚哦。」

鴿掌只是開個小玩笑，沒想到河族母貓竟豎起耳朵。「也許真的有。」

她腳步輕盈地走到池邊，低頭探看波瀾不驚的綠色池水。漣尾也走上前去。「有魚嗎？」他問道，同時嗅聞空氣。

「有欸！」花瓣毛的尾巴豎得筆直。「有魚，一定是河水乾了之後被困在這裡。」

「妳抓得到嗎？」虎心好奇問道。

「她當然抓得到。」漣尾的眼裡閃著驕傲的光芒。

「你們都退後，」花瓣尾交代，用尾巴將他們揮開。「如果你們的影子映在水面上，魚就會知道岸邊有動物想抓牠們。」

「這就像我們得待在獵物下風處的道理一樣。」他們退到後面時，鴿掌這樣對獅焰說道。

漣尾和花瓣毛蹲在池邊，目光緊盯池水，伺機等候。這段等候非常漫長，鴿掌不耐地蠕動著四隻腳，但還是不敢妄動，深怕水裡的魚會感應到地面的震動。他們繼續等候，等到腳都痠了，身上都發癢了，甚至還打了呵欠。**河族貓都是這樣狩獵嗎？那條魚最好有那個身價。**

突然間，漣尾的爪子往水裡一揮，一條小銀魚在空中劃出弧線，掉在乾涸的河床上，魚身不斷拍彈蠕動，直到花瓣毛一掌擊斃牠。

「來吧，」她喵聲道。「其他魚現在恐怕都嚇得躲到水底，但至少有一條魚可以吃。」

「來吃吃看嘛，」漣尾提議道。「吃一口看看，也算不虛此生。」

隊員們小心翼翼地走了過來，眼睛興奮地發亮。白尾第一個試吃。

「呃……不，謝了。」她喵聲道，同時用舌頭舔舔下巴。「我想我還是吃兔子好了。」

「我也是。」莎草鬚勉強嚐一口後也附和道。「對不起，可是我真的不習慣這種味道。」

「我想我應該可以！」虎心喵聲道，張嘴咬了一大口。「不賴嘛！」他滿嘴魚肉地咕噥。

鴿掌等蟾蜍足和獅焰都嚐過了，才蹲下來，小心咬了一口。那味道很濃，不難吃，不過她還是偏愛老鼠或松鼠的味道。

「謝了，真的……很不一樣。」她一邊後退，一邊說道，把那條魚讓給了河族貓。

等到再度出發時，**她才發現自己的腳和鬍鬚都沾滿了魚腥味。去他的老鼠屎！這樣我怎麼聞得到其他味道啊！**

遠處河床有個大彎道。最前面的蟾蜍足突然停下腳步。「快上岸去！」他轉身下令。

「怎麼了？發生什麼事了？」獅焰喊道。

「快照我的話做！」蟾蜍足嘶聲喊道，抖開全身毛髮，瞪大眼睛。

他的緊張神情瞬間感染了其他貓兒。鴿掌趕緊爬上陡坡，兩旁的同伴們也跟著爬上去。蟾蜍足帶著他們走到樹底下，甩著尾巴要他們沿河岸快走。

虎心卻脫隊溜到河岸邊緣往下探看，當場呆住。「哇……」他屏息嘆道。

鴿掌也好奇地走上前去，無視身後蟾蜍足的斷聲制止。她看了差點吐出來，終於明白為什麼蟾蜍足要他們快點離開河床。原來有一頭死鹿橫躺河床，擋住去路，死鹿的四條腿直挺挺的，顯然已經僵硬。四周蒼蠅嗡嗡作響，空氣中瀰漫一股惡臭。

鴿掌趕緊退回來，其他貓兒也跑來看。

「別說我沒警告過你們哦，」蟾蜍足看見他們嫌惡的表情，於是這樣說。「我早就聞到了……雖然很淡，因為我們在上風處……我不想大家被傳染。」

「你說得有道理，」白尾回應道。「牠有可能是染病死的。」

「也可能是渴死的。」漣尾感傷地說道。

貓兒們繼續前進，等離開死鹿有段距離之後，才又跳下河床。這一路上，大家都悶悶不樂，猶如烏雲罩頂。鴿掌猜可能是想到自己的部族正在受缺水之苦。

「我不懂，」鴿掌低聲問獅焰。「我應該比蟾蜍足先聞到死鹿的味道才對啊。」

獅焰聳聳肩。「就像他說的，我們位在上風處，更何況……先說好，妳不會生氣哦，妳全身上下都是魚腥味。」

鴿掌嘆口氣。「也許吧……可是我應該更早警覺到才對。」**我是不是疏忽了什麼？**

過了一會兒，虎心放慢腳步，走到她身邊。「妳還好吧？」他問，語氣關切。

「只是一頭死鹿而已。」鴿掌故意裝出沒什麼大不了的樣子。她不希望虎心把她當成一隻無助的小貓。「你看！」她喵聲道，耳朵指著他們前進的方向。「那裡的樹變少了。」

這一招的確分散了虎心的注意力，他趕緊跑到前面去看。其他隊員也都加快腳步，紛紛爬出河床，站上林子邊緣。鴿掌放眼望去，只見曠野之上有好多頭毛絨絨的灰色動物正在吃草。

「那是什麼啊？」花瓣毛驚訝地大聲問道。「看起來好像是一坨又一坨的蜘蛛絲。」

「哦，那是羊，」白尾回答。「風族領地常見到牠們的蹤影。」

「牠們的毛很適合拿來墊在臥鋪裡。」莎草鬚補充。

現在改白尾在前面領隊，她帶著他們沿著河岸，進入草原。鴿掌很不習慣走在草原上，因為頂上沒有任何遮蔽物，所以自是感激風族貓兒的經驗帶領。這時突然聽見身後的狗吠聲，狗的臭味隨風傳來，淹沒她所有的感官。她迅速轉身，看見兩腳獸正沿著林子邊緣走來，後面跟著一條棕白相間的小型狗。

那條狗一聞到貓的味道，立刻往前衝，而且開始狂吠。鴿掌倉皇張望，但附近根本沒有樹可以爬，剛剛離開的那座林子裡才有。

「快跑！」蟾蜍足大叫一聲。

他們拔足狂奔，整支隊伍往草原另一頭直衝而去，鴿掌回頭飛快地看了一眼。「那條狗快追上我們了！」她上氣不接下氣地喊道。

白尾也回頭瞥了一眼，嚇得慘叫。「快到羊群裡去！」

「什麼？」虎心轉頭時差點絆了一跤。「為什麼要進羊群？」

「兩腳獸不准狗接近羊群，」白尾氣喘吁吁地說。「也許羊群對狗來說很危險。反正如果我們能跑到羊群裡，可能就安全了。」

鴿掌衝向羊群的時候，心裡其實怕得很，但沒有別的選擇了，除非她想留下來正面迎戰那條狗。所以也只能跟著其他隊友，衝進那群奇怪動物的腳底下。

羊群開始聚攏，發出尖銳叫聲，好像很怕那條狗。躲在羊群下的鴿掌瞥了那條狗一眼，只見牠站在離羊群幾條尾巴之遠的地方跳來跳去，不斷吠叫。羊群開始在草原上打轉，而且是集體打轉。他們沒有別的選擇，只能躲在底下跟著牠們倉皇地轉，還得小心避開那一隻又一隻纖細的羊腿和尖銳的腳蹄。鴿掌被擠在一堆溫熱滑溜的毛球裡，根本看不清楚其他貓兒的蹤影。

救命啊！他們到哪兒去了？

鴿掌聽見兩腳獸的喝令聲，那條狗突然停止吠叫，鴿掌看不見牠，卻聽見牠踉蹌踩在草地上的腳步聲，愈來愈遠，心不甘情不願地跟著兩腳獸回去。

羊群漸漸停止躁動，終於在草地盡頭的樹籬附近靜止下來，偶爾發出尖銳的咩咩聲。鴿掌鑽出羊群，瞄見虎心和獅焰也從離她只有幾條尾巴距離外的羊群底下鑽出來，蟾蜍足隨後跟出，接著是花瓣毛和漣尾。又過了一會兒，白尾和莎草鬚也從羊群下面跑出來。

「我們得離開這片草原！」白尾喊道。「從樹籬這邊走！」

鴿掌聽命行事，壓低身子，肚皮平貼在布滿乾草和殘礫的地上，從樹籬底下鑽了出去，背脊被多刺的樹枝硬生生地刮了一把。樹籬後面是片狹長的草地，再過去是大片的黑色岩石。探險隊重新集合，個個氣喘吁吁。

鴿掌一看見隊友，不禁瞪大眼睛，他們身上的毛髮都亂成一團，還沾了許多羊毛，聞起來有股酸臭味。**我也跟他們一樣，**她嫌惡地想道，伸爪扯掉肩上一撮灰毛，**但至少沒受傷。**

她低頭舔舔胸毛，臭味熏得她擠眉皺臉，又過了一會兒，她聽見四周雷聲隆隆，驚訝地抬起頭，卻見天色蔚藍晴朗，偶有一片白雲飄過天際，但聲音愈來愈大，還夾雜著燒灼的苦味。鴿掌左右探看，不解為何會有這種聲音和臭味，她感覺得到那玩意兒閃閃發亮而且巨大，硬得像石頭一樣……

「快退回來！」獅焰尖聲喊道。

他趕忙把鴿掌和花瓣毛掃進多刺的樹籬底下，這時一頭巨大的銀色動物呼嘯而過，黑色的腳竟是圓的，嚇得她踉蹌跌進荊棘叢裡。

「那……那是什麼？」她回神過來，結結巴巴地問。

「一頭怪獸，」獅焰告訴牠，神情有點緊張。「牠們常沿著轟雷路跑來跑去。」隨即用尾巴指一指那片平坦的黑色岩面。「我們去兩腳獸那裡找索日時，在轟雷路上看過很多。」

「我們大遷移的時候，也經過了很多條轟雷路。」白尾補充。「其中一條甚至穿過以前的舊森林。這種路很危險，必須小心。」

鴿掌小心翼翼地走近轟雷路邊緣，嗅聞它的味道，但迎面撲來的酸苦臭味熏得她皺起鼻子。其他隊員並排站在她旁邊，虎心伸出一隻腳，試摸那黑色的硬實地面，又趕緊縮了回來。

「我們最好別在這裡逗留，」獅焰喵聲。「趁現在還平靜無聲時，趕快通過吧。」說完走到鴿掌旁邊，低聲問道：「安全嗎？有沒有聽到怪獸的聲音？」

鴿掌伸長耳朵想聽其他怪獸的聲音，但兩邊方向都沒有。「沒問題，很安全。」她低聲。

「好，」獅焰抬高音量。「跟著我跑，別停下來！」

獅焰說完便從草堆邊緣衝出去，快步穿過轟雷路。鴿掌緊跟在後，眼睛緊緊盯住他，很清楚別的隊員就跑在她旁邊。他們一路衝向對面狹長的草地，一直跑到一大片十字編織狀的銀色圍籬前才停下來。高聳的圍籬朝兩邊無限延展。

「現在怎麼辦？」漣尾哭喊道。「沒有路可以走了。」

「走這裡！」蟾蜍足在幾條尾巴以外的圍籬邊喊道。「這裡有個洞，應該鑽得出去。」他將身子貼平地面，鑽進圍籬底下的缺口，一會兒功夫便站在圍籬另一邊的草地上。「來吧，很容易。」他催促同伴。

白尾跟在後面鑽了過去，接著是鴿掌，只是當她鑽洞時，背脊碰到那種硬梆梆的兩腳獸東西，還是忍不住全身發抖。其他貓兒也都跟進，獅焰在旁警戒，直到全部都安全通過，他才鑽進洞裡，只是嘴裡仍念念有詞，最後終於爬了過來。

鴿掌站穩身子，環顧四周。眼前是一片綠野平疇，自從暑熱和大旱以來，她從沒在其他地方見過顏色這麼綠的東西。再過去一點是用紅色岩石搭建起來的兩腳獸巢穴。鴿掌從沒想過會有這麼多兩腳獸巢穴齊聚一個地方。巢穴處不斷傳來如雷聲一樣的吵雜聲響，淹沒她所有的感官，她甩甩頭，試圖不理會那些聲音。但兩腳獸仍在尖叫，喋喋不休、砰砰作響、大聲呼嘯，一波接一波，無休無止。

鴿掌很想隔絕掉那些噪音，只專心聆聽身邊的聲音和眼前的事物。然而就在這時，她才發現視線裡少了什麼東西。

「那條河呢？」她倒抽口氣。

第十六章

獅焰聽見他的見習生哀叫一聲，神色驚懼，趕緊走到她身邊，尾巴擱在她肩上。「冷靜點，」他低聲道。「不會有事的。」

漣尾看看四周。「水不會往高處流，」河族貓喵聲道。「那條河一定在這附近。」他用尾巴指著綠色山坡下方的一片長草地。

「我們去那裡看看。」蟾蜍足提議。

他要漣尾帶路，其他貓兒成一縱隊沿著銀色圍籬而行。才走了幾條尾巴的距離，獅焰便聽見草地彼端傳來吵雜的兩腳獸聲音。一群小兩腳獸突然衝進空地，一路叫囂，腳下踢著一顆像圓石的東西。

「快走！」他朝同伴喊道，因為小兩腳獸正穿過草地，朝他們跑來。

貓兒們全都加快腳步，最後乾脆伸直尾巴，全速奔馳。隨著小兩腳獸的逐漸逼近，獅焰甚至感覺到腳下地面的震動，牠們一路尖叫，相互踢著那顆像圓石一樣的東西。他吁口氣，終於衝進斜坡盡頭的長草堆下方，只是才剛要喘口氣，又立刻慘叫一聲，腳下的地面不見了，他滾下不算深的崖底，四條腿和尾巴不斷撞擊地面，最後砰地一聲落在布滿礫石的地上。

「是剛剛那條河欸！」花瓣毛喵聲道。

獅焰暈頭轉向地坐起來，環顧四周。原來他又回到乾河床上了，頭上是垂岸的長草，跌坐四周的同伴們，一個接一個地爬了起來，各自檢查磨破的腳掌和扯落的毛髮。

「我的嘴裡都是沙子。」虎心抱怨，不斷呸掉嘴裡的沙土。

「才不在你嘴裡，」蟾蜍足回吼道，身子一抖，「都沾在我毛上了。」

獅焰瞄見鴿掌正蹲在一座突岩旁，眼裡布滿驚懼。「我應該早聽見兩腳獸的聲音！」她低聲說道。「我應該提早警覺到會發生的事，然後警告你們。」

獅焰回頭看見其他的貓，已經準備好要再出發。「鴿掌的腳掌裡塞了一些小石頭，」他喊道。「我幫她清掉，你們先走，我們隨後趕到。」

說完便傾身挨近鴿掌，深怕其他貓兒聽見他的談話。「這不是妳的責任，妳之所以被選上，是因為妳是第一個感應到有棕色動物堵住河水，但這不表示其他貓就聽不見、看不見，無法保護自己。」

鴿掌心裡很難過，瞇著眼抬頭看他。「我討厭這裡，這裡離兩腳獸住的地方太近，」她喃喃說道。「我沒有辦法承受這麼多……我的腦袋裡塞了一堆聲音、味道和畫面。我應付不來！我只能專心在眼前的事物。」她瞪大眼睛，表情痛苦。「好像……瞎了一樣！」

獅焰低頭用鼻子抵住她的耳朵，試圖安慰她，但也發現自己其實很擔心鴿掌會因為在陌生領域裡壓力太大，而被迫關閉自己的感官。他只能強迫自己別想太多，可是也明白他還是必須靠她告訴他前路會遇到什麼。

就算不靠她的特異能力，我們也會成功。他在心裡向自己保證。**畢竟以前也有別的貓靠著普通的感官能力完成艱鉅的任務。**

「不會有事的，」他喵聲道。「至少我們又找到河了。」他還是能聽見長草堆後方傳來的兩腳獸聲音，其中還夾雜著那顆圓物的撞擊聲。

「那應該不是石頭。」莎草鬚發表看法，耳朵抖了一抖。「如果是石頭，牠們的腳早就斷了。」

她的話才剛說完，那顆圓物便跌進他們前方的長草堆裡，剛好卡在河岸邊。虎心和莎草鬚衝過去探看。

「小心點！」白尾和蟾蜍足同聲喊道，然後尷尬地互看一眼。

但兩名年輕戰士根本不理會警告，逕自爬上河床，用鼻子碰了一下那顆圓物。

「這不是石頭！」虎心驚訝地說。「看！」他又推了一下，結果它竟然彈了起來，重量比一根樹枝還要輕。

「鼠腦袋！」獅焰嘶聲罵道，跑上前來，朝那顆圓物用力一鏟，推開它。「別靠近它，」他警告虎心和莎草鬚。「那是兩腳獸的東西！」

三隻貓兒還沒得及藏進河床，一隻小兩腳獸已經穿過長草堆，爬了下來，大聲呼喊自己的同伴。獅焰心想牠應該是在找那顆圓物。

「快躲起來！」他嘶聲道。「快躲好！」

他在虎心和莎草鬚旁邊蹲了下來，但總覺得光靠草堆的掩護還不夠。虎心全身緊繃，莎草鬚倒是老神在在，她沒有出聲，紋風不動，目光緊盯那隻小兩腳獸，眼皮眨都不眨。

這不足為奇，獅焰心想。**風族貓本來就習慣在沒有遮蔽物的地方狩獵。**

等待的時間何其漫長，等到小兩腳獸找到那顆圓物，拾起來跑開時，好像又過了好幾個月那麼久。小兩腳獸的吵鬧聲漸漸散去，三隻貓兒才又滑下河床。蟾蜍足頸毛倒豎地等著他的同伴回來。

「你是鼠腦袋嗎？」他質問。「你是非要兩腳獸抓到你才甘心，是不是？」

「對不起。」虎心咕噥說道。

白尾也瞪著莎草鬚，後者滿懷歉意地低著頭。

「我們繼續走吧。」蟾蜍足喵聲說。「我們已經耽擱太久了。」他帶頭跑，回頭又補了一句：「棕色動物不在這附近，對不對？」

「呃……對啊。」鴿掌結結巴巴。

河床一路繞著兩腳獸玩耍的綠草地蜿蜒而行，穿過成排的兩腳獸巢穴，巢穴前方都有平整的草地延伸到河岸。樹木懸在河床之上，獅焰暗自慶幸還好有樹蔭和長草作為掩護，尤其他還聽見有小兩腳獸的叫聲不時從巢穴裡傳來。

他三不五時地從河床探頭張望，發現小兩腳獸們正彼此追逐，或者踢著那種圓物。有一次他還看見有個小兩腳獸坐在一根用藤蔓懸掛在樹底下的木頭上，來回擺盪，開心地放聲尖叫。

「妳覺得那是什麼?」他問跟他一起爬上來的白尾。

「我不知道。」風族母貓聳聳肩。「不管那是什麼,反正小兩腳獸玩得很開心。」

太陽爬上天頂又落下,貓兒們繼續沿著河床走。獅焰的肚子開始咕嚕嚕地叫。雖然一大早吃過獵物,但那彷彿是很久以前的事了。不知道為什麼,白尾和莎草鬚似乎很亢奮,正豎直耳朵,抽動鬍鬚,不停地竊竊私語。

「到底有什麼事?」他問道。

莎草鬚轉過頭來,兩眼發亮。「我們聞到兔子的味道。」

「什麼?」蟾蜍足不屑地彈彈尾巴,「你們昏頭了嗎?兔子怎麼可能住在兩腳獸附近。」

「沒錯,兩腳獸可能會抓捕牠們。」虎心補充。

「真的有兔子,」白尾堅稱,並瞪了他一眼。「而且離這裡不遠。」她開始在河床上追蹤獵物,鼻孔一張一合。莎草鬚跟在她旁邊。

獅焰轉頭問鴿掌。「真的嗎?」

但他的見習生竟令他失望地聳聳肩。「我不知道,我的感官全塞住了。」她咕噥道,抬頭瞪了他一眼。「我無能為力,好嗎?聲音太多,我應付不來。」

「好好好!」獅焰趕在其他貓兒心生懷疑之前,趕緊先安撫她。

突然間,白尾和莎草鬚從旁邊跑開,消失在河床邊的長草堆裡。

「搞什麼啊!」蟾蜍足嘶聲吼道,跟了上去。

獅焰和其他貓兒也都跟上,卻在河岸上方緊急剎住腳步,從長草堆裡往外窺看。

「有兔子欸！」花瓣毛屏住呼吸。「而且有兩隻！」

獅焰一看見那兩隻兔子，口水不知不覺流下來。牠們看起來很肥嫩，一身黑白相間的毛，就坐在兩腳獸巢穴前的草地上啃食東西，完全不察有掠食者接近。只不過在牠們四周圈著兩腳獸常用的那種銀色圍籬，還好圍籬不高，很容易爬進去。

白尾和莎草鬚已經蹲在草地上，準備跳進去。獅焰將身子平貼地上，爬過去找他們，他知道蟾蜍足就跟在他後面，其他隊員則散了開來，以防兔子可能竄逃。他看見白尾的後腿肌肉隆起，打算躍過籬笆，但突然定住，因為有個吼聲從附近的樹上傳來。

「嘿，全都不准動！」

獅焰驚愕地瞪大眼睛，只見三隻寵物貓從樹上跳下來，穿過草地，擋在風族貓和兔子之間。帶頭的是隻橘色公貓，有一雙炯炯的黃色眼睛，後面跟著一隻體型嬌小的白色母貓和一隻肥胖的黑棕相間公虎斑貓。

橘色公貓站在白尾面前，兩個同伴站在他身後，神情惶恐，毛髮蓬鬆，耳朵平貼。

「你不能抓這些兔子。」橘色公貓大聲說道，齜牙咧嘴，發出怒吼。

「哦，是嗎？」本來匍匐在地的莎草鬚站了起來，走過去，鼻對鼻地瞪著對方。「如果你願意的話，我們可以先比個高下，再來決定兔子是不是我們的。再說你如果不想要別的貓接近你的領地，為什麼不先做氣味記號。」

「領地？」白色母貓語氣不解。「妳在說什麼啊？」

「領地！」蟾蜍足回吼道，走上前來，站在莎草鬚旁邊。「妳不會傻到連領地是什麼都不知道吧？」

「這裡是我們主人的巢穴，」黑棕相間的公貓喵聲道。

「可是兔子並不在巢穴裡啊，不是嗎？」白尾的語氣像在跟很笨的小貓說話。「除非這塊領地有特別標上氣味記號，否則誰都可以來獵捕。」

「不，不可以獵捕牠們。」橘色公貓堅稱道，頸毛豎得筆直。

虎心瞇起眼睛。「你們給我聽好，寵物貓……」

「這太可笑了，」莎草鬚不耐地打斷。「眼前就有兩隻肥美的兔子，我們卻只能在這裡唇槍舌戰。你們到底要不要吃兔子啊？」她問寵物貓。「因為……」

三隻寵物貓驚駭地倒抽口氣，眼睛瞪得大大的。

「不行！」公虎斑貓大聲說道。「這些兔子屬於主人的。」

「如果我們吃了牠們，會有麻煩的。」橘色貓補充道。

「沒錯，」白色母貓喵聲道。「這附近的貓都知道有隻公貓吃了他主人的兔子之後，」她刻意壓低音量，神祕兮兮的。「就被帶去快刀手那裡，回來以後，個性大變。」

獅焰和其他貓兒互換不解的眼神。「我真是大開眼界，」漣尾嘆道。「原來寵物貓還會保護兩腳獸的兔子啊！」

「那又怎樣？」蟾蜍足回吼道。「反正我就是要抓這隻兔子，牠們肥到根本跑不動，誰都抓得到。」

他躍上發亮的圍籬，開始攀爬，突然間，那隻橘色公貓張嘴咬住蟾蜍足尾巴，硬拖他下來。

被拖到地上的蟾蜍足立刻站起來，轉身伸出爪子。「你給我滾開，寵物貓！」他呸口道。「你以為你阻止得了我嗎？」

「別吵了！」獅焰擋在他們之間。「我們去別地方找獵物吧。」

「是啊，」白尾語氣失望，但聲音篤定。「這些兔子被保護得太周嚴了，不值得我們冒險，萬一受傷了怎麼辦。」

蟾蜍足又瞪了那隻橘色公貓幾眼，才聳個肩，生氣地轉身離開。三隻寵物貓站在圍籬前面目送部族貓穿過草地，往河床走去。

獅焰雖然制止了這場爭執，但仍餘怒未消。**真可惜！我們本來可以飽餐一頓的。**

「那些寵物貓還以為他們贏了呢！」蟾蜍足大聲說道，心有未甘地又回頭看了一眼，才跳下河床。「你們看他們！一副洋洋得意的樣子，我真想抓花他們的臉。」

「但白尾說得沒錯，我們不能冒險，」花瓣毛提醒他。「在解決水荒問題之前，我們必須先顧好自身安全。」

「是沒錯，」蟾蜍足臉色陰沉地咕噥道。「君子報仇三年不晚，等我們回來，看我們怎麼收拾你們……」

探險隊繼續默默地前進，終於完全離開兩腳獸的地盤。花園的景致不再，取而代之的是多刺的矮木叢，間或幾株小樹矗立在盤根錯節的矮樹叢之上。

「我想我們應該在這裡停留一下，找點東西吃。」漣尾提議。

獅焰看得出來他和花瓣毛已經累到眼神呆滯，快要走不動了。「好主意，」他附和，但也瞥見蟾蜍足不悅的神情。「再說我們也不知道下次什麼時候才能休息。」

影族戰士故意誇張地嘆口氣。「好吧，那就快吃點東西，希望別再有寵物貓來擋路了。」

鴿掌的尾巴豎了起來。「我聽見那裡有小鳥的聲音，」她對獅焰低聲說道，並用耳朵指指另一頭的矮木叢。「牠在用石頭敲蝸牛殼。」

獅焰仔細聽，卻什麼也聽不見。「妳快去抓吧。」他喵聲道，心裡暗自高興他的見習生終於又能活用她的特異能力了。

鴿掌開心地跑過去，獅焰則站在原地嗅聞空氣，直到偵測出附近樹頂有松鼠的味道，才爬上樹幹，往獵物下方的樹枝攀上去，這時地面上突然傳來響亮的喵嗚聲。

「嗨，我們又見面了。」

松鼠嚇了一跳，坐直身子，往前一跳，消失在另一棵樹的葉叢裡。獅焰懊惱地哼了一聲，向下探看，原來是先前幫兩腳獸保衛兔子的那隻白色母貓。她站在樹底下，用友善的綠色眼睛抬頭看他。

「妳剛嚇跑了我的獵物。」獅焰沒好氣地說，然後爬了下來。

「對不起，」白色寵物貓對他眨眨眼睛。「我只是想看你們怎麼狩獵，因為你們剛剛想抓那些兔子，所以我猜你們應該會在這裡逗留。你們真的是**自食其力**哦？有時候我們也抓老鼠，但也不一定要抓。我意思是，誰喜歡啃骨頭啊？而且吃得滿嘴都是毛？」

很多貓都喜歡啊！獅焰趁寵物貓停頓一下，喘口氣時，這樣暗自想道。**她有那麼笨嗎？**突然他看見刺藤叢旁邊有隻松鼠，於是點個頭跟她再見，趕去追捕那隻松鼠。

可是白色母貓還是跟著他。「你在追那隻松鼠嗎？」她問道。「我可以在旁邊看嗎？我會很安靜的。」

來不及了！獅焰咕噥道，因為松鼠已經豎起耳朵，跳上附近一棵樹的低矮樹枝上，朝著他們生氣地吱吱叫，隨即消失不見。

「我叫雪花蓮，」白色母貓急忙說道，顯然不知道自己做錯了什麼。「那隻橘色公貓叫塞維爾，黑棕相間的虎斑貓叫七巧板。謝謝你們沒抓兔子，吃掉主人兔子的那隻貓，下場真慘。」

獅焰深吸口氣，轉身面對她。「能跟妳聊天真是愉快，」他咬著牙從齒縫裡吐出這幾個字。「不過我有點忙。」

他根本是白費脣舌，因為他看得出來雪花蓮根本沒聽懂這話的含意。

「你們來這裡做什麼？」她喵聲道，還隔著林子窺看其他正在狩獵的貓。「你們是從主人那裡逃出來的嗎？還是迷路了？你們在找回家的路嗎？」

獅焰抬起尾巴制止她那連珠炮似的問題。「不，我們不是寵物貓，」他喵聲道，心裡不太舒服，但還是強忍住。「我們住在部族裡，就在這條河下游的一座湖旁邊。」

「部族？」雪花蓮聽得一頭霧水。

「所謂部族就是一大群貓住在一起，」獅焰解釋。「我們有族長……」

「在吵什麼啊？」蕨葉叢突然一分為二，蟾蜍足走了出來，一臉惱色，毛髮豎得筆直。他放下嘴裡的老鼠。「拜託你們好不好，你們的聲音已經大到足以嚇跑這方圓八百里的所有獵物了。」

「哈囉，」雪花蓮好像根本不在乎影族貓心情好不好。「我叫雪花蓮，你叫什麼名字？」

蟾蜍足和獅焰驚訝地互看一眼。「妳別管我叫什麼名字，」他厲聲對雪花蓮說道。「我們有任務在身，妳幫不了我們的忙，所以請妳離開。」

雪花蓮睜大眼睛。「哇嗚，任務欸！」

「我們在找水源，」獅焰跟她的解釋的同時，其他隊員也都走了過來想知道發生什麼事。鴿掌帶回了歌鶇鳥，漣尾得意洋洋地把田鼠擱在歌鶇鳥旁邊。「我們研判應該是棕色動物堵住了河水。」

「哦，真的嗎？我也一直奇怪河水怎麼沒了？」雪花蓮喳呼說道。「我以前好喜歡那條河哦，常常躺在草地上看小蟲子在水面上嗡嗡地飛來飛去，感覺好舒服哦。」

蟾蜍足翻翻白眼。

「我可以跟你們一起去嗎？」雪花蓮突然說道。「一定很好玩！也許棕色動物是狗？你們認為呢？還是超大的兔子？」

「對不起，妳不能跟我們一起去。」漣尾喵聲道。「妳沒辦法照顧自己。」

雪花蓮低頭看看部族貓好不容易抓來的獵物。「你們好像也不太會抓獵物嘛。」

「不勞妳操心，」漣尾回答道。「妳快回妳主人那裡吧。」

蟾蜍足揮揮尾巴，要隊員們繼續前進。「我們晚一點再吃。」他不耐說道。

白尾拾起鴿掌的歌鶇鳥，花瓣毛撿起老鼠，獅焰則叼起田鼠。只是跳進河床前，獅焰忍不住又回頭看了一眼，卻見雪花蓮仍坐在原地目送他們離去，然後可憐巴巴地低下頭。

獅焰突然有點不忍，於是又跳了回來。「妳想吃田鼠肉嗎？」他提議，隨即把田鼠丟在她腳下。

雪花蓮驚恐地瞪大眼睛。「你是說那毛絨絨的東西嗎？打死我也不吃。」

獅焰突然聽見噴笑聲從身後同伴傳來。「好吧，那就再會囉。」他匆忙道別，追上同伴，但沒忘了帶走那隻田鼠。

等到探險隊再度出發時，太陽已經下山。暮光中，他們來到一座陡峭的山谷，那兒的樹木樹齡都很老，布滿樹瘤，盤根錯節。白尾在前方偵察，終於在一棵中空的樹幹底下找到一個縫可以鑽進去，洞裡積滿落葉，剛好夠他們全部睡在裡面。

「太好了，」獅焰打個呵欠。「這裡很安全。」

不過他還是認為最好輪流守衛，可是因為他前一晚除了自己守衛之外，也幫鴿掌代過班，所以當漣尾主動提起要輪第一班時，他完全毫無異議。他鑽進樹幹裡，發現大家躺下來的時候，好像再也不會介意誰會碰到誰的問題，於是開心地蜷伏在鴿掌旁邊，很快進入夢鄉。

但好像一眨眼，獅焰就醒了，總覺得有誰在戳他肋骨。月光透過樹幹縫隙滲了進來，他看見鴿掌正低頭看他，眼睛閃閃發亮。

「怎麼啦？」他低聲問道。

「我聽見棕色動物的聲音了！」鴿掌告訴他，尾巴興奮地抽動著。「我們就快到了。」

第十七章

松鴉羽抬起頭，舔聞空氣，暮色低垂，天氣涼爽許多。夜風拂來，山谷上方的林木沙沙作響，巫醫窩的地上塵土飛揚。幾隻貓聚在少的可憐的獵物堆旁，低語聲透過刺藤圍籬飄送進來，聽在松鴉羽耳裡，模模糊糊的。

他嘆口氣，暗自希望自己能有鴿掌的順風耳。他們已經出發兩天，進展如何松鴉羽毫無頭緒，他們還在搜尋嗎？還是已經找到棕色動物和堵住河水的原因。前一天晚上，他試圖進入獅焰的夢裡，卻發現自己走在乾涸的河床上，岸邊盡是陌生的林木，樹枝在他的頭頂上盤生，形成拱狀天頂。他想嗅出哥哥的氣味，甚至一度以為看見大圓石旁邊有金色尾尖一閃而逝，但不管他跑多快，就是追不上哥哥的腳步，就算大聲叫喊，獅焰也無回應。

他走得太遠了，松鴉羽醒來時懊惱地想，他的腿還在痛，彷彿真的曾死命追過他哥哥一樣。**你現在想追上他，更不可能了。**

他好想告訴獅焰前一天湖邊遭遇風皮的事。一想到那隻風族貓對他的恨意如此深沉，便不禁全身發抖。他似乎聽見古代貓的聲音正在耳邊輕聲警告，卻聽不出來祂們在說什麼。

我不敢相信，那隻臭貓竟然是我同父異母的兄弟！

刺藤籬笆一陣窸窣作響，一隻貓鑽了進來。松鴉羽聞出塵皮的味道。

「我是來拿上次那種藥草。」塵皮大聲說道，隨即又不情不願地補充：「今天我的背好多了，所以那個藥應該算滿有效的。」

「那就好，」松鴉羽回答。「你等一下，我去拿。」

當他往巫醫窩後面的儲藏穴走去時，塵皮在後面喊：「如果有別的貓需要用，就別給我了。」

「沒有，別擔心。」松鴉羽回答。他從儲藏穴裡拿了些艾菊的葉子和雛菊出來，回到虎斑戰士那裡。「把這吃掉。」他將艾菊推到他面前。

松鴉羽趁塵皮吃藥草時，趕緊將雛菊葉嚼成泥，敷在雷族戰士的背脊上，那是他最痛的地方。

「謝了，」塵皮喵聲道，然後往外走，又突然停下腳步，身上散發出強烈的困窘氣味。「蕨雲說我應該代她謝謝你，她說我最近老讓她煩心，因為我一直抱怨背痛，卻不想辦法處理。」

「別客氣。」松鴉羽低聲說道，覺得有點好笑，而這時虎斑戰士已經往戰士窩走去。等到快聽不見塵皮的腳步聲時，有隻母貓突然從刺藤叢外面探頭進來。

「嗨，煤心，」松鴉羽喵聲道，他聞到她的味道，也感覺到她的焦慮。「發生什麼事了？」

「我沒事，只是我很擔心罌粟霜。」灰色母貓答道，身子鑽了進來。

「她怎麼了？」松鴉羽突然緊張起來，「是她的小貓嗎？」

「哦，不是，她身體很好，」煤心告訴他。「肚子大小剛剛好，沒有發燒，也沒有吐。」

「那很好啊。」松鴉羽低聲道。**妳應該也懂啊……煤皮**，他在心裡默默說道。雷族裡，只有他和葉池清楚煤心的前世今生，煤心前世曾是雷族的巫醫煤皮，是為了從獾那裡救回栗尾才犧牲了性命，也就在那時，煤心誕生了。但煤心完全不明白為什麼自己對藥草知識知之甚詳，或者老夢見舊森林裡的雷族家園。葉池和松鴉羽很久以前就說好，不把這件事告訴她。如今煤心已經憑自己的本事當上了戰士，彷彿是星族又給了煤皮一次重新選擇生活的機會，所以他們並不打算介入。

「只是她變得很不愛說話，心情很不好。」煤心繼續說。「你能幫幫她嗎？」

松鴉羽不解。**她想要我幫什麼忙？**「我不能拿藥草給罌粟霜吃，」他開口，「她現在懷孕了，不能亂吃藥草，除非是緊急狀況。」

「我知道，可是……」

「妳剛剛不是說她沒生病，」松鴉羽繼續說，不理母貓的辯解。「好吧，如果沒有別的事……」

「有事，」現在輪到煤心打斷他的話了。「當然有事，」她可憐兮兮地說。「松鴉羽，我真的好想冬青葉！」

松鴉羽突然覺得胃一陣抽緊，他每天都強迫自己別想姊姊，但從沒成功過。「我也是。」他低聲說道。

「是啊，你一定也是。」煤心的語調充滿同情。「失去手足至親是最痛苦的。也許這就是為什麼罌粟霜會這麼難過，因為蜜蕨永遠離開她了。」她長嘆一聲。「很抱歉打擾你了，松鴉羽。」

她轉身走出巫醫窩，松鴉羽想像得出來她一定是垂著頭，拖著尾巴。等她走了之後，他才又溜進儲藏穴，翻找那些數量漸稀的藥草。罌粟籽……艾菊……琉璃苣……**沒有，這世上沒有藥草可以治療貓兒的憂鬱**。而且不管誰去安慰她，都遏止不了罌粟霜對姊姊的思念。

松鴉羽蜷伏在青苔臥鋪裡，讓自己進入睡眠後，潛入罌粟霜的夢裡。但令他驚訝的是，他發現自己竟然站在那條通往月池的陡峭小路上。淡淡月光流洩而下，照在大圓石和兩邊的高地草原上，走在前方的那隻玳瑁色的年輕母貓，身上有微光晶瑩閃爍。

「罌粟霜！」松鴉羽喊道。

年輕母貓嚇了一跳，轉頭看他，眼裡星光閃耀。

「妳在這裡做什麼？」松鴉羽問她。

罌粟霜對他的跟蹤似乎並不訝異。「自從蜜蕨死了之後，我常常夢見這條山路，」她解釋。「我好想見她，我聽見她在某處呼喚我。」她望向星空下的山脊頂。

松鴉羽豎直耳朵，想聽見蜜蕨的聲音，但除了草原上的風聲之外，什麼也沒有。「我聽不見。」他說道。

「我聽得見。」罌粟霜說話時神情冷靜，眼神堅定，但聲音仍流露出對亡姊的思念。

松鴉羽開始緊張。罌粟霜埋頭繼續往前走，可是這條小路向來是巫醫在走。「妳應該回山谷去。」他說。他記得好久以前，他曾救過她一命，那時她還是隻小貓，得了綠咳症，是他把她從星族那裡帶回來。當時她很樂意跟他回來，不想離開才剛開始熟悉的部族生活。「這地方不是妳該來的地方。」

「不，我一定要去！」罌粟霜轉身，朝小徑跑去，愈跑愈快，最後消失在迷霧裡，只剩聲音遠遠飄來。「我一定要見蜜蕨一面。」

松鴉羽突然驚醒，爪子在雜亂的青苔裡一陣亂扒。溫暖的空氣迎面撲來，告知他太陽已經升起。他的腳好痛，彷彿真的走了一晚上的山路。他打個呵欠，從臥鋪裡爬出來，緩步走進空地。陽光穿過營地上方的林子，直曬光禿的空地。松鴉羽試著想像以前的山谷面貌。那時山谷綠油油的，非常涼爽，如今卻焦乾枯黃。

焦慮像小蟲一樣啃蝕著他。他刻意不理會這種感覺，直接越過空地，走向育兒室，探頭進去。他聽見貓兒們的輕微鼾聲，聞到蕨雲、黛西和罌粟霜的味道，她們全都蜷伏睡在一起。他安心多了，不敢驚擾她們，悄悄退了出來。

不過我還是最好把罌粟霜看牢點，他心想。

「這是羊蹄葉。」松鴉羽大聲說道，然後用爪子抓起來，好讓所有見習生都看到。

「早就知道了。」藤掌咕噥道。

松鴉羽耐住性子，他知道這位年輕的見習生還在滿肚子不高興，因為鴿掌被派去解決水荒問題，她卻不能去。他也知道這不能全怪她。但火星要求他必須教會所有見習生基本的藥草知識，所以藤掌也必須像其他見習生一樣乖乖上課，不管她喜不喜歡。

「羊蹄葉可以揉在腳上，舒緩痠痛，」他繼續說道，暫且不理會這位年輕戰士的怪脾氣。「這種藥草到處都有，所以是最好用的藥草之一。」

「所以如果是長途旅行，就得常常留意路上有沒有這種藥草囉？」蜂掌問。

唉，你幹嘛哪壺不開提哪壺啊？松鴉羽心想，果然這時藤掌也對她的室友發出不悅的斷聲。

「沒錯，」他回答。「或者如果踩到尖銳的石頭，也可以用。」他補充，試圖岔開旅行這個話題。

「這時候不是應該用蜘蛛絲嗎？」薔掌喵聲道。

「如果皮破了就需要，」松鴉羽告訴她。「當然所有傷口都一樣，尤其是比較嚴重的傷口，我是說失血很多的那種。比較小的擦傷，可以用金盞花或木賊來止血。這些是金盞花的葉子。」他繼續說，同時拿起葉子。「我手邊現在沒有木賊，只能建議你們下次和導師出外受訓時，可以請導師幫你們找找看，若能帶一些回來，那就更好了。」

「要是吃到不乾淨的食物或者兩腳獸給的那種噁心東西，那該怎麼辦？我媽說河族貓以前吃過那種東西欸。」花掌問道。

「這問題就目前來說，有一點難回答，」松鴉羽喵聲道。「今天只要學怎麼治療瘦痛和一些小傷，畢竟這種事幾乎每天都會碰到，至於中毒呢，就算會發生，頻率也沒那麼高。」

「可是我們應該要知道怎麼處理，不是嗎？」蜂掌爭辯。

「你又不用當巫醫，」松鴉羽開口。「如果是比較嚴重的病……」

還好這時他聽見腳步聲靠近，隨即聞到刺爪的氣味，虎斑戰士把頭探進刺藤圍籬裡。

「你們好了嗎？」他喵聲道。「我和其他導師要帶他們出去練習狩獵技巧。」

「耶！太好了！」花掌跳了起來。「我一定要抓到林子裡最大的兔子。」

「不要隨便誇下海口，」刺爪諷道。「我可以把他們帶走了嗎，松鴉羽？」

「隨時歡迎，」松鴉羽發自內心地說。見習生們蜂擁擠出巫醫窩，穿過空地。「別忘了木賊哦！」他在他們後面喊道。

等他們離開了，松鴉羽才離開巫醫窩，往長老窩走去。他從榛木樹枝底下擠了進去，發現鼠毛和波弟仍結伴蜷在灌木叢旁睡得香甜。長尾已經醒了，松鴉羽進去時，他正在伸懶腰。

「嗨，」他喵聲道。「我正盼著你過來坐一坐呢。」

松鴉羽聽見這位長老的聲音很虛弱，心上不免一驚。他向來以為長尾還年輕，只是因為眼睛瞎了，才提前住進長老窩，如今他才知道他真的愈來愈老了。

「要我幫什麼忙嗎？」他問長尾。

「我只是好奇那些前往上游探勘的貓兒們有沒有什麼消息？」盲眼戰士回答道。「他們有沒有發現是什麼堵住了河水？」

「我們還沒得到任何消息，」松鴉羽告訴他。**我絕對不能洩露鴿掌的祕密！**「我知道的跟你一樣多。」

長尾嘆口氣。「這樣不行，除非他們能平安回來，否則大家的心情都不好。」

「我知道，但真的沒有消息……」

「松鴉羽！」一個聲音打斷正要開口的松鴉羽，他察覺到蕨雲的氣味，於是轉頭過去。

「怎麼了？有誰生病了？」

「不是啦，只是我們找不到罌粟霜，你有看到她嗎？」

松鴉羽實在懶得提醒她，他怎麼可能看到任何東西。「她之前不是在育兒室裡睡覺嗎？」

「現在不見了。」蕨雲語氣裡的困惑多過於擔憂。

「她也不在這裡。」長尾告訴她。

「我到處找不到她。」黛西也擠進窩裡，差點害松鴉羽撞上正在睡覺的鼠毛。「她不在見習生窩，也沒去如廁……」

「這裡有點擠，」松鴉羽把母貓往外面推。「小聲點，萬一吵醒了鼠毛和波弟，一定又被嘮叨個沒完。」他把黛西和蕨雲趕到空地，同時回頭對長尾說：「如果有探險隊的消息，我一定先告訴你。」

「謝了，松鴉羽。」盲眼長老說道。

到了空地外面，松鴉羽才對著兩位貓后問道：「好了，把事情從頭說清楚。」

「我醒來的時候，罌粟霜就不在育兒室了，」黛西喵聲道。「蕨雲也不知道她去了哪裡，本來我們並不擔心，可是她一直沒回來，我們才開始找她。」

「她不在營地裡。」蕨雲補了一句。

松鴉羽不知道自己該不該擔心。畢竟罌粟霜還有一個月才生，所以就算她出去走一走，也沒有什麼大礙。

「我們應該告訴其他貓。」黛西提議道。

「告訴誰呢？」蕨雲理性分析。「火星帶隊去取水了，蕨毛和栗尾陪棘爪出去狩獵了……」

「煤心在訓練她的見習生，」松鴉羽補充，同時心想，就算告訴莓鼻，也沒什麼幫助。他還記得當時乳白色戰士在湖邊遇見伴侶時，態度有多傲慢。「你們先別擔心，」他繼續說道。「罌粟霜可能只是出去活動一下筋骨，或許喝口水就回來了。」

「你說得也許沒錯。」蕨雲喵聲道，語氣聽起來寬心多了。

但黛西的身上仍然傳來焦慮的氣味，不過還是聽蕨雲的話，乖乖回到育兒室。

松鴉羽緩步走回巫醫窩，進儲藏穴幫塵皮抓藥。先前他告訴虎斑戰士治背痛的藥草還很多，其實他在說謊。他不想告訴他艾菊的庫存量少到可憐，因為他怕塵皮會拒絕拿藥。

松鴉羽的頭伸進儲藏穴裡，但仍察覺得到窩外的動靜。他又退了出來，聞到黛西的氣味。

「進來吧，黛西。」他喵聲道，雖然很想嘆氣，卻強忍住。她來找他，他一點也不訝異，他知道她很緊張罌粟霜的失蹤。

母貓從刺藤叢裡擠了進來，站在松鴉羽面前，爪子不斷扒著乾硬的地面。「我很擔心罌粟霜，她最近心情真的很不好。」

「妳為什麼這麼想？」松鴉羽問道，同時想起煤心告訴過他的話。「她肚裡的小貓沒有什麼問題，很健康，我甚至可以聽見他們在她肚子裡動來動去的聲音。戰士們也都盡責地為她送來充分的食物與水。」

「這跟小貓無關，」黛西不耐地彈彈尾巴說道。「是莓鼻。罌粟霜覺得他不愛她。」

松鴉羽實在是很想出聲抱怨。**我哪那麼多時間管這種閒事啊！**「莓鼻一開始愛的是蜜蕨啊。」

黛西驚訝地倒抽口氣。「松鴉羽，你怎麼可以這樣講？不管莓鼻以前愛的是誰，他現在和罌粟霜在一起了。」

松鴉羽聳聳肩。「或許是吧。」**我倒覺得這沒什麼好大驚小怪，大家都知道莓鼻當初想要的伴侶是蜜蕨，只是後來她被毒蛇咬死了。**

「罌粟霜很擔心莓鼻以後會不要她或她的小貓，」黛西繼續說道。「她總覺得他一心想要蜜蕨回來。」

「這是不可能的。」松鴉羽點醒她。

「我也知道不可能，」黛西頂了回來。「可是罌粟霜的腦袋糊塗了。」

別胡說八道！松鴉羽在心裡嘆口氣。

黛西用爪子刮著硬實的地面。「要是她決定離開雷族，那怎麼辦？」

「她不會的，」松鴉羽向她保證。**我的老天，可不可以快把這隻小題大作的母貓趕走！**

「等火星和戰士們取水回來，我會轉告火星的，也許他會派隻貓看著她。」**不過我不知道哪隻貓有那個閒功夫，大家都這麼忙，又要狩獵，又要訓練，還要取水。**

他只能小心陪著黛西出去，目送她穿過空地，回到育兒室。他感覺得到她仍悶悶不樂，但他真的不知道自己能幫什麼忙。

她一回去，松鴉羽立刻去岩壁那裡檢查每個洞口，深怕那條蛇又找洞溜進來。現在剛過正午，地面燙到幾乎快烤焦他的腳。就連那塊常有長老在上頭做日光浴的岩石，也空無一貓。

至少這次不必再窮於應付波弟了！

松鴉羽拿開塞在洞口的石子，近前嗅聞，任記憶幽幽回到蜜蕨身亡的那一天。他的表情突然扭曲，瞬間被莓鼻的驚恐情緒給淹沒，他透過莓鼻的眼，看見那隻中毒的年輕母貓痛苦地扭動身軀。戰士的悲痛記憶沉滯在岩壁下方，久久不散。

原來莓鼻真的很心痛，他情願被蛇咬的是他而不是蜜蕨。如果罌粟霜了解他的心情，恐怕真的會自動離開。

松鴉羽正要把最後一顆石子放回洞裡，突然靈光一現，知道罌粟霜可能在哪裡。

他匆忙離開山谷，鑽進林子，還好樹蔭底下很陰涼，空氣裡有水的潮溼味道，彷彿可以直接舔到水。他伸出乾渴的舌頭想要舔，卻只是讓自己感覺更乾渴。

鼠腦袋！你以為你是小貓啊？

他抖抖身子，穿過林子，爬上可以俯瞰湖水的山脊。這裡的空氣乾燥，炎熱的風迎面撲來，帶來了水邊貓兒的氣味與聲音。他早從夢裡得知這座湖的模樣，但現在只能憑空想像泥灘乾涸，礫石裸露，湖面縮小的景象。

現在恐怕連地道都乾涸了。

松鴉羽沿著山脊走，每走幾步就停下來嗅聞空氣，最後終於在一坨長草堆裡聞到罌粟霜的氣味。果真被我料到！他循著氣味繼續沿著山脊走，最後抵達風族邊界。這裡雖然有風族的氣味記號，但罌粟霜的味道依稀可辨。

松鴉羽先前的懷疑獲得證實，他的心情一沉，原來罌粟霜真的想循夢裡的路去月池那裡。

她怎麼這麼鼠腦袋！

松鴉羽循著罌粟霜的氣味走上那條通往月池的小路。但還沒走幾步，便聞到另一股味道，那味道很新鮮，幾乎覆蓋了罌粟霜的氣味，好像這味道的主人一直在跟蹤她。

風皮！他在這裡做什麼？

第十八章

鴿掌感覺得到自己的亢奮，毛髮豎得筆直，月光從樹幹縫隙滲了進來，她看著她的導師，獅焰的眼睛在月光下閃閃發亮。

「妳感應到什麼？」他小聲問道，那聲音低到不會吵醒還在睡覺的貓兒或讓正在站崗的花瓣毛聽見。

鴿掌閉上眼睛。「有刮地的聲音，」她低聲說道。「有牙齒啃咬木頭的聲音……還有樹木倒塌的聲音！棕色動物正把樹枝拖進河裡，緊密疊放，像座牆一樣。」她深吸口氣。「哦……我感覺到有水……被堵在那堆木頭後面……牠們到底是什麼動物啊？」

她倏地睜開眼睛，發現獅焰表情驚恐，不過一看見鴿掌正盯著他瞧，便立刻收起那副表情，換成堅毅的神情。「那裡有多少隻棕色動物？」他喵聲道。

「我不確定……」鴿掌試著專心去數樹幹旁移動的棕色動物，但影像不是很清晰，她數不出來。「我想應該比我們探險隊的隊員數量少吧。」

獅焰用尾尖碰碰她的肩膀。「那就好。」他要她放心。

但鴿掌不像他那麼有信心，因為她沒有告訴他這些動物不容易對付。牠們的體型比貓大，下盤又低，很難將牠們扳倒。牠們有很長很尖的牙齒，還有帶爪又強而有力的後腿。一想到牠們可能帶來的可怕傷害，她便不寒而慄。是她帶這支隊伍來打一場不可能贏的仗的，這種恐懼像千斤重擔一樣壓在她心上。

獅焰鑽出中空的樹幹，接花瓣毛的班。鴿掌已經輪過班，所以重新躺下，準備睡覺，但還是聽得見上游傳來的聲音。每次一有樹幹倒下，或者樹枝拖在地上，發出刺耳的撞擊聲，她就被驚醒。但她還是試著入睡，直到魚肚白的天光滲進中空樹幹，周圍其他貓兒陸續發出聲響，她才起床。

「天啊，」虎心大聲喊道，坐起身來，抖掉身上枯葉。「鴿掌，妳怎麼一個晚上都像條蟲一樣動來動去。」

「對不起。」鴿掌咕噥道。

虎心用鼻子輕輕碰她一下，要她知道他不是故意挑剔，然後便從樹幹縫隙鑽了出去，走進空地。鴿掌和其他貓兒也跟了出來。他們把剩下的獵物吃完。鴿掌注意到漣尾和花瓣毛看起來終於不再像以前那樣虛弱和精神不濟。

如果光靠這幾天我們抓來的獵物就能讓他們養足精神，可見河族的挨餓情況有多嚴重。

樹林上方的天色仍是魚肚白，冷風吹來，幾片烏雲掠過天際，拂亂貓兒們的毛髮。

「已經有好幾個月沒這麼冷了，」花瓣毛喵聲道，身子忍不住發抖。「也許天氣要變了。」

「別擔心，我們應付得來的。」蟾蜍足咕噥道。

等大家都吃完了，換成獅焰帶隊。他揮揮尾巴，要大家跟他走。「就快到了。」他鼓舞隊友。「我們已經很接近棕色動物了。」

「你怎麼知道？」蟾蜍足質問，一臉懷疑地瞇起眼睛。

「星族託夢說牠們就在兩腳獸巢穴的上游處。」獅焰解釋，並暗地向鴿掌點頭示意。

雖然她也很怕讓其他貓兒知道她的特異能力，但還是不太高興導師的遮遮掩掩。**他不是要我善用自己的特異能力嗎，幹嘛又表現得好像有多麼見不得人似的？**

「別忘了留意那些倒在地上的樹，」她警告他們。「還有等我們到達的時候，千萬記住那邊的水很深，所以小心別掉進水裡。」

「這些都出現在妳夢裡啊？」蟾蜍足問道，聽起來不太相信。

「是啊，」獅焰停下來舔舔胸毛，似乎正在盤算怎麼回答。「她看見棕色動物推倒樹木，而且……而且星族還警告她水很深，對不對，鴿掌？」

鴿掌心不甘情不願地點點頭。

「這夢還真怪！」漣尾大聲說道。「火星從來沒在大集會上提過。」

「是啊，他不覺得有必要提。」獅焰不自在地說道，同時瞪了鴿掌一眼。

鴿掌一臉無辜地看著他。**是你惹出來的，你自己收拾。**

探險隊沿著河床繼續前進，慢慢爬上有點坡度的溪谷，林間風聲颯颯，害鴿掌聽不清楚前方的聲音。她全神貫注，想聽棕色動物的動靜，卻反而被旁邊的虎心給嚇了一跳。

「好酷哦，對不對？」他喵聲道。「我們快找到牠們了，然後呢……砰！還水來！要是敢說不……我們就……」他蹲了下來，隨即一躍而上，前爪往空中猛力一劃。

鴿掌不認為事情有這麼簡單。她真希望這位話很多的年輕戰士能閉上嘴巴。她想要嘆口氣，卻只能忍住，這時莎草鬚跳到她身邊來。

「就愛吹牛……影族都是這樣！」她喵聲道。「看招！」她突然轉身面對虎心，害年輕戰士差點被絆倒，然後就見她往空中一躍，尖聲喝叫，身子一扭，落在虎心正後方。

「哈……沒打到！」虎心大聲說道。

「我才不是要打你呢，」莎草鬚回嗆他。「如果我想打你，你應該知道後果有多慘。」

「哦，是嗎？那就試試看啊！」

虎心撲向風族母貓，鴿掌趕緊讓到一旁。他出掌朝母貓的頭一摑，但爪子沒有出鞘。莎草鬚趕緊閃開，從下方勾住虎心的腳，害他失去平衡，跌倒在地。兩隻貓兒在狹窄的河床上翻滾。花瓣毛趕緊閃到河堤上面，免得被撞到。

「住手！」獅焰大聲喝道，擋在中央。「鼠腦袋！還沒抵達就把自己搞得傷痕累累。」

兩隻貓只得收手，坐了下來，毛髮亂七八糟，沾滿土屑。

「我剛剛只要再出一招，妳就輸定了。」虎心咕噥道。

「你做白日夢吧！」莎草鬚臨走前還用尾巴偷摑了一下他的耳朵。

鴿掌注意到獅焰面露憂色地看著莎草鬚，她走路的樣子似乎有點怪，好像又扭傷了肩膀。接著又把目光轉向虎心，只不過他看虎心的眼神顯得有些莫測高深。

他到底在想什麼？鴿掌不免好奇。

溪谷上方是一大片稀疏的林子，林相單調。風已經停了，鴿掌又能聽見棕色動物刮抓和嚙咬的聲音，而且比以前來得清楚。她的緊張似乎也感染了其他貓，帶隊的蟾蜍足加快腳步，後面的貓兒得用跑的才追得上。

獅焰跳上河岸，停下腳步，眺望前方，突然驚訝地彈著尾巴。「你們看！」

「怎麼了？」白尾朝他喊道。

獅焰沒有回答，只是用尾巴示意大家自己上來看。

鴿掌爬上去，站在他旁邊，心臟噗通噗通地跳。雖然旅程之初，她就知道終點會遇到什麼，但親眼看見時，還是無法想見這歷歷在目的景象竟是如此恐怖。

眼前這條河，直穿一片零散的林地，有些樹木已經截斷，變成樹墩，而截斷點都離地面有兩條尾巴之距，成尖錐狀，看上像是有某種巨大動物沿著河床一路衝撞，壓平了兩旁樹木。

可是也不應該看起來……這麼平整吧。

除了殘幹之外，最觸目驚心的莫過於河面上的眾多木頭，疊得像小山丘一樣，體積幾乎等同於兩腳獸的巢穴。

鴿掌縮起身子，閉上眼睛，肚皮貼在地上。她耳裡的噪音如今大到震耳欲聾：呼吸聲、刨抓聲、囓啃聲、摩擦聲，大腳猛搥木頭的聲音。她費力地想隔絕掉這些聲音，不想被這些干擾，才好分神留意周遭事物。

「所以就是這玩意兒堵住河水。」漣尾低聲道。

大家嚇得不敢出聲，最後花瓣毛打破沉默。「我們得把那些木頭推開。」

「不行，得把它們全拖上岸，」蟾蜍足主張。「否則天知道它們會被沖到哪裡去。」

「其實都無所謂，只要河水能疏通就行了。」獅焰喵聲道。

「而且拆掉木頭之後，不能再讓河水有被堵住的機會。」白尾指出。

「等一下，」鴿掌的聲音沙啞，費力站起來。「棕色動物還在這裡。牠們是故意蓋這些東西來堵住河水的。」

她的話語一落，又是一片驚駭與沉默。蟾蜍足聳聳肩。「我們只要把牠們趕走就行了。」

鴿掌知道事情沒這麼容易，但是多說無益。

「別怕，」虎心低聲道，走上前來站在她身邊，毛髮輕輕刷過她。「我會保護妳。」

鴿掌全身顫抖到根本無法開口回應，這時獅焰示意隊員全退回河床，她跟在後面。

「我覺得我們應該等到天黑之後再行動，」他喵聲道。「首先該做的事是先偵察河岸兩邊的地形，畢竟棕色動物的優勢在於牠們比我們更熟悉這地方。」

「這主意不錯。」白尾同意。

「我們必須發揮各族的所長，」獅焰補充。「我們……」

「獅焰，我對自己的所長深具信心，」蟾蜍足打斷。「你只要擔心自己的就行了。」

獅焰的目光與影族戰士對峙了一會兒，但並未因對方的言語挑釁而站起來。鴿掌被這兩隻貓的互不相讓搞得有點心神不寧，而且感覺得到其他隊員的焦慮。他們現在不能吵架，他們必須比以前更團結，才能解決缺水問題。

最後由白尾領隊，帶著探險隊偷偷溜出河床，爬上林子裡的一處斜坡，再繞過地上木頭。鴿掌在第一批樹墩前停下腳步，好奇嗅聞。「牠們的牙齒很大。」她對獅焰低語道，耳朵指指那些呈尖錐狀的樹墩，棕色動物的咬痕仍歷歷可見。

獅焰只是謹慎地點點頭。鴿掌一想到這些利牙可能咬在自己身上，胃部便一陣翻騰。這裡到處都是棕色動物的氣味。雖然鴿掌對這味道並不陌生，但這兒的氣味更濃，還夾雜著麝香與魚腥味。

「嘿，牠們的味道聞起來好像河族哦。」虎心開玩笑地低聲說道。

「你這句話最好別讓漣尾和花瓣毛聽見。」鴿掌警告他，根本沒那心情和他開玩笑。

她跟著白尾爬上斜坡，感應到前方好像有什麼東西。**兩腳獸！**她差點就要喊出來，但知道這樣喊只會讓大家對她更好奇不解，到時還得費力解釋。**前方也有綠色皮帳篙，就跟上次在影族邊界看到的一樣。**

她衝上前去，追上白尾，嘶聲說道：「我聞到兩腳獸的味道了。」

「真的？」白色母貓停下腳步，張開下顎，嗅聞空氣。「沒錯，我想妳說得對。」於是轉頭對其他隊員說：「前面有兩腳獸，小心點。」

隊伍於是走得更慢，並不時利用地上的木頭和樹墩作為掩護。等到了坡頂，白尾以尾巴示意大家蹲伏下來，再往前匍匐推進幾條尾巴的距離。他們躲在草堆後向外窺探。鴿掌看見前方空地有幾座綠色皮帳窩，一隻大兩腳獸正坐在其中一座皮帳窩的入口處，另外兩隻則在幾條尾巴以外的地上檢查某樣東西。這裡不像上次有小兩腳獸在旁邊玩耍。

還好沒有小兩腳獸，鴿掌心想，吁了口氣。

「你們覺得兩腳獸在這裡做什麼？」漣尾問，他站起來往前移動幾步。「你們覺得牠們跟棕色動物有什麼關聯？」

「也許兩腳獸是來觀察牠們的。」花瓣毛揣測道。

空地邊緣擺了很多兩腳獸帶來的黑色堅硬物品，地上拖著又黑又長的藤狀物。許多兩腳獸圍著黑色物品低聲交談，還不時碰觸那些東西，發出尖銳的喀嚓聲。鴿掌低頭舔舔地上一條蜿蜒而過的藤狀物，苦味令她突然倒彈回去，原來那味道和轟雷路上的臭味很像。

「嘿，你們看！」虎心朝她走來。「有幾個兩腳獸的臉上有毛欸，好奇怪哦。」

「兩腳獸是很奇怪。」在他後面的蟾蜍足語氣很酸地說。「我們不必把時間耗在這裡。」

「我很好奇皮帳窩裡有什麼，」莎草鬚低聲道，繞過樹幹朝外窺看。「聞起來好香。」

鴿掌用力嗅聞，聞到最遠處的皮帳窩裡有種味道。她鼻子動了動，聞起來像是某種生鮮獵物，不過還混雜了一點兩腳獸的氣味。她的肚子咕嚕咕嚕叫，餓到什麼都想吃。

「我要去看看。」莎草鬚大聲說道，隨即跳進通往皮帳窩的空地。

「嘿，等一下！」白尾喊道，但她的夥伴沒有回來。

「我去找她。」花瓣毛喵聲道，也跟著風族貓跳了出去。

「這下可好，有兩隻貓自找麻煩去了。」白尾生氣地甩著尾巴。

鴿掌屏息旁觀。莎草鬚正往皮帳篙走去，花瓣毛跟在後面，可是因為她只顧著追風族戰士，完全不察有兩腳獸正朝她走來。

「完了！」鴿掌低語，她不敢看接下來的畫面，但目光又無法移開。

那隻兩腳獸發出叫聲，彎下腰來，大掌一把抱起花瓣毛。花瓣毛驚悚尖叫，不斷蠕動身子，但兩腳獸抱得死緊，對著她喵聲說話。鴿掌覺得那聲音不帶敵意。

「我要去把牠的耳朵撕爛！」蟾蜍足嘶聲道，繃緊肌肉，打算跳進空地。

「等一下，別去。」獅焰用尾巴擋住影族戰士。「你看！」

只見花瓣毛不再掙扎，反而把臉挨近那隻兩腳獸，還用其中一隻腳輕拍牠耳朵。兩腳獸伸掌撫摸她的背，鴿掌竟聽見花瓣毛發出愉悅的喵聲。

「太勁爆了！」虎心好笑地說。「我回去一定要告訴大家。」

兩腳獸把花瓣毛放下來，繼續用大掌拍拍她，彷彿是告訴她待在原地別動。花瓣毛坐了下來，嘴裡仍發出愉悅的喵嗚聲。然後那隻兩腳獸就大步走向皮帳篙，經過莎草鬚身邊，後者仍呆呆地站在皮帳篙的入口附近，表情驚恐。

兩腳獸鑽進皮帳篙裡，過了一會兒又出來，大掌裡拿著某樣東西，走到花瓣毛等候的地方，將那東西放在她面前。花瓣毛叼了起來，身子摩擦兩腳獸的腿，隨即跑開，回到空地邊緣。

「你們看什麼看啊？」她質問道，隨即放下兩腳獸給她的東西。

「呃……妳……對兩腳獸也太親切了吧。」蟾蜍足問道。

「那又怎樣？」花瓣毛反問他。「至少讓我們脫身了，不是嗎？哦，好噁哦！」她補了一句，趕緊跑到附近的樹幹旁磨蹭身子。「我的身上有兩腳獸的味道，這下恐怕要臭上一個月了。」

「對不起！」矮木叢一陣窸窣作響，莎草鬚跑了回來。「我以為牠們不會理我們。」

「還好一切平安，」獅焰喵聲道，而這時的花瓣毛還在想辦法蹭掉兩腳獸的味道。「不過從現在起，大家一定要小心。」

鴿掌好奇地嗅聞兩腳獸給的東西。聞起來很像生鮮獵物，但混了一點兩腳獸和香草的味道，形狀像根很粗的樹枝。「我從來沒見過長這種樣子的動物欸。」她喵聲道。

「應該是兩腳獸的獵物吧，」虎心猜測。「嘿，花瓣毛，我可以吃吃看嗎？」

「你們都可以吃吃看啊，」花瓣毛回答道。「我也不知道這是什麼，不過聞起來滿香的。」

鴿掌蹲下來咬了一口，花瓣毛說得沒錯，味道很好，早上只吃了一點隔夜獵物的她，現在總算覺得肚子舒服了一點。

「可惜只有一點點。」虎心大聲說道，伸出舌頭舔舔嘴巴，探頭看向空地，兩眼發亮，腦袋似乎在盤算什麼。

「虎心，你要是敢給我去那裡，」蟾蜍足吼道。「我就親自撕爛你的耳朵，拿去餵棕色動物。」

「我又沒說要去……」

「不用你說，我也知道你在想什麼，」白尾打斷道，聲音聽起來很不安。「那些兩腳獸已經知道我們在這裡，所以最好別再惹出什麼麻煩。」

「別擔心。」一個陌生的聲音從他們後面傳來。「兩腳獸感興趣的是河狸。」

所有貓兒都轉過身來，鴿掌發現眼前是一隻長腳公貓，一身粗亂的棕毛。他用銳利的黃色眼睛打量他們，目光逐一掃過每隻貓兒。

「你們是誰？」他終於問道。

「我們才要問你咧。」蟾蜍足回答，頸毛倒豎。「你對這些兩腳獸了解多少？」

那隻貓似乎並不在意蟾蜍足的敵意。「我叫伍迪，」他答道。「過去這幾個月來，我都到這兒來跟兩腳獸討東西吃。」

獅焰朝蟾蜍足使了一個警告的眼色，然後上前一步，垂頭致意。「我們不是來跟你爭奪食物或兩腳獸的，」他喵聲道。「我們是來這裡查探河水被什麼堵住。」

伍迪驚訝地彈彈耳朵。「你是指河狸？」

「河狸？」白尾重複。「你是說那些棕色動物嗎？牠們叫河狸？」

獨行貓點點頭。「牠們個子很大，很卑鄙，有尖銳的牙齒。」他喵聲道。他的說法完全吻合鴿掌所感應到的特徵。「我以前旅行時，遇過牠們一次。」

「你有跟牠們打過架嗎？」蟾蜍足追問道。

棕色公貓瞪著他看，彷彿對方是神經病。「才沒呢，我為什麼要找牠們打架？我搶那堆木頭做什麼？」

「我們必須讓河水重回湖裡。」漣尾解釋道。

伍迪一頭霧水。「湖？什麼湖？」

「我們老家的湖。」獅焰解釋道。「就在下游，離這裡有兩天的路程。」

「你們大老遠來就為了這個？」伍迪的耳朵不停抽動。「為什麼不搬到別的湖去算了。」

鴿掌好奇打量這隻貓，發現他的味道不像寵物貓，毛髮不像兩腳獸地盤上的那些貓那麼平順光滑。他是獨行貓嗎？即便數量上明顯寡不敵眾，但他還是顯得很有自信。他似乎對棕色動物知之甚詳。**也許可以幫我們疏通河水。**

「你不會懂的，」獅焰對伍迪說，同時揮揮尾巴，要隊員們走進矮樹叢的深處，免得讓兩腳獸看見。「湖邊還有很多很多貓……多到無法放棄家園，易地而居。」

「所以星族要我們來這裡查出河水被堵的原因！」虎心插嘴道。

鼠腦袋！鴿掌心想。**伍迪又不知道星族是什麼。**但沒想到那隻棕色公貓竟然點點頭，彷彿很了解，這讓她很訝異。**也許他以前聽過貓族的事？**

「我們必須把這些……這些河狸趕走。」白尾毅然決然地說道。「然後清除那些障礙物，搶回我們的河水。」

伍迪搖搖頭。「你們瘋啦？」他咕噥道。

「你不肯幫我們？」獅焰問道。

「我又沒這麼說。這樣好了，我帶你們去河那邊，讓你們看看那個水壩……牠們蓋水壩來堵河水，形成深水潭，好幫自己造窩。或許去看了之後，你們就會改變主意。」

「謝了。」漣尾開心地說，爪子不斷刮著林地，彷彿等不及想聽聽水聲，聞聞水的味道。

「這附近有兩腳獸，」伍迪警告他們，然後轉身帶著他們走下山坡。「不過別擔心，牠們只是想觀察河狸，事實上，河狸是兩腳獸帶來這裡的。」

「什麼？」蟾蜍足停下腳步，驚訝地張大嘴巴。「兩腳獸帶來的？我的老天，為什麼？」

伍迪聳聳肩。「我哪知道？也許牠們想砍掉一些樹吧。」

棕色公貓帶著他們繞過兩腳獸的黑色物品以及周圍的藤狀物，然後往溪谷走去，穿過乾河床，河床上方即是成堆木頭築成的屏障，也就是河狸的水壩，是河水無法流入湖裡的元兇。鴿掌慢慢走過去，抬頭看向那層層堆疊的木頭，望之森然。**好大哦！我們搬得動嗎？**

到了對岸之後，伍迪又帶著他們在林子裡繞了一圈，然後又往河邊走去。「這邊沒有兩腳獸，」他解釋。「但要小心河狸，你們應該知道自己是不速之客。」

他走下山坡，在山腰處停下腳步，這裡有好幾棵樹被攔腰咬斷，貓兒們排排站在他旁邊，看著水壩後方被攔住的河水。河水漫過河岸這頭，形成一方水潭，灰色天空倒映其上，一圈圈的水紋往外擴散，彷彿有魚兒不斷浮上水面，捕食蒼蠅。

水潭的上游邊緣有座用泥巴、樹枝和樹皮堆起來的土墩，突起於堤岸之上，但不像水壩那樣堵住河水。鴿掌聞到那裡有很濃的河狸味。

「那是什麼？」白尾用尾巴指指那裡，向伍迪詢問。

「那是河狸住的地方，」棕色獨行貓解釋道。「是牠們的巢穴，牠們……」

「快看！」花瓣毛突然打斷，像興奮的小貓一樣。「好多水哦……太棒了！」

結果還來不及阻止花瓣毛，她就已經衝到水邊，漣尾緊跟在後。她跳進水裡，濺起水花，將頭探進水中。

「他們就像全身長毛的魚，」虎心咕噥道，走上前去，站在鴿掌和莎草鬚旁邊。「反正不像貓。」

「他們好像很開心。」鴿掌有些傷感。

她盡顧著看那兩隻戲水的貓，忘了偵察周遭動靜，結果突然間感應到水壩上方有動靜，立刻轉身，看見兩隻龐大的棕色動物出現在木堆上，牠們的身體像顆鳥蛋般光滑渾圓，黑色眼珠小小的，耳朵猶如捲起來的葉子，後面拖著又寬又平的尾巴，像硬梆梆的翅膀。牠們的個頭兒比貓大很多，就像腳下的木頭一樣堅硬結實。

「河狸！」她喊道。「看……在那邊！」

「我的老天！」虎心咕噥道，頸毛悚然，尾毛瞬間蓬大兩倍。「牠們長得好怪哦！」

還在潭裡游得起勁的河族貓根本沒注意到那兩隻動物，但牠們已經爬下水壩，滑進潭裡，尾巴用力拍打水面，濺起碩大的水花。

「漣尾！花瓣毛！」鴿掌尖聲大叫，衝下潭邊。「有河狸！快離開！」

河狸的巨大身體滑過潭面，波紋不興。鴿掌聽得見牠們的腳在水面下滑動的聲音，也感覺得到牠們的尾巴像舵一樣導航，一路往戲水的貓兒潛進。

漣尾和花瓣毛終於看見牠們，趕緊奔回潭邊，水花四濺。河狸毫不費力地轉個方向追趕，不時抬起頭來，躲開貓兒濺起的水浪。鴿掌緊張到爪子緊抓地面，眼看著雙方距離愈拉愈小。

星族，快幫幫他們！

兩隻河族貓跌跌撞撞地爬出水面，緊追在後的河狸與他們僅差分毫。河族貓全身溼答答的，不斷滴水，毛髮黏在身上，表情驚恐。

「快跑！」獅焰喊道。

大家全往坡頂的林子跑。鴿掌回頭瞥了一眼，只見河狸爬出水面，抬起鼻子，齜牙咧嘴，露出黃色尖牙。牠們在陸地上的行動顯然比水裡笨拙多了。鴿掌這才明白就算牠們想追，也追不上他們。

不過河狸只是原地不動地待在河邊，看他們逃走，根本不打算追。探險隊在樹底下集合完畢。花瓣毛和漣尾全身發抖，甩掉身上的水。

「差一點就完了，」漣尾咕噥道。「謝謝你們警告我們。」

「我的老天，」蟾蜍足深吸口氣。「這比我們想像中困難多了。」

鴿掌突然發現獅焰正瞪著她看，什麼話也沒說，但她猜得出來他心裡在想什麼。

妳為什麼不早點告訴我們這事很麻煩？

第十九章

獅焰帶隊離開水域，進入濃密的林子。他看見隊員們驚恐的神情，也從他們的瞳眸裡看見驚恐的自己。兩隻河族貓還在發抖，他們瑟縮在一起，不斷拿眼睛打量溪谷四周，深怕有河狸隨時從矮木叢裡衝出來。

伍迪跟著他們。坐了下來，用尾巴圈住腳。「我早警告過你們。」他打個呵欠說道。

獅焰深吸一口氣，心裡很清楚要是不想出一套辦法，就得放棄，回老家去。「伍迪，河狸晚上會睡覺嗎？」

獨行貓聳聳肩。「我晚上都在睡覺，怎麼會知道。不過兩腳獸應該知道吧。」

「是啊，可是我們又不能問牠們。」蟾蜍足露出尖牙，回嗆道。

「至少天黑之後，兩腳獸就不在附近了，」獅焰喵聲道。「而且河狸也有可能在睡覺，所以是最好的攻擊時間。」

貓兒們互看彼此，氣氛顯得緊繃。花瓣毛

和漣尾隔著林子，看向水潭。

「那是我們的。」漣尾喃喃說道。

獅焰知道他們現在不能離開。畢竟大老遠跑來，總要有點作為。看在貓族的份上，他們必須搶回水源。

「你們聽好，」他開口，同時在地上堆起幾根樹枝。「這是水壩，這是水潭，這是……」他在地上劃出一條很長的線。「另一邊的河床。」

「我們兵分兩路，」蟾蜍足喵聲，碰觸樹枝堆的兩側地面，「從兩個方向同時攻擊。」

獅焰點點頭。「好主意。等我們攻上壩頂，就開始拆水壩，直到河水暢通為止。伍迪，水壩是中空的嗎？會不會有河狸藏在裡面？」

伍迪搖搖頭。「我不知道。還有別算我一份哦，」他補充。「這是你們自己的事，不關我的事。」

「我們不會要求你加入。」獅焰回答，不過還是覺得有點遺憾，要是伍迪肯幫他們的忙，一定可以增加勝算。

「好吧，我們先去狩獵，」蟾蜍足提議。「然後休息到傍晚。」

「但是別單獨行動，」獅焰警告。「還有如果遇到河狸，一定要出聲警告大家。」

他走進林子，鴿掌跟在旁邊。他走了幾步之後，停下來嗅聞空氣。「我什麼也聞不到，只聞到河狸的味道。」他抱怨道。

「我也是欸。」鴿掌喵聲道。「你看這個。」她在一大坨夾雜著樹枝與青草的泥堆前面停了下來，乾掉的泥巴上有清晰可辨的大腳印。「這是什麼？」

獅焰走上前來，仔細嗅聞，卻被河狸的臭魚腥味給嗆得反彈了兩步。「也許是牠的氣味記號吧，」他揣測道。「如果我們離牠遠一點，或許就能聞到獵物的味道了。」

還好等他們進入林子深處，再也見不到樹幹攔腰被咬斷的觸目驚心景象之後，河狸的氣味便慢慢消失了。獅焰終於又能聞到老鼠和松鼠的味道。他聽見矮木叢底下有扒抓的聲響，立刻鎖定老鼠的位置，悄悄爬過去。這時老鼠突然拔腿就跑，獅焰反應迅速，伸掌堵牠，後頸一咬，一命嗚呼。

「我也抓到一隻！」鴿掌大聲說道，嘴裡叼著老鼠，快步走回來。

獅焰先把生鮮獵物埋在土裡。「這裡的獵物比較多，」他很高興這麼快就抓到獵物。「大概是因為這附近有水源的關係。」

不消多久，他又抓到一隻松鼠，鴿掌也多抓了兩隻老鼠。

「我從來不知道狩獵可以這麼輕鬆容易。」當他們把獵物帶回河床時，滿嘴叼著獵物的鴿掌這樣含糊地說。

獅焰知道自鴿掌還是小貓時，旱災就出現了，所以從來沒嚐過獵物繁多時的狩獵滋味。

「等我們拆掉水壩之後，森林就會跟這裡一樣了。」他承諾。

他們回到潭邊的矮樹叢裡，發現其他貓兒也都成果豐碩，這是探險隊吃得最飽的一次，吃完後，他們決定休息到傍晚。

「我來負責守衛。」鴿掌提議，眼睛睜得大大的，鬍鬚不停抽動。

「不行，妳得好好休息。」獅焰告訴她。「我來就行了。」

「可是我睡不著啊，」鴿掌低聲抗議，她瞥了其他隊員一眼，不敢讓他們聽到。「我到現在都還聽得見河狸啃咬和扒抓的聲音……」

「那就像以前一樣隔絕這些聲音啊，」獅焰告訴她。「現在我們已經知道這裡有河狸，所以不必再靠妳來保持警戒。」但她的表情還是顯得懷疑，他只好低下頭，舔舔她的耳朵，語帶肯定地說：「鴿掌，妳已經表現得很棒了，妳說得沒錯，這條河真的被棕色動物堵住了，我們會想到辦法解決的。等我們打敗河狸，拆掉水壩，貓族一定會將這一切的功勞都歸功於妳。」

鴿掌嘆口氣。「希望真的能成功。」她沒多爭辯，反而蜷起身子，過了一會兒，獅焰就發現她睡著了。

* * *

夜風拂來，吹皺池水，雲彩輕輕掠過天上的月牙兒，月光下的林子樹影斑駁，探險隊躡手躡腳地往水邊前進。

獅焰在潭邊停下腳步。黑暗中，水壩看起來更顯巨大森然，壩頂的原木遮蔽了後方的星空。獅焰的胃部一陣翻騰。**星族，祢們是否與我們同在？祢們也來到這片星空了嗎？**他小心翼翼地掃視河岸兩旁，嗅聞空氣，但沒看見任何動靜。這裡到處都是河狸的味道，所以根本無法分辨河狸究竟藏身何處。**希望他們運氣夠好，所有的河狸都在上游的土墩那裡睡覺。**

「好，」他對身邊的其他隊員說道。「鴿掌和我會跟白尾和莎草鬚一起越過河床到另一頭去，剩下的貓兒就待在這裡。」

蟾蜍足立刻點頭。

「攻上壩頂，拆掉木頭，」獅焰繼續說。「要是河狸試圖阻擋，我們就跟牠們拚了。」

「好！」虎心嘶聲說道，月光下的眼睛有微光晶瑩閃爍。

「好了，我們走吧。」獅焰說完便走下乾河床，再爬上另一頭河岸，半數隊員跟在他後面。時間已經到了，他不再多想，取而代之的是堅定的決心，**今夜，我們一定要奪回水源**。

一過河，白尾立刻發出嘯聲，對岸的蟾蜍足同樣嘯聲回應。「我們上！」獅焰吼道。

他跳下斜坡，衝上水壩，不料腳底一滑，從木堆上一路跌了下來，差點掉進潭裡。他身邊的鴿掌也失足滑到下面，獅焰只好彎下身子，一把抓住她頸背，將她拉上來。

「小心點！」他好不容易平衡住自己，上氣不接下氣的。「這些木頭很滑。」

他現在才知道他忽略了一件事：河狸啃光了所有樹皮，只剩光滑的裸幹。白尾正在一根長樹幹上慢慢移動，爪子戳進木頭裡，四腳呈一直線地小心前進。莎草鬚試圖用跳的，卻一不小心滑動了其中一根木頭，一陣手忙腳亂之後，才好不容易穩住，僥倖沒摔進潭裡。

對面同樣傳來緊張的嘶叫聲，獅焰知道他們也遭遇同樣問題。**如果我們連站都站不穩，怎麼可能摧毀得了這座水壩呢？**

他和鴿掌好不容易從木堆裡拉出一根木頭，卻在這時聽見水花噴濺的聲音，接著是沉重的划水聲。突然兩隻河狸巍然現身眼前，月光下，睜著黑莓一樣的小眼珠子，尖牙森森，嚇得他毛髮悚然。

「糟了！」鴿掌嘀咕道。

獅焰咆哮一聲，撲向離他最近的一隻河狸，他一躍而過，爪子順勢一摑，卻發揮不了效果，他的爪子似乎傷不了對方，河狸的毛皮又厚又油，像滑溜的泥巴。他旋身一轉，發現兩隻河狸已經在朝鴿掌逼近，見習生英勇迎敵，一躍而起，落在帶頭河狸的肩膀上，伸掌猛砍牠的頭顱和耳朵，但河狸毫不在乎，胡亂甩著頭，她像蒼蠅一樣被甩下來，跌在木堆裡。

幾隻河狸連跑帶爬地追上壩頂。已經跑上壩頂的白尾和莎草鬚，剪影映在月光下。兩隻母貓的後背高高拱起，毛髮倒豎，發出不從的嘶吼聲。

獅焰趕緊上前查探鴿掌，發現她沒有受傷，這才丟下她趕回戰場，讓她自己爬起來。等他也跑上壩頂時，竟發現其中一隻河狸正抖著兩隻前腳，準備拿尾巴去掃莎草鬚。風族戰士一聲慘叫，往後摔了下去，身子刷過白尾，還好後者趕緊伸爪攀住木頭，才沒跟著跌下去。

獅焰往下面的幽暗處探看，發現莎草鬚躺在乾涸的河床上。他看見她在動，猜想應該只是受到驚嚇，但沒時間去檢查她的傷勢了，他轉身再度面對河狸，白尾也爬過來，站在他旁邊。

「去牠的狐狸屎，害我斷了一根爪子。」她暗自咒罵道。

其中一隻河狸不見了，另一隻正往他們逼近，牠撐起後腿，發出憤怒的嘶吼聲，撲將上來，獅焰往旁邊一閃，白尾則從另一頭跳向牠。河狸的牙齒差點咬到獅焰的耳朵。白尾趕在河狸轉身過來前，先朝牠的頭部揮了一掌。

「幹得好！」獅焰上氣不接下氣。

這時他瞄見鴿掌躲過第二隻河狸，爬上滑溜的木頭，笨重的河狸緊追在後。獅焰想跳下去幫忙，但那隻剛跟他過招的河狸，正轉身對付白尾，扁平的尾巴掃了過去，差點將他打個正著。

「獅焰，快來幫我！」白尾尖聲喊道。

白尾整個身體趴在木頭上，河狸露出尖牙，欲咬她的喉嚨，獅焰趕緊撞牠，但那感覺就像想撞開大樹一樣毫無作用，不過至少暫時轉移了河狸的注意力，白尾才能趁機脫逃，還順道朝河狸的耳朵摑了一拳。

這樣下去不行！獅焰心裡盤算。**牠們太厲害了，其他貓呢？**

他趕緊逃離河狸的攻擊範圍，爬到壩頂，眺望另一頭的戰況。結果發現他們也被另外兩隻河狸在靠近潭邊的水壩底部圍剿，他的心一沉。他看見花瓣毛被打得腳軟，摔進後方水潭，掙扎浮出水面，奮力往前游，但怎麼樣也爬不上那滑溜的木頭。

蟾蜍足和虎心雖然合力攻擊，但兩隻河狸的體型都比他們大。**我們根本打不贏牠們！**獅焰終於承認眼前事實，覺得敗局已定。他回頭看了一眼白尾和蹲在後面的鴿掌，她們的表情驚恐，但神情不屈。兩隻河狸朝她們步步進逼，發出威嚇的嘶吼聲。

「快回來！」獅焰吼道。「回河岸去，爬到樹上，我去幫其他的貓！」

「不要！」鴿掌回喊道。「我們不能丟下你。」

「我不會有事的，」獅焰眼睛看著見習生，希望她還記得戰鬥中的他具有金剛不壞之身。

「快走！」

還好白尾轉身，推了鴿掌一把，要她快離開水壩，於是兩隻母貓相偕逃向河岸，她們一路跌跌撞撞，白尾甚至還跛著腳。獅焰看不見莎草鬚的蹤影，心想她應該還躺在河床上，沒有完全恢復。

希望她待在原地別亂跑。

獅焰轉身衝向水壩另一頭，結果迎面碰上河狸，牠們朝他爬來，眼裡閃著兇光。

「你們以為會贏得容易嗎？」獅焰故意奚落牠們，蓬起全身毛髮。「勸你們最好三思。」

他衝向兩隻河狸，對準牠們中間那道縫隙，硬穿過去，牠們的毛皮滑溜，等於助了他一臂之力，他低頭避開牠們的尖牙，左右閃躲牠們的爪功。牠們的尾巴掃過來，妄想絆倒他，卻被他從上方躍了過去，但不巧，他的腰腹被打到，害他落地時差點失去平衡，掉進水壩，但還是及時穩住陣腳。

「瞧？」他得意洋洋地吼道。「我身上一點傷也沒有。」

他話才說出口，後面又被重重一擊，從下方撞上他的腳。另一隻河狸也趕到，居高臨下，小小的前爪不斷抖動，撲了上來，欲咬他的頸子。獅焰身子一滾，往水壩旁邊滑下去，四肢胡亂抓扒，終於在底部煞住。蟾蜍足和其他貓還在奮戰。

「撤退！」獅焰上氣不接下氣地喊著。「收兵！」

「只要我還有一口氣在，就絕不撤退！」蟾蜍足咆哮道，準備重擊那隻想把他推下水壩的河狸。

「我也是！」虎心一樣咬牙切齒地發著狠誓。

獅焰看見兩隻影族貓都受傷了：蟾蜍足的眼睛上方有鮮血滴下來，虎心的毛皮上有很深的爪痕。

沒時間爭辯了。獅焰滑到下面去找花瓣毛，她還站在木頭上面試圖平衡自己。獅焰一把抓住她的頸背，往河岸一拋，確定她已經爬上安全的斜坡，才又回頭四處尋找漣尾。突然他看見那隻河族戰士正被一隻個頭兒最大的河狸給逼到水壩與河岸交界的角落，嚇得他心臟差點跳出來。但漣尾毫不畏懼，兇狠地露出尖牙利爪，但獅焰看得出來他一點勝算也沒有。

正當他要衝向那隻河狸時，後者已經先一步撲上漣尾，彎曲的長牙緊咬住他的肩膀，撕出鋸齒狀的傷口。河族貓尖聲慘叫。獅焰立刻撲上那隻河狸的頭顱，爪子往牠耳朵一戳，河狸發出痛苦哀號，後退幾步，尾巴朝獅焰猛揮。漣尾趁機從旁邊脫逃，離開雙方激戰的戰場，跳進潭裡。

「快來幫忙漣尾！」獅焰尖聲喊道，同時死命攀住河狸的頭顱，河狸則試圖用後爪砍他。他瞄見花瓣毛衝下山坡，跑向潭邊。

「漣尾！漣尾！」她一路喊道。

就在這時，河狸用後腿站了起來，用力甩掉獅焰。獅焰無助地躺在木頭堆上，倒抽口氣，眼看著河狸朝他步步逼近，眼露兇光，利牙森森。

這時蟾蜍足一個箭步上來，擋在獅焰和河狸之間，那頭猛獸轉而對付影族戰士。蟾蜍足將牠引到一定距離之外，朝牠咆哮嘶吼，前爪不停揮打對方，直到獅焰趁機起身，逃離現場。

獅焰和蟾蜍足雙雙跳下水壩，奔向岸邊，虎心緊跟在後。

花瓣毛正蹲在岸邊。「我去幫漣尾。」她大聲喊道，隨即跳進水裡，游向水中載浮載沉的同族夥伴。獅焰不禁想到這兩隻河族貓前一天還在快樂戲水。

五隻河狸齊聚壩頂，看著下方的貓兒。獅焰和蟾蜍足轉身瞪看牠們，隨時備戰，心想要是有哪隻河狸膽敢攔阻花瓣毛去救同伴，他們就立刻衝上去。

河族母貓終於游到漣尾那裡，一把抓住他頸背，將他拖回岸邊。這時候，白尾也一跛一跛地從水壩另一頭的河床走了過來，她腳上的爪子被扯掉，還在流血。鴿掌和莎草鬚跟在她後面。莎草鬚一路倚著鴿掌的肩膀，看來還沒從高處跌落的驚嚇中完全恢復過來。

花瓣毛拖著漣尾游到淺水處，獅焰和蟾蜍足趕緊涉水過去幫忙她把漣尾拖上岸。河族公貓幾乎沒有意識，他四腳無法站立，頭顱低垂。獅焰和蟾蜍足抓著他肩膀，鴿掌和花瓣毛則扶住他的後腿，四隻貓兒連手將他抬上斜坡，回到他們稍早前休息的蕨葉叢。白尾和莎草鬚費力跟在後面。

他們一抵達臨時的貓窩，鴿掌便趕緊摘些蕨葉來做臥鋪，眾貓七手八腳地將漣尾放下來。被河狸咬傷的肩膀仍在流血不止，鮮血染紅溼透的毛髮，流淌而下。獅焰看見那深長的傷口，胃部不禁抽緊。

「我們得先止血，」鴿掌喵聲道。「你們知不知道要用什麼藥草？」

獅焰努力回想。**松鴉羽一定交代過，可是到底要用什麼來止血？**在恐懼和疲憊的雙重夾擊下，他完全想不起來。

「漣尾最清楚了，」花瓣毛瞪大眼睛，神情驚恐。「出發前，蛾翅教過他一些藥草知識。」

獅焰氣餒地猛力扒抓地上泥土。「漣尾？」他嘶聲道。「漣尾，你聽得到嗎？」

河族戰士沒有回答。他的眼睛閉得死緊，呼吸短淺。

「蜘蛛絲可以止血。」白尾喵聲道。

鴿掌立刻挑起來。「我去找！」說完隨即衝進矮木叢裡。

花瓣毛低下身子，輕輕舔乾她同伴的毛髮，像母親一樣照顧自己的孩子。其他隊員靜靜看著。

星族！獅焰向上蒼祈禱。**別帶他走！**

他抬頭仰望，這時一叢蕨葉窸窣作響，本來以為會看見鴿掌出來，沒想到竟是伍迪，他嘴裡叼著一隻田鼠，上氣不接下氣。他擱下田鼠，看見漣尾的模樣，嚇得眼睛瞪得老大。

「怎麼啦？」他聲音粗啞。

「被河狸咬傷了。」蟾蜍足簡單回答。

伍迪走上前來，仔細嗅聞漣尾的傷口。「我真不敢相信，你們竟然笨到去冒這種險。」他喵聲道。

「這是我們的職責所在，」獅焰忍住脾氣，才沒開口怒斥對方。「戰士守則要求我們不惜戰死，也要保護部族。」

「所以我才說你們笨啊。」伍迪不屑地說道。

虎心發出怒吼，衝向獨行貓。「你難道看不出來這隻貓有多勇敢嗎？」

伍迪立刻轉身面對他，爪子出鞘。只是虎心還來不及伸爪，白尾便衝到他們中間，將年輕戰士推開。「吵架對漣尾沒有幫助。」她直言道。虎心坐了下來，氣呼呼地瞪著伍迪。

這時蕨葉叢又一分為二，鴿掌一跛一跛地走了出來，因為她用其中一隻腳捧住一坨蜘蛛絲。「謝謝妳，鴿掌！」花瓣毛接過蜘蛛絲，敷在漣尾的傷口上，但很快就被鮮血浸溼。他的呼吸變得愈來愈短淺。「他全身在發燙。」花瓣毛低聲道。

獅焰這時發現月亮已經西沉，黎明將至，天空漸漸魚肚白。包括伍迪在內的所有貓兒，此刻都靜靜圍坐在漣尾身邊，束手無策地聽著他的呼吸愈來愈淺，天際終於出現一道金色光芒，他的呼吸戛然終止。

獅焰低下頭去。漣尾是位年輕戰士，本來有大好前程等著他。在結伴旅行的這段時間，獅焰已經開始將他當朋友。河狸卻毀了這一切。

「他和星族走了。」蟾蜍足喃喃說道，並伸出尾巴，輕觸花瓣毛的肩膀。

花瓣毛一蹶不振地倒在地上，嗚咽哭泣。白尾和莎草鬚從兩邊緊緊挨著她，三隻母貓就蜷縮在漣尾的屍首旁邊。虎心表情驚慌，彷彿無法相信一名戰士的生命竟能這樣猝然流逝。

鴿掌跳了起來，緩緩走開，漫無目的地穿過草地和蕨葉叢。獅焰擔心憂傷過度的她會忘了小心提防可能的危險，於是跟在後面，最後在坡頂趕上她，這裡可以俯瞰水壩，而河狸已經消失不見了，除了零星散布的幾根木頭之外，根本看不出來稍早前那兒曾發生過激烈戰事。

鴿掌瞪著下方水壩，低聲說道：「我們根本不應該來這裡！」

第二十章

看在星族的份上，她到底來這裡做什麼？松鴉羽循著罌粟霜和風皮的氣味，步履艱難地沿著石子路往月池爬去。他一想到這兩隻貓要是照了面，一定會鬧得不愉快，便緊張地毛髮倒豎。

他會怎麼對付她？

太陽已經西下，開始起風，風裡夾帶雨水的味道。看來大旱快要結束。**至少這是件好事，**松鴉羽心想。

他終於走到月池附近的荊棘叢，鑽了進去，然後沿著蜿蜒小徑往下走，他再次感覺到腳下的古代貓足印，祂們在他四周低語，可是他太急著找罌粟霜，以致於什麼都沒聽見。

無休無止的瀑布奔流聲傳進松鴉羽的耳裡，他終於抵達月池邊緣，也聞到罌粟霜的氣味。那隻母貓正坐在遠處水邊。只有她一個。風皮不見蹤影。**他一定在這附近，可是究竟在哪裡？**

「罌粟霜？」松鴉羽低聲道。

他聽見她倒抽口氣的聲音，顯然被他嚇到。「松鴉羽！你跟蹤我？」

「是啊！」**可是我不想告訴她可能還有別的貓在跟蹤她。**「妳的室友都很擔心妳，」他繼續說道。「妳不應該單獨來這裡。」

「我肚裡的小貓沒問題。」罌粟霜回答道，語氣單調，無精打采。「莓鼻有擔心我嗎？」

松鴉羽猶豫一下。他離開前沒碰到莓鼻，只知道乳白色戰士還不曉得伴侶失蹤的事。

「你不必回答我，」罌粟霜語氣苦澀地說道。「他當然不擔心，他根本不關心我，他到現在都還愛著蜜蕨。」

松鴉羽很想找個適當的字眼來回答，但罌粟霜立刻接口說下去，似乎早料定他一定認同她的想法。

「我好想見蜜蕨一面。我對她的想念無法用言語形容。莓鼻不愛我，我不怪她。」罌粟霜發出一聲帶著顫抖的長嘆。「我從以前就愛他，即便他當時和蜜蕨相愛，可是我從來沒想過要把他從她手裡搶過來。後來她死了，我以為他或許會愛我……可是沒有。」

「胡說……」松鴉羽開口道。

「我沒有胡說，」罌粟霜頂回去。「你從他的平常表現就可以看得出來他根本不在乎我。他為什麼這麼早把我趕進育兒室？他甚至不想在戰士窩見到我！」

松鴉羽不知道該怎麼回答。就算莓鼻真的還在想著她已故的姊姊，他們也莫可奈何，即便追到月池來又怎樣。

「我是來帶妳回家的，」他喵聲道。「還記不記得有一次我到妳夢裡，把妳從森林裡帶回家？」

罌粟霜沉默了一會兒。松鴉羽感覺到她的記憶被喚起，像水面上的點點星光，若隱若現。

「是啊，我記得。」她喃喃說道，聲音幾乎被水聲蓋過。「當時我病了，對不對？可是我並沒有真的離開山谷，所以那片森林究竟是哪裡？」她倒抽口氣，繼續說道，聲音變得抖擻。「是星族對不對？我本來快死了，是你把我救回來？」

「沒錯，的確是這樣。」松鴉羽喵聲道。「所以現在我又來救妳了。」

他聽見罌粟霜站起身，繞過月池走到他面前，她的味道充斥他的鼻腔。

「如果我曾去過星族又回來，就表示我還能再去一次。拜託你了！」松鴉羽感覺得到她的渴望，身子正微微顫抖。「我想見蜜蕨，我想告訴她，我不是有意搶走她的莓鼻。哦，松鴉羽，要是她也討厭我，那該怎麼辦？」

松鴉羽很想嘆氣，但強忍住。「恐怕不行，」他開口。「戰士不可能在星族之間來去自如，我必須先弄傷妳，或者讓妳生病才行，但身為巫醫，我不可以……」

松鴉羽突然聽見山谷邊緣傳來很輕的腳步聲，風皮的聲音冷冷迴盪在岩壁之間。「怎麼啦？雷族又陷入兩難啦？你們這些貓真的應該好好學習一下怎麼控制自己的感情。結果現在又要蹦出幾隻根本不該生出來的小貓。」

「風皮！」罌粟霜的聲音很吃驚，「你來這裡做什麼？」

「這句話很不友善哦。」風族貓的聲音故作輕柔。「月池又不是雷族的領地。」

「你可不可以不要來煩我們，」松鴉羽厲聲回道，恐懼令他背脊發涼，他只能試圖隱藏。「我們不需要你在這裡。」

「哦，我想你需要。」那輕柔的聲音愈來愈近。「如果你不願意，我倒是很樂意幫罌粟霜一個忙，送她回星族去。」

松鴉羽深吸一口氣，察覺到身邊罌粟霜心裡的恐懼與不解，這隻年輕母貓彷彿不明白河族戰士為何出言威脅。「你別傻了，」他喵聲道。「我在這裡，你休想動她一根寒毛。」

「哦，是嗎？」風皮咆哮道。他現在只離他們一條尾巴的距離了。「你……不過是隻瞎眼巫醫，憑什麼認為你攔得了我？等他們在池子裡找到她的屍體，我們一定會各說各話。我今夜根本沒來過這裡，我的族貓也可以像你的族貓一樣撒謊，松鴉羽。」

罌粟霜嚇得倒抽口氣，松鴉羽擋在她前面，不讓風皮碰她。這位同父異母的弟弟恨意強烈，如排山倒海，他差點招架不住。他知道風皮為了懲罰他的存在，什麼事都做得出來。

「風皮，這是你我之間的恩怨，」他咆哮道。「不必牽連到罌粟霜。」

風皮不屑地哼了一聲。「只是送你回星族，還不足以發洩我的恨。我要你嚐嚐在族裡被其他貓兒冷眼看待，背後指指點點的滋味，我也要你嚐嚐身邊都是謊言和敵意的滋味，我要你知道什麼叫做不該發生的事卻發生了。」

「你以為我們很好過嗎？」松鴉羽質問他。「我們也被騙了，我們甚至不知道自己的親生父母是誰。」

有那麼一瞬間，他感覺到風皮的恨意動搖了一下，但沒持續多久。

「別以為你這樣說，我就會相信你。」風皮嘶聲道。「你只是個懦夫！」

星族快救我！松鴉羽心想。他知道眼前只剩一個辦法。他伸爪撲向風皮。他感覺到風皮被他撲倒在地時，心裡是詫異的。他壓住風皮，不斷搥打對方的頸子和耳朵，揮爪狠刮他的毛皮。

風皮發出痛苦憤怒的哀號，可是松鴉羽清楚自己不可能打得過這位經驗豐富的戰士。風族貓狠狠將他甩開，使他四腳朝天地倒在地上，風皮單腳壓制住他，往他肚子猛搥。松鴉羽蠕動身子試圖脫逃，卻是徒勞，但仍模糊感覺得到他的對手並沒伸出爪子。

他是在玩我，等玩夠了，會再一次解決我。

罌粟霜的驚叫聲近在咫尺。「快住手！你會殺了巫醫！」

「看我怎麼整你！」風皮咆哮道。

罌粟霜朝他肩膀猛揮拳，但因身懷六甲，行動笨拙，松鴉羽感覺得到她的攻擊一點作用也沒有。

「快離開這裡！」又是一拳打在他肚子上，他只能喘氣地說。「為妳的小貓著想，快走！」

罌粟霜後退幾步，開始抽噎，但沒有離開。

突然，風皮從松鴉羽身上跳開，後者蹣跚地爬起來，站定身子，想找出風族貓的位置，但在疼痛和恐懼的雙重夾擊下，他的感官能力變鈍了。

這時風皮又跳回他面前，用不帶爪的腳抽打他耳朵和口鼻。「來啊，看你能不能打到我！」他奚落道。

松鴉羽往前一跳，還是沒碰到風族貓，這時後面有個東西重重落地，伸爪耙他肩膀。

有別的貓？哦，不！

松鴉羽記得以前受過的戰士訓練，於是當那隻陌生的公貓往他身上撞時，他乾脆順勢一軟，癱倒池邊，再趁其不備地猛地四腳出擊，伸爪亂扒對方肚子。

他是誰？到底有多少隻貓想殺我？

松鴉羽四周充斥那隻陌生貓兒的味道，但他聞不出來對方是誰。這隻公貓既不屬於風族，也不屬於任何部族。**可是也不是惡棍貓或獨行貓，我為什麼聞不出來呢。**

壓在身上的重量突然消失了，松鴉羽費力爬了起來，但還沒站穩，天外又飛來一掌，將他甩到池邊。風皮截住他，又把他丟回去，於是有那麼一會兒功夫，他就被那兩隻貓學小貓一樣把他當成一球青苔似地拋來打去。

罌粟霜還在附近徘徊。「風皮，住手！」她哀求道。「如果你殺了巫醫，星族會發怒的。」

「我才不在乎！」風皮吼道。

松鴉羽怒聲一吼，試圖揮打對方，可是他的拳揮得亂無章法，根本不起作用。他感覺到風皮的爪子刮到他的肩膀，血滴了下來。

等他們玩膩，就會殺了我。

就在他快撐不下去的時候，突然感覺到有另一隻貓跳到他身邊，他心想又多了一個仇敵，這下死定了，卻在這時聽見風皮慘叫一聲，這才明白剛來的那隻貓是來攻擊風族貓的。

「嗨，松鴉羽，」新來的貓透過齒縫嘶聲說道。「遇到麻煩了嗎？」

「蜜蕨！」松鴉羽倒抽口氣。

星族戰士跳到他旁邊，四周充滿她的氣味。大公貓再次攻擊他們，但這次松鴉羽迅速出掌，猛砍對方耳朵，蜜蕨則猛攻風族貓的腹部。

松鴉羽聽見那隻不知名的公貓發出怒吼，退了下去。

「快滾！」蜜蕨咆哮，「你不屬於這裡！至於你，風皮……」她轉身再度面對風族貓。「你也快滾！除非你想要我撕爛你的耳朵？」

「你也許贏了這一回，」風皮罵道。「但別以為我會善罷干休，我跟你沒完沒了。」

松鴉羽聽見腳步聲往小路走遠，風族貓的味道愈來愈淡。他氣喘吁吁地朝蜜蕨轉身，這才發現原來他看得見她。眼前的她正坐在池子邊緣，淺色的虎斑毛皮上綴著點點星光。她的後方是一排又一排熠熠閃亮的貓兒，圍著月池而聚，往山谷四周蔓延。松鴉羽不敢仔細瞧，深怕看見冬青葉也在裡頭，但也可能不在裡頭……這表示她正深陷在一個非常糟糕的地方。

他朝蜜蕨走去。「謝謝妳，」他氣喘吁吁。「我還以為我要成為星族一員了。」

蜜蕨抽動尾巴。「松鴉羽，你的時間還沒到。」她回答。「你還有很多事沒做呢。」她伸長脖子，親切地舔舔他的耳朵。「謝謝你救了我妹妹。」

「她看得到妳嗎？」松鴉羽瞥了一眼正蹲坐在小徑上方的罌粟霜。

蜜蕨悲傷地搖搖頭。「請你告訴她，我也很想她，我會愛她的小貓，視他們如己出。」她繼續說，眼裡充滿愛與疼惜。「莓鼻很愛她，只是怕像失去我一樣又失去她。我會一直守護他們兩個。」

她再次垂頭，身影漸漸消失在發光的貓群裡。另一隻貓走了上來，星光下，那身蓬亂的毛髮如煙似霧。

「黃牙。」他嘆口氣道。

「我知道是誰在幫風皮。」前任巫醫省略客套的招呼，單刀直入地告訴他。

「祢知道？是誰？」

黃牙眨眨那雙琥珀色眼睛。「你現在還不需要知道，不過他的出現代表以後麻煩大了。」

松鴉羽的胃部一陣抽緊。「這話什麼意思？」

「今天是蜜蕨與你並肩作戰，」黃牙喵聲道。「以後星族的每位戰士也都會適時挺身協助。但是我們的敵人居心叵測，他們為求復仇，不惜挑起恨意。這股力量不容小覷。」

松鴉羽驚愕地看著祂。

「黑暗之森的勢力正在崛起，」黃牙的聲音帶著不祥。「恐怕連星族都無招架之力。」

第二十一章

獅焰和蟾蜍足將漣尾的屍體移進橡樹底下掘好的洞裡。鴿掌眺望另一頭矮木叢，隱約看出水壩後方的潭水在清晨陽光下熒熒閃爍。她真希望漣尾的魂魄此刻就在那裡，像生前一樣悠游戲水，快樂捕魚。

怒火在她心裡悶燒。**漣尾不該死在這裡！**她好想現在就為他復仇，她要那幾隻河狸也嚐嚐飢餓的滋味。**我們一定要毀了水壩！河水是我們貓族的！**

她走到墳邊，將土和腐葉撥下去，覆蓋漣尾的屍體。她停頓一下，傾聽河狸的聲響，發覺牠們正在巢穴裡小聲地四處走動。她可以想見牠們的得意，因為牠們不費吹灰之力，就趕走了他們。

獅焰的聲音打斷她的思緒。「我們不能再正面對抗河狸。」

「我早告訴過你。」坐在橡樹根上的伍迪咕噥說道。

獅焰彈彈耳朵，表示聽見獨行貓說的話了，不過他沒有回答。「我們得另外想辦法搶回水源。」他繼續說道。

正在埋葬同伴的花瓣毛這時抬起頭來，憂傷的眼神雖然呆滯，聲音卻很堅定。「我們可以誘引河狸離開這裡。」

「然後呢？」蟾蜍足問。

「然後我們就可以毀了那座水壩。」花瓣毛回答。

「可是水壩那麼大！」虎心反對。「得花好幾天才拆得完，我們不可能拖住河狸那麼久的時間。」

「我們不必整個拆掉，」花瓣毛自信滿滿地說。「只要移動上面幾根木頭，讓水漫過去，就能靠河水的力量把剩下的部分沖垮。」

鴿掌點點頭。「我懂了。」她喵聲道。她相信說到水，河族貓絕對是專家。她將感官力延伸到水壩那裡，感覺到那些木頭和樹枝的環環相扣，於是明白花瓣毛的計策或許能奏效。

「我們的動作得快點，」白尾插嘴道，同時抬眼看看天色。「天氣馬上就要變了，再說……」她的目光移向花瓣毛，「我們還得回到各自部族，報告事情始末。」

「沒錯。」獅焰應和道。

「我知道我們該怎麼做了！」虎心環顧空地。「我們先練習搬動木頭，熟能生巧之後，要拆水壩就簡單多了。」

蟾蜍足讚許地點點頭。「這主意好。」

鴿掌也對他刮目相看，虎心有時候雖然很討厭，但她不得不承認他很聰明。等他們埋葬好漣尾，才在空地上各自帶開，練習搬動木頭。令鴿掌意外的是，連伍迪都自願去幫花瓣毛的忙。「當初我應該及早阻止你們去攻擊河狸的，」站在她旁邊的他這樣咕噥道，同時不忘幫忙她滾動一根布滿青苔的木頭。「我早該知道你們打不過牠們，真抱歉。」

「伍迪，這不是你的錯。」白尾對他喊道。花瓣毛什麼話也沒說，只顧著把沉重的木頭翻過來。

鴿掌跟著獅焰穿過空地，往一棵被閃電劈倒在地的樹幹走去。這時她發現獅焰走路一跛一跛的，心上一驚。「你沒事吧？」她問道。

獅焰點點頭。「別忘了，打仗時，我具有金剛不壞之身。」他嘶聲道。「可是我不能讓其他貓知道這件事。」

鴿掌嘆口氣。「我真希望我們不必這樣鬼鬼祟祟。」

「這是為了他們好。」獅焰轉身面對她，琥珀色眼睛很有自信地看著她。「他們必須靠我們幫忙，但如果知道我們與眾不同，恐怕不會接受我們。」

鴿掌回頭看看其他的貓，只見他們正往空地四周各自帶開，去找木頭。**如果他們知道我真正的本領，真的會怕我嗎？也許吧。**傷心的她這樣想道。**畢竟如果不是我感應到那些河狸，我們就不會來這裡，漣尾也不會命喪此地。**

她和獅焰開始去推木頭，但它太重，再加上四周長滿青草，更是難上加難。

「這樣好了，我們先把它翻過去。」獅焰提議道。「妳去那一頭，我從這頭把它抬起來。」他透過齒縫嘶聲說道。「妳先穩住它，再從那一頭推，應該可以翻得過去。」

鴿掌試圖抓牢，但才剛要移動，卻腳掌一滑，木頭又掉回地上，還打到她的下巴。「對不起，」她大口喘氣。「我們再試一次。」

可是第二次還是一樣。這一次是木頭朝鴿掌滾過去，她跳開時，腳還差點被壓到。

獅焰沮喪地揮打尾巴。「我自己根本搬不動，」他咆哮道，但鴿掌知道他是在氣自己，不是氣她。「太重了。」

「我們不可能成功，是不是？」鴿掌突然看見蟾蜍足走過來，有點被他嚇了一跳。「要引開河狸，至少得有三隻貓，」蟾蜍足繼續說道，然後啪地一聲趴在木頭旁邊，疲倦地嘆口氣。「這樣一來，就算伍迪肯幫忙，也只剩下五隻貓去破壞水壩。所以根本不可能成功。」

鴿掌環顧空地，發現大家都放棄練習了，他們一臉疲憊，尤其是花瓣毛，眼神依舊哀戚。

沒有希望了！我們怎麼辦？

獅焰站了起來。「我們不能現在就放棄。」他咆哮道。「我們需要找幫手。」

「但這太蠢了，」白尾反駁道。「我們不可能大老遠地回去找幫手，太遠了，我們現在就得把水源搶回來。」

「還有別的貓可以幫我們，他們離我們近多了。」獅焰彈彈尾巴，提醒他們。

蟾蜍足驚愕地睜大眼睛。「你是說寵物貓？」

獅焰點點頭。「可以試試看。只要往下游走，走到兩腳獸養兔子的地方就行了。」

「可是……他們是寵物貓。」虎心直言道。

白尾低聲應和。「如果你去找他們，他們又不肯來，不就白白浪費時間了。」

「但還是值得一試。」獅焰回答道。

鴿掌的胃部一陣翻攪。**萬一其他隊員都不答應，獅焰要怎麼辦？**

過了一會兒，莎草鬚打破沉默。「我覺得我們可以試試看，」她說道。「為了漣尾，應該試試看。」

花瓣毛點點頭。「我不希望他死得沒有意義。」

貓兒們看看彼此，鴿掌知道他們都為漣尾感到難過，即便來自不同部族。

「好吧，那我們就去試試看，」蟾蜍足喵聲道。「反正也想不出更好的辦法了。」

「沒錯，」獅焰豎直耳朵。「鴿掌，妳跟我一起去，其他貓繼續練習。我們盡快回來。」

鴿掌跟著導師跑向通往水潭的山坡，然後跳到水壩下方的乾河床，沿著礫石河道往回走，這才發現這趟漫長的旅程已經為她訓練出好腳力，如今就算踩在尖銳的石頭上，也不怕疼了。

等他們抵達上次停下來狩獵的矮木叢時，已經快日正當中。獅焰慢下腳步。「當初雪花蓮跟著我們走到這裡，」他喵聲道。「也許她常來這兒。鴿掌，妳能聽得到她的聲音嗎？」

此刻的鴿掌正被兩腳獸地盤上的各種聲音給搞得昏頭轉向：怪獸聲、兩腳獸的叫聲、還有牠們巢穴附近的各種吵雜聲響。她很想學以前那樣隔絕它們，只專心聽腳下地面傳來的聲音和附近的草葉聲響，但她知道這次不能這麼做。她必須傾聽所有聲音，然後靠耳朵、鼻子、腳掌等感官力逐一過濾，直到找到那隻寵物貓為止。於是她釋出自己所有的感官力，尋找雪花蓮的所在位置，卻遍尋不著那隻白色寵物貓的蹤跡。

「沒關係，」獅焰告訴她。「也許她在兔子那邊，或者在兩腳獸的巢穴裡。」

當他們再往下游走去時，鴿掌立刻聞到兔子的味道，於是他們爬上河岸，進入兩腳獸領地的邊界。兔子還在發亮的圍籬後方啃食青草，但沒有寵物貓的蹤跡。鴿掌什麼也聞不到，只聞到一點七巧板的味道。

「他們去哪裡了？」她嗚咽道。「我還以為他們住這裡呢。」

獅焰將她的焦慮看在眼裡。「我還以為要找到他們應該很容易。」他嘴裡咕噥道，猶豫一下才又補充道。「可能他們把兩腳獸的地盤都當成自己的領地。妳能找出他們的位置嗎？」

鴿掌的胃部抽搐了一下。**有三隻寵物貓欸？更何況這地方這麼大又這麼吵！**可是她曾經找到河狸，所以她知道這次應該也辦得到。她必須再一次好好利用自己的特異能力，才不負漣尾的犧牲。「我試試看。」

她蹲下來，閉上眼睛，任感官在兩腳獸的地盤上馳騁。這塊領地不像以前所認識的地方，剛開始，她只粗略知道兩腳獸巢穴的大概分布，漸漸的，她開始在腦海裡建構出成排的巢穴，中間夾著多條轟雷路，怪獸的吼聲迴盪在堅硬的紅色岩壁上。有兩腳獸跑來跑去，大聲喊叫，帶著東西四處走動……

「寵物貓，」獅焰在她耳邊催促道。「妳要找的是寵物貓。」

鴿掌把注意力拉回吵雜的兩腳獸地盤。這一次她放慢速度，細聽每一個角落，注意看每一個畫面，不放過任何枝微末節：灌木叢上隱晦的葉影；一張張小兩腳獸的粉色臉蛋；入睡的怪物身上反射出來的光澤。

貓，妳找的是貓……這裡有一隻！

鴿掌感覺到尾巴的彈打，還有爬上牆又跳下草地的腳步聲。她集中精神，全力感應它，嗅聞味道。

不，這不是我們認識的寵物貓，這隻貓太年輕又太緊張了。

她再度延伸感官，遠處的一聲喵嗚吸引了她的注意。這聲音很熟悉……她繼續追蹤，發現是塞維爾，那隻個頭兒高大的橘色公貓，他在曬太陽，正朝著七巧板大聲喊叫，而七巧板在……鴿掌聽見爪子刮木頭的聲音，於是知道這隻黑棕色相間的肥公貓正顫巍巍地站在塞維爾上方的籬笆上。

「我找到他們了！」她開心地大聲說道，睜大眼睛，看著獅焰。「來吧！」

她在前面帶路，沿著河岸前進，經過養兔子的地方，來到一條夾在兩棟兩腳獸巢穴之間的路。可是她一接近轟雷路，立刻嚇得毛髮悚然，怪獸的臭味還有兩腳獸窩裡傳來的噪音淹沒了她的感官，她好想轉身逃回林子，拿樹葉塞住自己的鼻孔和耳朵。

一頭怪獸的吼聲從轟雷路的盡頭傳來，鴿掌彈了回來，撞上獅焰。「對不起！」一頭毛色光滑閃亮的怪獸呼嘯而過，她嚇得倒抽口氣。「我不知道我能不能辦得到。」

「妳可以的。」獅焰用鼻子推她肩膀。「為了貓族，妳一定可以的。我們要過轟雷路嗎？」

鴿掌點點頭。她的導師把她輕輕推向黑色岩面的邊緣，她的心噗通噗通跳得厲害，簡直快從胸口跳出來。

「我說跑就趕快跑，」他下令道，然後小心看看兩邊方向，豎直耳朵偵測怪物的聲音，抬起尾巴。「跑！」

鴿掌強忍住想要尖叫的衝動，一鼓作氣，奔了出去，四隻腳飛快掠過轟雷路，安全抵達對岸，鑽進樹籬底下，渾身發抖。

「做得好！」獅焰開心說道。「現在該往哪兒走？」

振作起來！鴿掌厲聲告訴自己。「走這邊！」她帶著獅焰沿轟雷路的邊緣走，這時一頭怪物緩緩經過，她趕緊溜到樹後面。「你覺得牠是不是在找我們？」她低聲問。

獅焰聳聳肩。「我不確定，不過誰都不知道怪獸心裡在想什麼。」

他們離開轟雷路，鴿掌繼續追蹤塞維爾和七巧板的蹤跡，結果發現自己迷失在像迷宮一樣的小路裡，小路就夾在紅色岩壁和高聳的木頭籬笆間。她轉過一個角落，差點踩到睡在地上的一隻寵物貓。黑色公貓跳了起來，嘶聲作響，躍上籬笆，消失在隔壁的花園裡。

鴿掌吁了口氣，卻聽見另一頭的籬笆後面傳來狗吠聲，她嚇得跳了起來。

「別緊張，」獅焰喵聲道，不過鴿掌看得出來他也一樣頸毛倒豎。「牠不能拿我們怎麼樣。」

「希望你是對的。」鴿掌咕噥道。

十字形的路口看不出來究竟通往哪裡。**我是不是帶錯路了？**鴿掌納悶。但就在這條交叉路口上，她聞到青草切碎的強烈氣味，還瞄到一株開著紅花的灌木，香味濃郁。**沒錯，我聞過這味道……也記得那株灌木投映在路上的樹影形狀。**

「我們得轉過那個角落，」她回頭向獅焰解釋，同時加快步伐。「現在只要躍過這道牆……」

她跳了上去，她的導師跟在旁邊，再相偕跳到平整的草地上。塞維爾正在另一頭的籬笆底下曬太陽。

「嗨，塞維爾！」鴿掌喊道，她跑過空地去和橘色大公貓互碰鼻子。

塞維爾的綠色眼睛倏地睜開，嚇了一跳。「是旅行貓欸！」他喵聲道。「你們在這裡做什麼？你們找到你們要找的動物了嗎？你們拿到水了嗎？」

「我們找到那些動物了，」獅焰告訴他。「可是我們還沒拿到水，我們……需要幫手。」

「你需要我們幫忙？」一個聲音從上方傳來。「哇嗚！」

鴿掌抬頭，望見七巧板就站在籬笆上，黑棕相間的虎斑毛皮隱身在冬青樹的樹影裡。他跳了下來，抖鬆毛髮，上前與鴿掌和獅焰互碰鼻子。

塞維爾眨眨眼，小心翼翼地來回巡看獅焰和鴿掌。「你們剛剛那句話是什麼意思？」他咕噥說道。

「你們知道雪花蓮在哪裡嗎？」獅焰顧左右而言他。「我們到養兔子的地方找你們，但沒找到。」

「只有我住在那裡，」七巧板解釋道。「雪花蓮的主人住在樺樹的那一邊。」他用尾巴指指木頭籬笆盡頭一株很高的樹。「你們怎麼找到我們的？」他瞇起眼睛，追問。

「哦，這還不簡單，」獅焰回答。「別忘了，我們是部族貓啊。」他故作調皮地瞥了鴿掌一眼。

「哇嗚！」七巧板的眼睛瞬間亮了起來。「我去幫你們找雪花蓮來，」他提議。「要是讓她錯失了幫野貓的機會，一定會把我們宰了。」說完，沒等答應便逕自爬上籬笆頂，消失不見了。

塞維爾伸個懶腰，用尾巴示意旁邊那塊可以曬太陽的草地。「過來躺一下吧，」他邀請部族貓過去。「這裡很舒服，又有太陽可以曬。」

「不，謝了，我們最近受夠了太陽。」獅焰答道。

他轉身張望花園，提防狗和兩腳獸的來襲，鴿掌則不斷用前爪扒著地上的草。等到七巧板帶著雪花蓮又回到這裡時，彷彿已經過了幾個月之久。

「嗨！我來了！」白色母貓向他們打招呼，跑上前來用鼻子碰碰獅焰的耳朵。「真高興又見到你。」突然間，她退後一步，齜牙咧嘴，彷彿聞到什麼噁心的味道。「你該不會又要我吃什麼毛絨絨的東西吧？」

「不會，」獅焰喵聲道。「我們是來找你們幫忙的。」

「太好了！」雪花蓮開心喵嗚道。「你要我們幫什麼忙？」

「我們也會打架哦，你看！」七巧板補充道，隨即撲上雪花蓮，試圖用前腳勒她頸子，雪花蓮趕緊用後腿站起來，想敲七巧板的耳朵卻不小心失去平衡，兩隻貓像團毛球一樣滾在草地上。

塞維爾翻翻白眼。

「呃……很不錯，」獅焰喵聲道。「不過我們不需要你們幫我們打架，只需要你們幫我們拆水壩。」

雪花蓮坐了起來，甩甩身上的草屑。「什麼是水壩？」

獅焰形容了一下那座擋住河水的水壩。「我們和河狸交過手了，可是牠們太強悍了，」他解釋道。「所以我們決定兵分兩路，由其中幾隻貓負責引開牠們，剩下的貓負責破壞水壩，釋出河水。」

七巧板眨眨眼。「會很危險嗎？」

獅焰點點。「會！」他承認。

黑棕相間的虎斑貓眼睛瞬間一亮，「太好了，我們都快無聊死了，只能一天到晚躺在這裡沒事幹。」

鴿掌突然良心不安起來。「這不是件好玩的事，」她警告寵物貓們。「已經有一隻貓……死了。」

雪花蓮倒抽口氣，七巧板嚇得頸毛倒豎。

「可是我們不會再找河狸打架了。」獅焰保證道，同時瞪了見習生一眼。

鴿掌勇敢迎視他的目光。「如果要他們幫忙，就得讓他們知道真相。」但又焦急地反問自己，**萬一他們因為這樣就不肯來了，那該怎麼辦？**

「我們會去的，是不是，七巧板？」雪花蓮喵聲道。

七巧板點點頭，不過神情變得不那麼肯定了。

塞維爾呼嚕一聲，站了起來，拱起後背，伸個懶腰。「我不能讓你們這些小夥子自己去，」他大聲說道。「誰知道你們會遇見什麼？所以我陪你們一塊兒去。」

「謝謝你，」鴿掌喵聲道。「我代貓族謝謝你們。」

「跟我們來吧，」七巧板跳了起來。「我知道有條捷徑可以通到河邊。」

鴿掌很驚訝走在兩腳獸地盤裡的寵物貓，神情竟如此自若。當他們來到某條轟雷路前，七巧板竟然跳上一頭正在睡覺的怪獸身上，在牠發亮的鼻子上留下幾個髒腳印。塞維爾和雪花蓮也依樣畫葫蘆地跳了上去。再跳回轟雷路的另一邊等部族貓過來。

「來啊！」塞維爾喊道。「你們不是在趕路嗎？」

獅焰轉頭看了鴿掌一眼。「我們要讓那些寵物貓認定我們很怕怪獸嗎？」

「才不呢。」鴿掌回答道，就算我們真的害怕，也不能表現出來。

獅焰鼓起肌肉，一個箭步，跳上怪獸的後腿，鴿掌緊跟在後，四腳踏上那身光滑、熱燙的毛皮，雖然很想縮腿，但強忍住。她跳上怪獸的背，再跳到牠的鼻子，轉眼間，又跳回地面，這才鬆了口氣，但還是氣喘吁吁的。她一抵達轟雷路的另一頭，便立刻回頭看，發現那頭怪獸根本沒醒，即便曾有五隻貓兒從牠身上經過。

也許怪獸很笨。

鴿掌現在已經完全迷失方向，可是她沒有時間停下來感應哪個方向才對。這時她瞄到一排林子，林子後方就是河床。他們從迷宮一樣的兩腳獸地盤裡走出來，離養兔子的地方只剩幾條狐狸尾巴遠。

快。

「現在走哪一條路？」塞維爾問道。

「只要沿著河床走就行了。」獅焰回答道。他在前面帶路，加快腳步，沿著河床愈跑愈快。

「嘿，別那麼快。」七巧板抗議道，他皺著臉，抬起一隻腳。「這裡的石頭好尖哦。」

「哦，對不起。」獅焰只好慢下腳步。

鴿掌怕寵物貓落單，於是走在隊伍最後面。隨著水壩的逼近，她感覺得到某種緊繃的情緒張力……這張力不光來自於寵物貓，也來自於四周空氣，彷彿有什麼事正風雨欲來。天上的烏雲層層疊疊，遮住太陽，地平線上有雷電閃現。當他們穿過灌木林時，鴿掌看得出來寵物貓很害怕，就連樹枝迎風沙沙作響，都會把他們嚇一跳。

她加快腳步，趕上七巧板，走到旁邊問他：「你還好嗎？」

公貓只是緊張地點點頭，沒有作答。

希望他真的沒事，鴿掌心想道，恐懼和愧疚淹沒了她全身。

哦，星族，我是不是帶了更多貓走上了不歸路？

第二十二章

獅焰跳上河岸，轉頭俯看那支疲憊不堪的隊伍，只見塞維爾、雪花蓮和七巧板全都張口結舌地仰望眼前森然的水壩。

「超……大的！」七巧板深吸口氣。

雪花蓮對獅焰眨眨眼。「你真的認為我們拆得掉那玩意兒嗎？」

獅焰點點頭，試圖隱藏自己的疑慮，為寵物貓建立信心。「只要你們通力合作，相信一定拆得掉。」

「來吧，」鴿掌催促他們，同時跳上河岸，站在獅焰旁邊。「我們去找其他貓。」

獅焰帶頭爬上斜坡，走進和其他貓兒暫時分道揚鑣的那處空地。他鑽進矮木叢，不禁瞪大眼睛，驚見空地中央排著成堆木頭。莎草鬚正費力抬起一根樹枝放在木堆頂端，然後身手敏捷地跳下來。

「嗨，你回來了。」她氣喘吁吁地招呼。

「我只是在想如果我們能把木頭堆起來，

就能弄懂怎麼拆掉它。」蟾蜍足走了過來，向獅焰解釋道，他的身上沾滿樹枝和樹皮的屑渣，氣喘吁吁的。

「這點子不錯，」獅焰讚許道。「你們很厲害。」

空地另一頭的花瓣毛正在拖一根比她個頭兒還大的樹枝，她死命地拖，就是不肯歇口氣，直到拖到木堆處，塞進底部才作罷。然後一跛一跛地穿過空地，來找獅焰和其他貓兒。她注視著新來的貓兒，神情凝重卻堅定。

虎心和白尾也跟著伍迪走過來，獅焰介紹他們認識。

「我不是部族貓，」伍迪解釋道。「我只是剛好經過這裡。」

「我以前好像在林子裡見過你。」塞維爾喵聲，雖然不是很熟，但遇見舊識仍令他感覺輕鬆了一點。

「我們得討論一下整個策略。」剛介紹完畢，蟾蜍足就大聲說道。「我們必須先決定……」

「先吃東西吧，」白尾彈彈尾巴，打斷他。「若不吃東西充分休息，根本沒體力做事。」

蟾蜍足不怎麼高興有貓兒跟他唱反調，但還是對風族母貓點個頭。「好吧，」他同意道。「但最好快一點。」

還好林子裡有很多獵物，沒多久，大夥兒便各自帶著戰利品回到空地集合，一起大快朵頤，獅焰也總算放下心來。

「我們已經吃飽了，謝謝。」塞維爾婉拒了白尾好心遞給他的老鼠。

雪花蓮縮起身子，驚恐地瞪大綠色眼睛。倒是七巧板有點興趣，他彎腰聞一聞鴿掌抓來的松鼠。

「來啊，吃一口看看。」她鼓勵。

七巧板猶豫了一下，最後張嘴咬住松鼠，撕了一口下來。

「覺得怎麼樣？」鴿掌趁他吞下去的時候問他。

「呃……還不錯。」公虎斑貓回答道。「只是……毛多了一點。」

這時夜色正要降臨，貓兒們全都吃飽了。烏雲後方時有月兒探頭，空氣潮溼悶熱。

「我認為引開河狸的工作應該交給白尾和莎草鬚。」獅焰開口對樹底下的貓兒們說道。

「為什麼？」白尾的尾尖抽了抽。「拆水壩的工作難不倒我們。」莎草鬚點點頭。

「因為風族貓跑得最快，」蟾蜍足回答道。「我們必須發揮各自所長。」

「哦，好吧。」白尾看起來很滿意這個答案。

「我跟妳們一起去。」伍迪說道。「這裡的林子我很熟。我們從河狸巢穴這裡開始跑，然後經過這條路……」他嘴裡叼著樹枝，在鋪滿落葉的地上劃出一條線代表河流，再畫出林子裡的曲折小徑。「這裡的地形很隱密，河狸根本不可能知道水壩那邊發生什麼事。」他補充道，最後丟下樹枝。

「太好了，伍迪。」獅焰說道。

「我們會盡可能引開河狸。」白尾喵聲道。

「要是牠們突然跑回來，我會衝到前面警告你們。」莎草鬚補充。

獅焰點點頭，同時瞥了鴿掌一眼。**她的特異能力也可以幫忙追蹤河狸的下落。**

「那水壩怎麼處理？」虎心追問道。「等河狸離開之後，我們怎麼做？」

「我們最好從水壩另一頭開始，」獅焰說道。「那裡離河狸比較遠。」

「這主意不錯，」花瓣毛附和道。「我一直在想……你們看看這個，」她用腳指著那一小堆樹枝。「直接撞掉水壩最上面的木頭，雖然比較容易，」說完她示範了一下，用根爪子掃掉最頂端的樹枝……「但如果可以進到裡面，移動下方的木頭，水壩就會整個垮掉。」她巧妙地移走木堆中央的一根樹枝，整堆木頭應聲而倒，滾下山坡。「水的重量會直接壓垮它。」

「太妙了！」虎心大聲喝采。

「等一下，」橘色寵物貓塞維爾開口發言。「妳要我們進到水壩裡面摧毀它……可是我們還在裡面欸，不是嗎？」

獅焰點點頭。「這的確有風險，不過這似乎是唯一可行的方法。」他猶豫了一下，環顧面露憂色的隊員們。「先進到裡面，再伺機而動吧。」說完聳個肩。

白尾、莎草鬚和伍迪看了同伴們最後一眼，就往河狸巢穴所在的上游走去，獅焰則帶著其他貓兒穿過水壩下方的河床，到對岸去。斜坡上方，清楚可見兩腳獸的皮帳窩裡仍燈火熒熒，還有嗡嗡的低語聲。

「那牠們呢？」蟾蜍足問道，尾巴朝皮帳窩指了一指。

獅焰在水壩下方停下腳步。「我們拿牠們沒辦法，」他終於回答道。「我們又沒有多餘的幫手去引開牠們，只能希望牠們別來攪局。」

「說得倒容易。」蟾蜍足尖酸地說。

獅焰靜候白尾的信號，緊張到全身毛髮豎得筆直。他看得出來其他貓兒也同他一樣。鴿掌正用爪尖刮著地上的草，虎心的尾巴來回抽打。至於那三隻寵物貓則是一臉驚慌，瞪大眼睛，耳朵貼平。

快點，白尾，獅焰在心裡催促。**快點行動，再等下去，恐怕有貓兒會受不了，開始抓狂。**

「千萬記住，」他補充道。「不准開戰，要是河狸回來挑釁你們，千萬別逞英雄，別忘了上次的慘痛教訓。」

「沒錯，」蟾蜍足附和。「萬一河狸回來，趕快跑，爬到樹上，我不認為牠們……」

河對岸傳來尖銳吼叫，打斷了蟾蜍足。

「行動開始了。」獅焰低聲道，同時看了鴿掌一眼。

她點點頭。「河狸正在自己的窩裡移動。」她低聲道，聲音低到其他貓兒都聽不見。

獅焰朝上游的河狸巢穴窺看。起初夜色太黑，什麼也看不見，後來月亮從雲裡出來，他才看見木墩旁邊些許動靜。幾隻河狸的頭從潭裡浮出來，爬上岸邊巢穴，龐大的身軀如巨大的陰影一樣覆住木堆。

獅焰隱約看見岸邊白尾的淺色身影，伍迪和莎草鬚的暗色身影就在她旁邊。他聽見他們故意發出嘶聲，想引河狸離開巢穴和潭水。其中一隻河狸嚎叫作響，蹣跚爬下木頭堆成的小丘，往岸上走去。牠衝向貓群，尾巴掃過地上草葉，發出沙沙聲響。其他河狸也都跟進，雖然笨拙，但動作出奇地快。莎草鬚衝上前去，賞了帶頭河狸鼻子一掌，隨即跳開。

「我的老天！」蟾蜍足呸口道。「她瘋了是不是？」

河狸們移動笨重的身軀，開始追逐，白尾和另外兩隻貓兒火速鑽進林子裡，誘引牠們深入林子。過了一會兒，獅焰就看不見他們的身影了。

「行動吧！」蟾蜍足嘶聲說道。

貓兒們跳上水壩，突然一道閃電劃破天際，接著隆隆雷聲響起。雪花蓮瑟縮起身子，緊緊攀住她所站的木頭，勉強踏出步伐，往前爬行。

「我們應該分頭行動，」花瓣毛氣喘吁吁地說道。「有幾隻跟我一起去找縫隙鑽進水壩裡，剩下的則從壩頂推開木頭。」

「我跟你去。」蟾蜍足提議。

花瓣尾在前面帶路，越過比潭面還高的水壩，蟾蜍足尾隨在後。獅焰看見她停下腳步，試戳其中一根木頭。他也爬上了壩頂。這時閃電又現，獅焰的耳朵幾乎快被隨之響起的雷聲震聾，耳朵一直嗡嗡作響。他不耐地甩甩頭，這時斗大的雨滴從天而降，打在木堆和貓兒身上。

「這雨下得還真是時候啊。」虎心咕噥道。

「如果湖那邊也下雨，那就好了。」鴿掌直言。「希望那裡也在下雨。」

獅焰爬上壩頂，站在上面俯瞰潭面，這時大雨傾盆而下，稀里嘩啦的雨水覆蓋了所有東西，除了腳下的木頭。他身上溼透，寒冽的雨水滲進皮膚，害他全身發抖。

他用嘴拉出一根細長的樹枝，往下一扔，然後又低頭去搬另一根更大的木頭。七巧板從另一頭推它，終於慢慢滾到邊緣，落下河床。

「太好了！」七巧板大吼一聲。

更遠處，虎心和雪花蓮正在合力處理一根樹幹，塞維爾則把一堆小樹枝推下河床。鴿掌蹲在獅焰旁邊，緊閉雙眼，他猜她是在施展自己的特異功能，探察河狸的動靜。

「沒問題吧？」他問道。

大雨中的鴿掌眨眨眼睛。「沒問題，」她回答。「白尾他們把河狸耍得團團轉。」

獅焰抽抽耳朵。「那好，現在快來幫忙我移動這根木頭，要不然別的貓會奇怪妳到底在做什麼。」

鴿掌瞪他一眼。獅焰知道她不喜歡這樣鬼鬼祟祟，但他真的不曉得還有什麼其他辦法。鴿掌從潮溼的木頭上面溜下來，費力走到他身邊，拿肩膀抵住那根他想移開的木頭。獅焰死命地推，感覺到它漸漸鬆動，最後滾到邊緣，掉進河床。

「做得好！」獅焰氣喘吁吁。「我們……」

他話還沒說完，就被雨中傳來的尖叫聲給打斷。他瞄見虎心在離他們兩條尾巴之距的壩頂滑了一跤，墜入礫石累累的河床，掉進大雨積成的水塘裡，水花濺得老高。

獅焰正想下去幫忙，卻見下面的虎心已經爬了起來，神情執拗地伸爪攀住原木，慢慢爬上來。他全身泥濘，毛髮豎得像刺一樣筆直，眼裡閃著不肯妥協的光芒。

「你還好嗎？」獅焰喊道。

「不好，我很生氣！」虎心硬是爬上壩頂。「我一定要把每隻河狸都當獵物宰了。」

「這表示他沒事了。」鴿掌低聲道。

獅焰朝影族貓揮揮尾巴，才開始檢查接下來該移走哪根木頭，但它們好像都被用泥巴和樹枝給牢牢固定住了。

這時他聽見花瓣毛在更遠處的水壩下方喊道。「嘿，我們這裡需要幫手。」

獅焰趕緊朝發聲處走去，三隻寵物貓也趕了過來。他們全身溼透，毛髮黏在身上，眼裡布滿驚懼，但還是沒有猶豫，紛紛爬了過來，回應花瓣毛的呼喚。

獅焰心想，**今晚過後，我對寵物貓的看法將大大不同了。**

花瓣毛和蟾蜍足正緊緊攀住水壩，那裡僅比潭面高出兩三條尾巴。大雨打在潭面上，幽黑的潭水吞沒了水壩低處的木堆。靠近蟾蜍足和花瓣毛的土墩，有個暗色縫隙，裡頭插了一根木樁。「我們得先挖開這些泥巴和樹枝，」花瓣毛解釋道。「只要能移動得了這根木樁，相信水壩就垮了。」

「好，我們試試看。」獅焰喵聲道。他環顧四周，發現鴿掌和虎心也爬下來幫忙。「鴿掌，妳個子最小，」他喊道。「可不可以進到裡面，從那裡推？」

鴿掌神情緊張地點點頭，隨即消失在洞裡。其他貓兒則沿著木樁排排站好，開始用力推。起初獅焰感覺不到它有鬆動的跡象。

「再用力點！」他大吼道。「七巧板，你那一頭再多使點力！蟾蜍足，你可不可以鑽到下面，鏟掉一些泥巴？」

在大夥兒的不懈努力下，木樁漸漸鬆動，露在外頭的部分開始搖晃，獅焰聽見水壩裡頭傳來一陣嘎吱作響聲。

「鴿掌，快出來！」他尖聲喊道。

見習生趕緊鑽出來，這時更多泥漿瀉進洞裡，很快塞滿整個洞。木樁搖晃得更厲害了，連帶扯斷了旁邊更多木頭，接著整根木樁滑了出來，滾下斜坡。七巧板被打到腳，雪花蓮連忙咬住他肩膀，將他一把拉起。虎心及時趴下，木樁順勢掃過他頭頂，輕刷他毛髮。獅焰突然警覺到自己腳下的木堆正在晃動，他四處張望，想找個牢固的地方跳開，但沒時間了，腳下原木整根掉進潭裡，情急之下，他只能單腳勾住另一根樹枝，懸在半空中，水浪不時舔食他的尾巴。

水壩在河水的沖刷推擠下岌岌可危，獅焰好不容易攀上一根大木頭，卻發現它承受不了他的重量，也開始晃動，整座水壩搖搖欲墜。

「快把那些樹枝拔出來！」花瓣毛用尾巴示意塞維爾。「虎心，把洞裡的泥巴鏟出來。蟾蜍足，你和七巧板幫我把這根木頭滾到下面去。」

獅焰長吸口氣。花瓣毛怎麼知道大水會怎麼沖垮水壩？他挖出一坨又一坨的小樹枝，卻在這時發現水面正在上升，又或者說……水壩正在下沉？突然一波水浪淹過他頭頂，他把水呸出來，瞥了鴿掌和雪花蓮一眼，發現她們正在水底下並肩合作。

我們得加快速度！他心想，這時鴿掌把頭浮出水面換氣。獅焰覺得腿好痛，還是沒停下拆卸樹枝的動作，並不時踢開從後飄來的雜物。突然他發現鴿掌來到他身邊，身上都是水。

「河狸！」她氣喘吁吁。「牠們回來了！」

獅焰隨即聽見驚駭的吼叫聲，白尾、莎草鬚和伍迪衝到已經搖搖欲墜的壩頂。滂沱大雨中，獅焰隱約看見河狸可怕的巨大身影就跟在他們後面。

「快！」他尖聲大喊。「快把那些木頭拔出來！」

大家七手八腳地清除樹枝，但樹枝被塞得太緊，很難拔除。獅焰很著急，他擔心他們不可能成功，因為時間不夠了。這時他聽見上游傳來隆隆響聲，水壩開始撼動。

「是洪水！」蟾蜍足尖聲喊道。「朝我們沖來了！」

獅焰立刻轉身，腳下木頭搖搖晃晃，害他差點失去平衡。他看見大水洶湧，巨浪濤天，朝下游沖來。「快離開水壩！」他大吼。

雪花蓮離他最近，於是他一把抓住她頸背，無視她的怒斥，硬是將她甩上安全的河岸。塞維爾和七巧板也接著跳上去，伍迪緊跟在後。

斜坡上方，有兩腳獸的黃色光束在林間閃爍。獅焰瞄見兩腳獸正朝河邊衝下來，一路大聲喊叫。其中一道光束照到鴿掌，只見她正四腳並用地緊緊攀住水壩中央的一根樹枝。

「快回岸上去！」獅焰下令道。

但來不及了，水浪聲愈來愈大，鋪天蓋地，淹沒了兩腳獸的吼聲和貓兒的尖叫聲。水壩搖搖欲墜，要跳也來不及了，惡水像風暴一樣在獅焰耳邊呼嘯作響。

「撐住！」他尖聲道。

水壩崩塌的那一瞬間，他及時伸爪攀住一根木頭，這時所有樹枝和木塊像雪片一樣飛灑而下，河水滔滔流洩，灌進河床，漫過河岸。慌亂中，獅焰瞄見伍迪和其他三隻寵物貓瑟縮擠在半山腰處，他們張目結舌，眼睜睜看著他被大水沖走。

第二十三章

黑暗中，松鴉羽強迫自己睜開眼睛。他發出呻吟。罌粟霜的氣味在他身邊縈繞，他感覺得到她正在用粗糙的舌頭舔他的傷口。

「松鴉羽，求求你快醒來！」她懇求道。「求求你，我怎麼扛你回去啊？」

「什麼……？」一時之間，松鴉羽想不起來自己身在何處？為什麼他的族貓這麼緊張？

「謝謝星族！」罌粟霜大聲說道。「你沒死！對不起，都是我不好！」她一邊說，一邊舔他。「我不知道風皮會在後面跟蹤我。」

風皮……跟蹤……松鴉羽這才發現他聽得到瀑布洩進月池的流水聲。記憶如潮水湧現，包括他和風皮的交戰，神祕貓兒的加入，還有前來營救他的貓兒。**要不是蜜蕨出手相救，我恐怕早就一命嗚呼。**

松鴉羽蹣跚爬了起來。「我沒事，罌粟霜，別大驚小怪。」**她知道多少？**他心裡納悶，**她有看見另外兩隻貓加入戰局嗎？**

「可是你受傷啦！」罌粟霜的聲音聽起來還是很驚慌。「你這邊有一道很深的傷口。」

「是啊，都是拜風皮之賜，」松鴉羽喵聲道。「還好他沒帶其他貓兒來助陣。」他故意這麼說，心想不知道罌粟霜會不會提到風皮的另一個戰友。

罌粟霜渾身發抖。「我知道，我真不敢相信他竟然敢攻擊巫醫。松鴉羽，你真勇敢，靠自己的力量打敗他。」

松鴉羽鬆了口氣，**原來她沒看見另外兩隻貓，但有些事情還是必須讓她知道。**

「蜜蕨剛剛來找我。」他告訴她。

突然間，他感覺到母貓情緒的潰堤，裡頭夾雜著盼望與恐懼。

「她……她有跟你說話嗎？」罌粟霜緊張問道。

松鴉羽點點頭。「她告訴我，她很高興妳懷了莓鼻的孩子，她說她會永遠守護妳的孩子。」

「真的？」罌粟霜的聲音轉變成快樂的喵嗚聲。「哦，我好高興！」

「她還告訴我，莓鼻真的很愛妳。」松鴉羽補充道。

罌粟霜的快樂消散了。「我很願意相信……」她嘆口氣。「但我不懂蜜蕨怎麼會知道。」

松鴉羽耐住性子。「她是星族貓，她知道很多妳不知道的事。」他不想再多說。**妳這個鼠腦袋！**

「我覺得我們最好回去，」罌粟霜喵聲道。「我來幫你，松鴉羽。」

「謝了，我沒事。」

可是當他費力地走在蜿蜒的小徑時，才發現側邊腰腹痛得厲害，四條腿像新生小貓一樣軟而無力，等到他們走到荊棘叢時，他必須靠在罌粟霜的肩上，才有力氣繼續走下去。

他們緩緩步下通往林子的小路，並不時停下來休息。雖然松鴉羽的體力已經耗盡，而且疼痛難耐，但腦袋還是不停地轉，他開始明白風皮跟蹤罌粟霜的這件事很不尋常。

風皮為什麼要跟蹤她？她又沒進入風族領地，就算進入也應該是把她趕走就算了，為什麼威脅要殺她？罌粟霜跟他沒深仇大恨，她也不是混族貓，和葉池及松鼠飛編的謊言也沒有任何關係。

松鴉羽嘆口氣。有很多事他不明白，但他必須找出真相，而且要盡快找出。他不認得那隻陌生的貓，這令他很煩惱。

「你沒事吧？要再休息一下嗎？」罌粟霜問道。

「不，我還能走。」

他感覺到身上暖烘烘的，這表示太陽已經升起，高地上的風，水氣很重，時有雨滴滴落，空氣顯得沉重。他的毛髮豎得筆直，**暴風雨快來了！**他們終於抵達風族邊界，松鴉羽不停嗅聞空氣，尋找風皮的味道，深怕他趁機偷襲，但是只聞到風族的氣味記號：很濃很新鮮，彷彿剛剛才有巡邏隊來過這裡。

罌粟霜突然跳了起來，他的思緒被她打斷。

「怎麼啦？」他大聲問道，頸毛都豎了起來。

「對不起，沒什麼，」母貓回答道。「我只是看見樹上有閃電，嚇了我一跳。」

松鴉羽強迫自己讓頸毛順下來，**你是膽小鬼嗎？**他暗地裡自我咒罵，**下一次連有落葉掉下來都會嚇得你半死。**

但危機確實存在，即便不在眼前。松鴉羽心裡不免好奇此刻會不會有黑暗之森的貓兒在監視他，一想到這，他就毛髮悚然。黑暗之森是無星之地，也是進不了星族的貓兒孤單徘徊之所……

難道那隻陌生的貓是從那裡來的？他不是虎星，也不是鷹霜，所以黃牙的意思到底是什麼？祂是在警告我黑暗之森和星族即將開戰嗎？如果真是如此，連貓族也要加入戰局嗎？

松鴉羽長嘆一聲。「我得休息一下。」他咕噥道，說完身子就癱坐在河邊草地上。他疲倦又憔悴，不禁懷疑起自己憑什麼以為星權在握？

獅焰和鴿掌在哪裡？他覺得納悶。**希望他們平安無事，正在回家的路上。**

⚡⚡⚡

等到松鴉羽和罌粟霜蹣跚回到營地時，早過了正午時分。他們一走進荊棘隧道，松鴉羽就聽見有腳步聲從育兒室那邊跑來，是莓鼻的味道，而且有很濃的焦慮氣味。

「妳去哪裡了？」戰士質問道。松鴉羽聽見他在舔罌粟霜的耳朵。「我快急死了。」

罌粟霜發出快樂的喵嗚聲。「我沒事，我回來了。」

莓鼻緊緊挨著她。「我不能再失去妳。」他低聲道。

「別擔心，」罌粟霜的聲音顫抖。「我哪兒也不去。」

「不，妳有地方得去，妳現在就給我回育兒室，」莓鼻輕推她。「我去幫妳拿點生鮮獵物，妳給我好好休息。」

他們的腳步聲漸遠，松鴉羽仍待在原地。黛西和蕨雲從育兒室裡出來招呼罌粟霜。莓鼻帶著她進去，但仍忍不住輕聲斥責她。

莓鼻真是討厭，可是竟然會有兩隻母貓對他這樣死心塌地，松鴉羽不禁搖頭，真怪。

他轉身一跛一跛地穿過空地，往自己的窩走去，可是當他在臥鋪裡躺下來時，卻發現自己睡不著。他覺得腦袋裡像林子裡劈里啪啦作響的樹枝一樣不得安寧。**暴風雨快到了，不只有大雨和雷電，黑暗之森的勢力也將崛起……**

他在臥鋪裡翻來覆去，怎麼樣都覺得不舒服，揮不開心裡的掛慮，最後決定到湖邊找他的棍子。**也許磐石對這場戰爭略有所聞。**

他走出窩時，遇見了煤心，後者正穿過空地，朝荊棘隧道走去。

「謝謝你把罌粟霜帶回來，」她喵聲道，鼻子碰碰他的耳朵。「我們剛剛好擔心。」

「不客氣。」松鴉羽咕噥，只想趕快離開營地。

可是他剛要走，又被煤心攔住。「你還好嗎？」她問道，聲音高亢卻很焦慮。「你看起來……有點沮喪，而且……唉呀！」她倒抽口氣。「你這邊受傷了。」

「沒關係！」松鴉羽咕噥道。

「胡說，」煤心喵聲道。「你自己是巫醫，應該很清楚這傷口很嚴重，來吧，如果是我們受傷，你一定會先治療我們，才准我們離開營地。」

她無視松鴉羽的抗議，把他趕回窩裡，直接進到儲藏穴，過了一會兒，叼了一些山蘿蔔的葉子出來。「這可以預防感染。」她大聲說道，開始嚼爛葉子。

她把葉子嚼成葉泥，然後熟練地用腳掌把葉泥敷在松鴉羽腹側的傷口上。松鴉羽終於覺得不再那麼疼痛，他長吁口氣，舒服多了。

難道煤心不會奇怪為什麼她在巫醫窩裡會這麼如魚得水？她知道每種藥草的用途和用法。究竟要等到什麼時候才能告訴她，她的前世是煤皮呢？

他突然有個不祥的預感，**難道會發生一場牽連廣大的戰爭，從古至今的貓族戰士都得加入戰局，所以需要動用所有巫醫上陣幫忙？**

煤心總算滿意，糊著藥泥的松鴉羽也終於可以出去了。頭上樹枝沙沙作響，斗大的水珠應聲掉落，濺溼他的毛髮。風一揚起，水珠四散飛濺。

「下雨了！」狐躍的聲音從林子裡傳來，過了一會兒，一支巡邏隊追上松鴉羽的腳步，隊員有松鼠飛、玫瑰瓣和冰雲。

「嘿，松鴉羽！」狐躍喋喋不休地說道。「這不是很棒嗎？只要雨再繼續下，我們就再也不必去取水了。」

松鼠飛不悅地發出嘶聲。「狐躍，看看你幹了什麼好事！你的青苔掉在地上弄髒了，別這麼毛毛躁躁的，專心點。」

「對不起，」狐躍喵聲道，不過他那聲音聽起來根本沒有悔意。「等到了湖邊，我再洗一洗就是了。」

松鴉羽一路陪著他們走到湖邊，然後才轉個方向，朝藏棍子的地方走去，他從接骨木的樹根底下拉出棍子，丟在隱密的湖岸底下，然後在棍子旁坐下來，伸掌開始撫摸棍身上的刮痕。

古代貓的聲音模糊又遙遠。

「磐石……」松鴉羽喃喃說道。「祢昨晚去過月池嗎？祢知道黑暗之森發生了什麼事嗎？」

「我知道，」一個聲音在松鴉羽耳邊低語，他不禁全身顫抖。「但我阻止不了……就算我可以，我也不願意。這是一場必須開打的戰爭，松鴉羽。」

松鴉羽聞之色變，耳朵抽了抽。「為什麼？」

「因為有太多謊言，」磐石回答道。「在貓族間造成太多的痛苦。他們必須復仇，遠古以來的不平之聲都將一次弭平。」

松鴉羽朝那聲音轉頭，模糊看見古代貓的身影……光禿的軀幹，瞎掉的凸眼。

「祢知不知道……」他質問道。「葉池和鴉羽的事？」

磐石嘆了口氣，松鴉羽的鬍鬚跟著微微震動。「我知道。」

松鴉羽跳了起來。「那祢以前為什麼不告訴我？難道祢不知道我們有多痛苦嗎？」

「那時還沒到你該知道的時候，松鴉羽。」古代貓的聲音冷靜而平淡。「你必須在雷族長大，由你母親葉池親自訓練你成為巫醫，那是你的宿命，松鴉羽。」

「那不是我要的宿命！」松鴉羽呸口道。

「如果一出生就是別人眼中的混族貓，根本沒有生存的空間，」磐石無視松鴉羽的抗議，繼續說道。「是你母親打破了巫醫和戰士守則，才讓你能生存下去。」

松鴉羽瞪著祂，難以置信耳裡聽見的事實。「所以祢也撒謊，大家都在撒謊，就為了那個預言？」他滿腔憤怒。這輩子從來沒這麼生氣過，氣到必須將爪子用力戳進土裡，才不會失控地去戳磐石的眼睛。「祢覺得這麼做值得嗎？祢真的覺得值得嗎？我還以為祢是我朋友！」

磐石緩緩搖頭。「我不是任何貓的朋友，我對友誼這東西太了解了。你應該慶幸自己永遠不會像我一樣必須背負這麼沉重的知識包袱。我受到的詛咒就是永生不死，知道古往今來的每件事情，卻無力改變一切。」

祂的身形開始消散。松鴉羽一看見祂消失，便再也遏止不住自己的怒氣，他在地上四處摸索，找到一塊尖銳的石頭，然後抓起棍子，橫在石頭上，前掌朝棍子末端猛力一踹，啪地一聲棍子應聲折斷，他的腳被木屑刺到。連磐石和古代貓都背叛他，為什麼沒有貓兒願意說真話？

就在那一瞬間，頭頂蒼穹雷聲大作，隆隆作響。大雨滂沱，落在湖床。松鴉羽蹲在岸邊，張嘴發出無聲哀號，伸掌摀住耳朵。

第二十四章

鴿掌伸爪緊攀住浮木，滾滾洪水將她掃向下游，四周全是貓兒的驚恐叫聲，但她什麼也看不見，只除了滔滔黑水和水中沉浮盤旋的大小樹枝。她的毛髮泡在水裡，凍得她直打哆嗦，她從來沒有這麼害怕過。

「千萬要撐住！」獅焰的吼聲蓋過暴風雨。

「你在哪裡？」鴿掌哀號，但得不到回答。

一陣巨浪襲來，她的嘴巴、鼻子全灌進水，但她還是緊抱浮木不放，盡量把頭撐出水面，她又嗆又咳，想吸口氣，視線裡有刺眼的黃光閃現，這才知道自己正從兩腳獸地盤經過。**希望那些寵物貓都能平安回家，**她模模糊糊地想道。

前方有黑幽的東西逼近，原來是岸邊樹木的垂枝在水裡隨波擺動。鴿掌拚命踢水，想避開它，不料洪水硬是載她往那頭撞，害她毛皮刮傷，差點從浮木上被掃下來。

她死命抓住浮木不放，爪子快斷了似的。

突然，她被沖進寬廣的水域。一坨浸在水裡、略顯暗色的虎斑毛皮從她身邊漂了過去。

虎心！

她眨眨眼，擠掉眼睛裡的水，眼睜睜看著年輕的影族戰士從水面上消失。

不，星族！

她深吸一口氣，鬆開浮木，游去救他。她回想漣尾和花瓣毛在水壩後方的水潭裡游泳的畫面，也依樣畫葫蘆地學他們游泳的樣子，可是好難，身上溼透的毛髮像鉛一樣沉重，至於四隻腳也早就疲憊不堪。她不斷撞到水面上的大小樹枝，害她不時沉到水裡，好不容易浮出水面，卻被水浪濺得睜不開眼睛。

就在鴿掌快要放棄拯救虎心的決心時，突然瞄見虎心浮了上來，離她不到一條尾巴的距離，但又瞬間不見。她趕緊游過去，潛入水裡。

上方的水色幽暗，只有月光間或映照水面上。水面下的鴿掌覺得自己像松鴉羽一樣什麼也看不見，只好施展特殊的感官能力，搜尋虎心位置，伸掌入幽黑的河水，終於觸到他的身子。

他竟然沒動，難道我來晚了一步？

她張嘴咬住他的毛，四肢並用，不斷划水，往上方游。她的頭浮出水面，剛好看見一根樹枝漂過來，趕緊用前腳緊緊抓住。虎心的重量不斷將她往水下拖，但鴿掌死也不肯放手。突然她瞄見花瓣毛朝她游來，心中終於放下一塊大石頭。

「我絕不讓漣尾白白犧牲。」河族貓咬著牙，透過齒縫嘶聲說道。「不能再讓星族帶走任何一個戰士。」

她抓住虎心頸背，幫鴿掌減輕重量，鴿掌總算能輕鬆浮出水面，就在這時，她看見有片木板朝他們漂來，她費力地抓住它，把它往花瓣毛那裡推。

然後這兩隻母貓合力將虎心抬上木板，蹲伏在他旁邊，緊緊攀住木板，任由河水載著他們穿過兩腳獸地盤邊緣的大片草地，進入更遠處的林子。

視線終於比較清楚了，鴿掌看見下著雨的天空出現第一道曙光，天色漸現魚肚白。水流現在比較平穩，雖然還是淹漫過河岸，但第一波巨浪已經漸散。鴿掌環目四顧，發現河面上漂滿樹枝，幾隻貓兒在水中載浮載沉。

「太好了！」她倒抽口氣，伸出尾巴，碰碰花瓣毛的肩膀。「那是蟾蜍足！還有獅焰！還有那是白尾和莎草鬚，她們都抓著同一根浮木。」

「感謝星族！」花瓣毛喵聲道。「大家都平安無事。」

正當她說話的時候，虎心突然扭動身子，不斷咳嗽，木板被震得傾斜，河水灌了上來。

「別再亂動了，」鴿掌告訴他。「你安全了，我們快到家了。」

水流終於平緩下來，貓兒們總算可以鬆開手裡的浮木，涉水回到岸邊。七隻貓兒擠在一起，氣喘吁吁地看著大水沖刷河岸之間。

大雨還是滂沱，但鴿掌根本不在乎這雨勢，她身上從來沒有這麼溼過，也從來沒喝過這麼多水，多到她相信這輩子可能再也不會口渴。她深吸一口氣，傾聽各種水聲……林子裡有河水竄流、匯成水池、濺起水花，穿過影族領地，流向湖裡，漫過泥灘、礫石，潺潺流入每個縫隙、每個坑洞，將帶有銀色光澤的小樹枝沖向乾涸的地表。

我們成功了！她心想，**我們讓湖水又滿起來了。**

虎心還趴在地上，花瓣毛揉搓著他的背，他接連咳出好幾口水。

「他不會有事吧？」鴿掌緊張問道。

「不會有事的，」花瓣毛向她保證。「如果有不會游泳的河族小貓掉進水裡，我們都是這麼做的。很有效。」

虎心又咳出更多水，他疲憊地轉頭抬眼去看鴿掌。「謝謝！」聲音粗啞。

等他可以勉強站起來時，大夥兒圍成一圈，垂頭默禱。

「星族，我們衷心感謝祢們，」白尾喵聲道。「謝謝祢們幫助我們摧毀水壩，保護我們不被洪水吞沒。更懇求祢們榮耀那位再也無法跟我們一起回家的英勇戰士漣尾。」

鴿掌抬起頭，迎視獅焰的目光，好奇他是否也跟她有一樣的想法。

根本不是星族救了我們，是我們救了自己。

第二十五章

探險隊轉身穿過林子，沿河岸而行，這時白晝已經降臨，大水退去，樹枝散落一地，他們必須或爬或鑽地越過大小樹枝，鴿掌總覺得自己再也走不動了。

好想趕快回到臥鋪，狠狠睡上一整個月。

雨勢漸漸和緩，雖然還沒停歇，但隨著烏雲散去，蔚藍天色時而可見。貓兒們走在林子底下，毛髮漸乾，糾結成團。

「等我回去，一定要從頭到腳好好梳理自己。」白尾咕噥道。「我的毛從來沒這麼亂過。」

突然蟾蜍足停下腳步，抬起頭來，張嘴嗅聞空氣。「我聞到影族的氣味記號了。」他大聲說道。

鴿掌精神一振，大夥兒加快腳步，沒多久，便越過了邊界。

「我從來沒想過踏進影族領地會這麼開心。」獅焰小聲對鴿掌說道。

她點點頭。**這場旅程的確改變了我們對別族貓兒的看法。**

過了一會兒，她聞到影族貓接近的味道，沒多久，就看見他們穿過林子走了出來，帶隊的是褐皮，還有她的見習生歐掠掌和另外兩個戰士鴞爪和紅柳。

「蟾蜍足！虎心！」褐皮大聲喊道，在雨中一路跑過來，她碰碰蟾蜍足的鼻子，並用口鼻抵住虎心的毛髮，喃喃說道：「你們平安回來了！」

鴿掌不禁打了個寒顫，她萬萬不敢想，要是褐皮的兒子虎心沒有回來，會是什麼場面。

「真是太好了！」褐皮繼續說道，她退後一步，看著其他的貓。「你們把湖水帶回來了！歐掠掌，快回去報告黑星這個好消息！」

她的見習生立刻朝林子裡飛奔，四隻腳奔馳在布滿針狀松葉的林地上，尾巴飛得老高。

「來吧，」褐皮催促道。「你們一定要到我們營裡，告訴我們整個經過。」

鴿掌和獅焰互看一眼。她好想趕快回到山谷裡的家，但又捨不得現在就跟隊友們說再見。

白尾和莎草鬚低聲交談幾句，白尾隨後點頭。「我們很樂意去拜訪你們。」她喵聲道。

獅焰也同意了，雖然花瓣毛看起來不太樂意，但還是在褐皮和影族貓的一路護送下，跟著他們走進林子裡。

還沒抵達營地，鴿掌就聽見興奮的貓叫聲。隔著林子，她看見一座小丘，丘頂是一排灌木叢，黑星端坐丘頂，四周圍著戰士。貓兒們陸續從灌木叢底下走出來。

「歡迎來到我們營地！」黑星喊道，同時用尾巴向他們示意。「請在這裡休息一下，吃點獵物。」

「你是誰？你把黑星怎麼了？」獅焰走上斜坡時，故意在鴿掌耳邊玩笑低語。

虎心的弟弟焰尾和姊姊曦皮衝了出來，和他互碰鼻子。

「我剛去過湖邊，」曦皮興奮地大聲喊道。「有河水流進來欸。」

「要花點時間，湖水才會滿。」焰尾補充道，同時用口鼻摩搓自己哥哥的肩膀。「貓族得救了，你辦到了！」

「我們一起辦到的。」虎心喵聲道。

鴿掌總覺得被他們這樣歡迎，有點怪，畢竟影族貓向來神祕兮兮又愛猜疑。再說，她也不覺得自己夠格得到誇獎。**我們失去了漣尾，而且我們不是靠自己的力量毀掉水壩的……我們還找來三隻寵物貓和一隻獨行貓幫忙。**

「快進營地裡。」黑星一再邀請他們，還親自上前迎接。

花瓣毛垂下頭。「謝謝你，黑星，真的不用了。我失去了我的同族夥伴，所以必須趕快回去向河族報告事情經過。」

「我們和妳一起去。」獅焰立刻提議道，白尾和莎草鬚也出聲附和。

花瓣毛抬高頭。「謝謝你們，不過我還是自己回去好了。」她沒有等他們回答，便向黑星及其他隊員垂頭致意，轉身離開。鴿掌目送她，直到身影消失林間。

「我們也該走了，」獅焰告訴黑星。「白尾，妳和莎草鬚要和我們一起走嗎？」

「好啊。」白尾答道。「黑星，謝謝你的邀請，但我們真的該回自己的部族了。」

鴿掌轉身向蟾蜍足和虎心道再會，心裡突然覺得不捨。不知怎麼搞的，總覺得回到部族的他們似乎變得有點不一樣。他們的氣味變濃了，但感覺不再熟悉，表情也顯得莫測高深。**反正就是變得……變得……很影族。可是以前一起旅行的時候，我們都是不分部族的。**

蟾蜍足站在褐皮旁邊，神情莊嚴地對獅焰及其他隊員點頭致意。「很榮幸能與你們一起旅行，我感到很驕傲，」他喵聲道。「而最令我驕傲的是，我們一起達成了任務。」

對鴿掌來說，這聽起來像是大集會上族長會說的話，其實她也曾不止一次地好奇蟾蜍足心裡究竟在想什麼？他對探險隊的真心程度真的就像他對影族的忠心程度嗎？

虎心掃了旁邊的族貓一眼，然後跳到鴿掌那邊，與她互摩鼻子。「我會想念妳的，」他低聲道，「我們在大集會上見囉。」

鴿掌才開口回答：「是啊，我也會想念你。」蟾蜍足便一扭頭，示意年輕戰士回來。虎心只好跳回族貓那裡。

「別忘了多練習我教過你的那幾招格鬥技巧哦，」莎草鬚故意虧他。「下次大集會上，我一定會打敗你的。」

雷族和風族的貓兒轉身離開，虎心抬起尾巴，朝他們揮了最後一次。他們直接穿過溼淋淋的松樹林，往河邊走去。獅焰在前面帶隊，整支隊伍默默地沿著河岸走，仍然循著影族邊界，終於走到湖邊。

鴿掌本來以為湖裡的水會多到快滿出來，就如夢中所見，但沒想到竟然還有一大片泥灘沒被湖水淹沒。河水只吞吐到礫石灘而已。**我想我們以後再也不介意打溼腳了，**鴿掌心想。這時，隊伍正沿著雷族領地的邊緣走，腳下水花四濺。

終於他們必須分道揚鑣，她和獅焰得在這裡轉進林子，前往山谷，於是向風族戰士道別。**真的要結束了，**鴿掌悲傷地想道。**我們不再同屬一支隊伍，而是不同部族的貓。**

「再見！」白尾喵聲道，她的眼裡滿是不捨，彷彿難過旅程即將結束。「願星族照亮你們的前路。」

「也照亮你們的前路。」獅焰答道。

他和鴿掌並肩佇立了一會兒，目送兩隻步履疲憊的風族貓沿著湖邊漸行漸遠，然後才爬上湖岸，往溼淋淋的林子前進，但才沒走幾步，就看見沙暴穿過湖床，朝他們奔來，後面跟著狐躍、冰雲和蟾蜍步。四隻貓的嘴裡都叼著溼漉漉的青苔。

「嘿，是獅焰和鴿掌！」狐躍大聲喊道，丟下嘴裡的青苔，倏地趕過沙暴，第一個衝上來找他們。「你們回來了！你們把水帶回來了！」

冰雲跟在她弟弟後面跑。「怎麼樣？怎麼樣？」她含著青苔，咕噥說道。「你們找到那個動物了嗎？」

「很可怕嗎？」蟾蜍步擠了進來，兩眼發亮地問。

「你們給他們一點空間好不好？」沙暴喵聲道。「時間多的是，等回到山谷再問也不遲。狐躍，先回去告訴火星他們回來了。」

狐躍開心地彈彈尾巴，立刻拔腿穿過林子，飛奔回去，獅焰和鴿掌則由取水隊伍一路慢慢護送回去。等到山谷入口處的荊棘隧道赫然在目時，隧道裡已經湧出許多貓兒。**就像洪水沖破水壩，**鴿掌如是想。一旁的薔掌、蜂掌和花掌蹦蹦跳跳的，亢奮地玩起了打仗遊戲。年長的戰士也走了出來，尾巴豎得筆直，眼睛閃閃發亮。罌粟霜也挺著肚子出現了，由蕨雲和黛西一路護送。就連長老也來了。鼠毛伸長尾巴搭在長尾肩上，帶著他一起出來，波弟笨拙地跟在後面。

火星穿過荊棘隧道走了出來，貓兒們自動讓出一條路。雷族族長走到獅焰和鴿掌面前，用尾尖碰碰他們倆的肩膀。

「恭喜，」他喵聲道，綠色眼睛滿是驕傲。「你們拯救了所有貓族。」

他用尾巴示意，要獅焰和鴿掌帶隊率領大家進入營地，其他族貓跟在後面。雲尾從獵物堆那裡拖來一隻很大的兔子，放在獅焰腳下。

「吃吧，」他喵聲道。「你們兩個應該都餓壞了。」

「晚一點再吃，謝謝。」獅焰垂頭向白色戰士致意。「我們得先向火星報告。」

可是他們根本動不了，因為有愈來愈多的貓兒聚了上來。

「是什麼堵住河水？」

「真的有棕色動物嗎？」

「兩腳獸有找你們麻煩嗎？」

鴿掌試著不理會這些問題，只是伸長腳，朝貓群外頭探看。

她在哪裡？

終於她瞄見妹妹藤掌正低著頭看著自己的腳。鴿掌從群眾裡擠出去，走到妹妹身邊。

「藤掌！」她喵聲道。「我好想妳！」

藤掌抬頭看她，眼神悲傷。「我還以為妳忘記我了！」她坦承道。

「妳這個鼠腦袋！」鴿掌心疼地喃喃說道。「我們是最要好的姊妹，不是嗎？我一直在想妳！」至少大部分時間都在想。

「嘿，鴿掌！」

鴿掌聽見導師的聲音，立刻轉頭。獅焰正站在火星和棘爪旁邊，靠近亂石堆的地方。

「我們必須做個報告，」他喊道，「火星要我們告訴大家整個事情經過。」

「我馬上來！」鴿掌答道。

她走向獅焰，卻注意到他一直看她後方。「松鴉羽。」他點頭招呼。

鴿掌回頭瞥了一眼，看見松鴉羽從窩裡出來。她吞了吞口水，試圖掩飾自己的驚訝。巫醫看起來比他們上次離營時蒼老多了。他像長老一樣佝僂憔悴，腰腹下方有一道新的傷口。他步履艱難地走了過來，彷彿不確定四隻腳還能不能撐下去。

「歡迎歸來！」他用粗重的嗓音說道。

「謝謝你，松鴉羽。」鴿掌無法移開目光。他們不在的這段期間，他究竟發生了什麼事？

她轉頭看了獅焰一眼，發現他也是一臉驚駭。松鴉羽朝族長和其他貓兒走去，她跟在後面，但又回頭瞥了藤掌一眼。

「我馬上回來。」她承諾道。

「漣尾的犧牲，令人扼腕，」火星聽完獅焰和鴿掌的報告後這樣說道。「這是一次四族合一的探險，所以我們也等於失去了一位英勇的戰士。」

所有族貓都靜默地低下頭。

蛛足第一個打破沉默。「你們的意思是，你們真的跑去找寵物貓幫忙？」

「還有你們和那個叫什麼……河狸的打起來？」塵皮喵聲道。「你們最好教我們怎麼抵禦牠們，免得牠們改天上門來找麻煩。」

「諒牠們也不敢，要是敢來，我就讓牠們好看。」波弟咕噥道。

火星抬起尾巴要大家肅靜。「今天就到此結束。」他喵聲道。「以後還有很多時間可以請教獅焰和鴿掌，先讓他們吃點東西，好好休息一下吧。」

獅焰走到獵物堆，和松鴉羽及其他幾個戰士共食雲尾給的兔子。鴿掌記不得上次進食是什麼時候了，她雖然很餓，卻累到完全沒有胃口，於是越過空地，鑽進蕨叢，進見習生窩去。

薔掌跟著她進來。「妳看！」她得意地喵聲道，同時用尾巴指指鴿掌的臥鋪。「我們特別幫妳弄的。」

鴿掌看見臥鋪裡鋪滿柔軟的灰色羽毛。「謝謝你們，」她開心說道，他們的熱心令她深深感動。「看起來好棒，你們一定花了很久的時間。」

「因為妳值得啊！」蜂掌的頭從入口探了進來。

「是啊，妳是英雄欸！」花掌從蜂掌旁邊冒了出來，喳喳呼呼地說。「全貓族都不會忘記妳的功勞。」

三個見習生離開之後，鴿掌總算可以好好休息，能再次睡在自己的臥鋪裡，感覺很奇怪，**我回來了，又成了普通的見習生，我是不是應該出去巡邏或什麼的？**

她的臥鋪從來不曾這麼舒適溫暖過，可是鴿掌還是翻來覆去地無法入眠。**我到底怎麼了？我不是很累嗎？**

她聽見窸窣聲，眼睛倏地睜開，看見藤掌的頭鑽進蕨叢裡。

「我還以為妳睡著了。」她喵聲道。

「我睡不著，」鴿掌承認。「總覺得全身像有螞蟻在爬。」

「想去散散步嗎？」

也許她應該再做點什麼讓自己更累一點，才好入睡，於是爬出臥鋪，跟著妹妹穿過荊棘隧道，進入森林。這比想睡卻睡不著要好多了。她的腳不自覺地往湖邊走去。太陽西下，暮光籠罩森林。雨停了，風也止了，空氣新鮮潮溼，微微撥弄她的毛髮。腳下的青草感覺綠油油的。

旱象已經結束，貓族終於能活下去！鴿掌停下腳步，眨眨眼睛，表情驚訝，**我有功勞欸！**她突然明白，**要不是因為我有特異能力，恐怕貓族到現在都還飽受水荒之苦。**她突然好得意自己能把水引回來，**也許擁有特異能力並不是件壞事，只要能善加利用，拿來幫助部族應該也是不賴的。**

兩隻母貓走到湖邊，跳下湖岸，站在泥灘邊緣眺望遠方湖景。

「是我的想像，還是水真的變多了？」鴿掌低聲道。

「我覺得是湖水變多了，」藤掌回答道。她興奮地跳來跳去。「我等不及想看見湖水滿起來的樣子，最好水能滿到這裡。」

鴿掌向前走了一步，卻被什麼給刺到，趕緊停下腳步。「我好像踩到了什麼。」她低頭看見地上有根斷成兩截的棍子，上有許多刮痕，折斷處的尖端刺到了她。她生氣地彈彈尾巴，推開棍子，檢查腳掌。

「妳沒事吧？」藤掌問道。

「沒事，」鴿掌用舌頭舔舔腳掌。「沒破皮。」

她又站了起來，緊靠著她妹妹，尾巴互纏，嘴裡發出快樂的喵嗚聲。「鴿掌，我好高興妳回來了。」

「我也是，」鴿掌把頭埋進她妹妹的毛髮裡。「我再也不會離開妳了。」她允諾道。

第二十六章

「到底怎麼了？」莓鼻把頭伸進育兒室。「為什麼小貓還沒生出來？」

松鴉羽的腳掌還放在罌粟霜的肚皮上，這時只好停下動作，嘆口氣。「因為還不到時候，莓鼻，」他喵聲道，聲音力持鎮靜。「你不必瞎操心。」

小貓即將誕生，他感覺得到罌粟霜體內的陣痛起伏。這隻年輕的母貓側躺在育兒室的柔軟青苔上。黛西蹲在她的另一邊，幫忙舔她的耳朵，蕨雲則用腳不斷撫摸她的毛。

「莓鼻，你要不要去抓個地鼠還是什麼的？」黛西建議道。「我們在這裡就行了。」

「可是為什麼這麼久？」莓鼻質問道。

松鴉羽翻翻白眼。自從黛西叫醒莓鼻，要他快來育兒室之後，他就死也不肯離開他的伴侶。可是他真的很討厭，老是礙事，不管巫醫做什麼，他都有意見，松鴉羽只好叫他出去，結果也好不到哪去，外頭的他一直走來走去，還不時把頭伸進來問些蠢問題。

搞得好像是他自己在生小貓似的！

莓鼻又退出去。可是松鴉羽還是聽得到他在外頭煩躁踱步。育兒室外，夜色籠罩山谷，微風輕拂林子，空氣裡充滿落葉季的味道。前天晚上，松鴉羽到月池去見其他巫醫，本來想從他們口中探聽黃牙的警告是什麼意思，但竟然都沒有巫醫提起星族訊息或有關黑暗之森的夢。那時松鴉羽在池邊睡著，發現夢裡的自己正穿過祖靈戰士的領地，可是祂們都不理會他的呼喚。

罌粟霜的悶哼聲打斷了松鴉羽的思緒，另一波陣痛又來了。

「快生了。」他保證道。

黛西停止舔舌的動作，拿出沾水的青苔給罌粟霜喝，母貓長嘆一口氣。「為什麼都沒告訴過我，生小貓很痛。」她喃喃說道。

「怎麼了？我聽見聲音了！生出來了嗎？」又是莓鼻，他又把頭和肩膀伸進來。

「莓鼻，你把光線都擋住了，」蕨雲語氣溫和地告訴他。「更何況你也幫不了忙。」

「這是我的小貓欸！」莓鼻反駁。

「是啊，可是是我在生欸！」罌粟霜很不高興地說。「莓鼻，我真的沒事！」

這時，松鴉羽聽見哥哥在育兒室外頭喊道：「需要我幫忙嗎？」

「需要，」松鴉羽大聲回答：「叫莓鼻別來煩我就行了。」

莓鼻哼地一聲退了出去，松鴉羽聽見獅焰正小聲地對他說話，然後腳步聲又響起，不過這次是兩隻貓的腳步聲，而且是漸行漸遠。

「好了，」松鴉羽說。「我們現在可以繼續了。」

罌粟霜悶哼一聲，使盡力氣想把小貓生出來。「我覺得我生不出來。」陣痛過了，她氣喘吁吁地說道。

「會生出來的，」松鴉羽冷靜地告訴她。「第一隻小貓比較大，所以花的時間比較久，但馬上就要落地了。」

母貓上氣不接下氣，松鴉羽感覺到她的肚子一陣抽搐，一隻小貓落了地。

「妳看，」他開心地大聲說道。「一隻小公貓……好漂亮哦，罌粟霜。」

罌粟霜悶哼一聲，表示知道，這時陣痛又來了，松鴉羽小心碰觸她的肚皮。「又有一隻要出來了。」他告訴她。

她累壞了，他心想，**小貓，快點動一下，你母親快沒力氣了。**

黛西又拿了點水給罌粟霜喝，蕨雲也低下身子，低聲鼓勵她。第二隻小貓呱呱墜地，這時罌粟霜已經累到快昏過去了，她是一隻小母貓。

「哦，他們真漂亮！」黛西低聲道。她和蕨雲都低下頭去舔小貓。「快看，罌粟霜，他們是不是好可愛？」

罌粟霜筋疲力竭地喃喃低語，然後把小貓攬到自己懷裡，松鴉羽聽見喵喵叫聲愈來愈小，最後停住，開始吸奶。

「都生出來了，」他滿意地說道。「來，罌粟霜，把琉璃苣的葉子吃掉，這可以讓妳有充足的奶水。」

松鴉羽聽見新手媽媽舔食葉子的聲音，這才驚覺育兒室變得好擁擠。「好了，莓鼻，你可以進來看小貓了。」他喵聲道。

他轉身以為會聞到莓鼻的味道，沒想到自己的盲眼竟然看見育兒室裡用來擋風的刺藤牆。

我在做夢嗎？

他沒看到莓鼻，卻看見育兒室的刺藤牆旁坐著另外三隻貓，松鴉羽嚇得毛骨悚然，因為他看見虎星和鷹霜的虎斑色身影，其中一隻貓的眼珠是琥珀色，另一隻是冰藍色。第三隻貓則是一隻棕色的大公貓，有一條歪扭的尾巴。松鴉羽從沒見過他，但他認得出來上次在月池與風皮連手攻擊他的，就是這隻貓。

這三隻惡靈貓都在虎視眈眈地瞪著新生的小貓。

這時獅焰突然將頭鑽進來，松鴉羽還是嚇得不敢動彈。「莓鼻可以進來了嗎？」獅焰問。說完瞇起眼睛，轉頭對那三隻來自黑暗之森的惡靈貓：「你們休想帶走小貓！」他嘶聲。

松鴉羽的心噗通噗通地跳。「你看得見他們？」

獅焰點點頭，「我看得見。」他厲聲吼道。

「獅焰，看在星族的份上，你在幹什麼啊？」黛西問道。「還不快去叫莓鼻。」

聽見母貓的聲音，三隻惡靈貓立刻消失。松鴉羽又變回了瞎子，他蹲下來，渾身發抖，這時獅焰已經退了出去，他只好強迫自己把注意力轉回小貓身上。他聽見小貓的吸奶聲，情緒才總算冷靜下來，勉強打起精神，而這時莓鼻也走進育兒室。

年輕戰士亢奮到發抖。「哇，一個兒子一個女兒欸！」他大聲說，身子挨近罌粟霜，不斷舔她的臉。「妳太厲害了，好棒！」他說。「我們的小貓一定會成為全雷族最棒的戰士。」松鴉羽傾聽之餘，突然察覺到蜜蕨的氣味就在身邊縈繞，耳畔傳來模糊的低語聲。

謝謝你！

松鴉羽覺得頭昏，只好溜進空地，發現獅焰正在等他。「你知道第三隻貓是誰嗎？」

松鴉羽搖搖頭。「我不知道他的名字，但我見過他，上次我在月池和風皮交手，他趁機攻擊我。」

「什麼？」獅焰聽起來很驚駭，爪子不自覺地刮著空地上的地面。

松鴉羽於是告訴他那天跟著罌粟霜到月池的遭遇。「風皮好像想要報復雷族。」他一語道盡，「因為他恨葉池和鴉羽所做的事。」

「從某方面來說……我能體會他的心情。」獅焰喵聲說。「但另一隻貓是從哪裡來的？」

「黃牙在夢裡跟我提過，」松鴉羽告訴他哥哥。「她好像認識那隻貓，他是黑暗之森的惡靈貓，跟虎星和鷹霜一樣，只是她不肯告訴我他的名字。」他沮喪地嘆口氣。「我不懂為什麼黑暗之森的惡靈貓會突然在貓族裡出現，他們真的想介入貓族最近的爭端嗎？」

可是磐石也是這樣告訴我的，他突然想到，**他說遠古以來的不平之聲都將一次弭平，他是這意思嗎？**

「松鴉羽，有件事我必須告訴你。」獅焰帶著弟弟穿過荊棘屏障，進入林子，在一棵大橡樹底下停下腳步，轉身面對他。頭頂上的樹枝迎風輕輕地嘎吱作響。

「我有件事得跟你坦白。」獅焰開口道。

於是他告訴松鴉羽以前虎星會趁夜裡來找他，居心不良地教他各種高超的作戰技巧。他的目的不是為了部族好，而是為了滿足自己的權力欲望。

松鴉羽聽聞後，不禁瞠目結舌，表情驚恐。「你以前為什麼不告訴我？」獅焰說完，松鴉羽立刻粗聲地問道。

「我以為那是我的宿命，」獅焰回答。「虎星告訴我，我是他的孫子，但其實他知道我不是，所以他撒謊，而目的是要騙我跟他站在同一陣線，成為他對抗貓族的手下戰將。」

「完了，逃不掉了！」松鴉羽低聲說道。「這會是一場星族與黑暗之森的戰爭，每位戰士都得上戰場。」他不寒而慄。「這三隻惡靈貓今晚來的目的就是想……萬一罌粟霜的小貓死了，可以馬上將他們納入成為黑暗之森的一員。」

「他們不需要死掉的小貓，」獅焰喵聲道。「他們可以直接找現成的貓，就像之前找上我一樣。」他猶豫了一下。「我……我猜，他們已經在訓練虎心了，因為我們和河狸過招時，我看見他使出虎星以前教過我的招數。」

松鴉羽突然想到那天在月池遭受攻擊時，風皮似乎並不覺得惡靈貓的幫忙有什麼奇怪。

「他們已經吸收風皮了，」他終於恍然大悟。「他們煽動他，利用他急於復仇的心理。可是他們是怎麼辦到的？戰士祖靈以前從來不進入活貓的世界。」

「他們已經進入了，」獅焰的語調嚴肅。「我在夢中接受虎星的訓練時，每次練完醒來後，都會發現全身是傷。」松鴉羽感覺到哥哥把尾尖擱在他肩膀上。

「他們正在各個擊破，」獅焰咆哮道。「等真正的戰爭來臨時，便是上陣實戰了。」

國家圖書館出版品預行編目(CIP)資料

貓戰士四部曲星預兆. I, 第四見習生 / 艾琳．杭特（Erin Hunter）著；約翰．韋伯（Johannes Wiebel）繪；高子梅譯. -- 三版. -- 臺中市；晨星出版有限公司, 2023.01
面；　公分. --（Warriors；19）
暢銷紀念版（附隨機戰士卡）
譯自：Warriors：Omen of the Stars. 1, The Fourth Apprentice
ISBN 978-626-320-306-8（平裝）

873.596　　111018636

貓戰士四部曲星預兆之 I

第四見習生 The Fourth Apprentice

作者	艾琳．杭特（Erin Hunter）
繪者	約翰．韋伯（Johannes Wiebel）
譯者	高子梅
責任編輯	謝宜真、陳涵紀、陳品蓉、郭玟君
文字校對	謝宜真、蔡雅莉、陳涵紀、陳品蓉、渣渣
封面設計	陳柔含
美術編輯	張蘊方、陳柔含
創辦人	陳銘民
發行所	晨星出版有限公司 407台中市西屯區工業30路1號1樓 TEL：04-23595820　FAX：04-23550581 行政院新聞局局版台業字第2500號
法律顧問	陳思成律師
初版	西元2010年09月30日
三版	西元2024年05月31日（二刷）
讀者訂購專線	TEL：（02）23672044 /（04）23595819#212
讀者傳真專線	FAX：（02）23635741 /（04）23595493
讀者專用信箱	service@morningstar.com.tw
網路書店	http://www.morningstar.com.tw
郵政劃撥	15060393（知己圖書股份有限公司）
印刷	上好印刷股份有限公司

定價250元

（缺頁或破損的書，請寄回更換）

ISBN 978-626-320-306-8

☐ 我已經是會員，卡號 ____________________

☐ 我不是會員，我要加入貓戰士會員

姓　名：________________ 性 別：________ 生 日：________________

e-mail：____

地　址：☐☐☐ ______ 縣／市 ______ 鄉／鎮／市／區 ______ 路／街

______ 段 ______ 巷 ______ 弄 ______ 號 ______ 樓／室

電　話：____

☐ 我要收到貓戰士最新消息

貓戰士鐵製鉛筆盒抽獎活動

將兩個貓爪和一顆蘋果一起貼在本回函並寄回，就可以獲得晨星出版獨家設計「貓戰士鐵製鉛筆盒」乙個！

貓爪在貓戰士書籍的書腰上，本書也有喔！蘋果則是在晨星出版蘋果文庫的書籍書腰上！

哪些書有蘋果？科學怪人、簡愛、法布爾昆蟲記、成語四格漫畫...更多請洽少年晨星官方Line ID：@api6044d

點數黏貼處

請填妥後對折裝訂，再貼妥郵票寄出

請黏貼
8 元郵票

407

台中市工業區30路1號

晨星出版有限公司

TEL：（04）23595820　FAX：（04）23550581
e-mail：service@morningstar.com.tw
http://www.morningstar.com.tw

請沿虛線摺下裝訂，謝謝！

加入貓戰士俱樂部

【貓戰士會員優惠】

憑卡號在晨星出版社購書可享優惠、擁有限定商品、還能獲得最新消息等會員福利。

【三方法擇一，加入貓戰士會員】

1. 填妥本張回函，並寄回此回函。
2. 拍照本回函資料，加入官方Line@，再以Line傳送。
3. 掃描後方「線上填寫」QR Code，立即填寫會員資料。

Line ID：
api6044d

「線上填寫」
QR Code

★寄回回函後，因郵寄與處理時間，需2～3週。